www.tredition.de

AF185708

Autoreninfo

Heinz Jürgen Schneider ist Jahrgang 1954 und lebt in
Hamburg. Er arbeitete als Rechtsanwalt und war Verteidiger
in vielen politischen Strafprozessen.
Bisher erschien von ihm mit *Tod in der Scheune* (2009), *Tod am
Hafenkai* (2011) und *Tod in der Ballnacht* (2012) eine Trilogie
historischer Kriminalromane. Sie spielen alle um das Jahr 1933
im hohen Norden Deutschlands.

Kontakt: h.j.schneider1954@gmx.de

Heinz Jürgen Schneider

Im Land der Lügen

© 2015 Heinz Jürgen Schneider
Umschlag, Illustration: Annett Bender
Verlag: tredition GmbH, Hamburg
ISBN
Paperback   978-3-7323-6358-2 (Paperback)
e-Book   978-3-7323-6362-9 (e-Book)
Printed in Germany

Erster Teil
Der Stacheldraht des Verdachts

Ledergeruch

In meiner Erinnerung war der Geruch von Leder die erste Wahrnehmung. Dann wurde ich aus dem Bett gezerrt und landete bäuchlings auf dem Boden. Auf meinem Rücken kniete jemand.

Danach hörte ich auch Stimmen. Kurze Worte. „Sicher" wurde gerufen oder „abgesichert".

Der Druck auf dem Rücken, die Stimmen, der muffige Geruch des Teppichbodens vor meiner Nase, starker Herzschlag und ein leichtes Frösteln an den nackten Oberschenkeln und Waden machten mich ganz wach.

Kein Traum. Nicht einmal ein Albtraum. Realität.

Der Druck auf den Rücken fiel plötzlich weg. Mit einem Ruck wurde ich auf die Füße gestellt, beide Hände nach hinten gedreht. Das tat weh. Dann kamen die Hände wieder frei, aber ein dunkler Handschuh fasste auf meine rechte Schulter.

Zentral in meinem Gesichtsfeld lagen das Bett und die gerahmte chinesische Kalligraphie darüber. Mit Schriftzeichen für Glück und irgendetwas anderes. Aus dem Augenwinkel sah ich mehrere Männer. Einer ging in das andere Zimmer, einer stand im kleinen Flur und telefonierte, einer, noch nicht so alt, aber schon mit rasierter Vollglatze, kam auf mich zu.

Der sagte: „Bundeskriminalamt. Wir vollstrecken einen Haftbefehl und einen Durchsuchungsbeschluss. Sie sind Freiers, Morten Ole?"

Eine dumme Frage. Denn er hielt mein Portemonnaie aus der Lederjacke im Flur in seiner Hand und hatte daraus den

Personalausweis gezogen. Vom Lichtbild blicke er zu mir. Ich sagte nichts und bekam langsam eine Gänsehaut.

„Ziehen Sie sich was über. Wir nehmen Sie jetzt mit."

„PP", sagte eine Stimme hinter meinem Kopf.

„Nein, nicht ins Präsidium, wir haben das direkt organisiert. Wir brauchen euch nur noch einige Minuten zur Transportabsicherung. Es ist gleich um die Ecke", antwortete der Mann, der den Ausweis wieder zurücksteckte.

Ich zog meinen Pullover, die schwarze Jeans und die Turnschuhe an, die neben dem Bett lagen. Hinter mir sah ich jetzt zwei Männer in Straßenkleidung, die schwarze Sturmhauben mit Sehschlitzen trugen. Einer stand am weitesten weg und hielt eine Pistole in der Hand, mit dem Lauf nach unten.

„Was ist los?" Meine Stimme klang leise und krätzig. Lauter und selbstbewusster konnte ich nicht. So war der Stand der Dinge.

„Der Haftbefehl wird Ihnen beim Bundesgerichtshof in Karlsruhe eröffnet, dort bringen wir Sie jetzt hin. Aber Sie ahnen doch sicherlich, worum es geht?" Sagte der Beamte vom BKA mit einem Lächeln und setzte sich in Bewegung.

Ich ahnte gar nichts.

Der Mann hinter mir schob mich Richtung Flur.

„Klo", sagte ich und bog nach rechts zum Badezimmer.

Er trug auch eine Maske und blieb in der geöffneten Tür stehen. Ich saß auf der Brille und genoss die Erleichterung. Angst soll den Schließmuskel öffnen. Aber da tat sich nichts – glücklicherweise. Keine Angst also? Verwirrung herrschte jedenfalls in hoher Dosis.

Am Waschbecken wusch ich mir schnell das Gesicht und trank einen großen Schluck. Vom Flur aus sah ich dann, dass jemand in einem weißen Overall vor den Regalen mit meinen Ordnern und dem Archiv stand. Der Rechner musste auch hochgefahren sein, das bläuliche Licht konnte man sehen.

Selbst in der Küche lief die Durchsuchung. Meine Lederjacke durfte ich nicht anziehen, die bleibt, hieß es.

Vor der Wohnungstür standen zwei weitere Maskierte, zwei Zivile und eine Frau mit erschrecktem Gesichtsausdruck. Ich bekam die Hände nach vorn mit Plastik gefesselt. Dann ging es die fünf Stockwerke runter. Je drei Maskierte vorn und im Rücken. Die Glatze vom BKA und noch ein weiterer Ziviler dahinter. Niemand begegnete uns im Flur.

Direkt vor dem Haus standen ein Streifenwagen und drei schwarze Limousinen. Es war noch dunkel. In einen Mercedes, Rückbank Mitte, wurde ich verfrachtet.

Das Ziel klärte sich jetzt auch. Am Rande des Sternschanzenparks lag der Rasenplatz des Polizeisportvereins. Gute Landefläche für einen Hubschrauber. Von der Wohnung tatsächlich nur eine Tour von zwei, drei Minuten.

Die Fahrt begann.

Ich atmete tief durch. Die menschliche Psyche kennt viele Schutzmechanismen. Verdrängen ist eine beliebte Form. Aber das ging hier nicht. Objektivieren, die Sache von außen betrachten, ging aber. Also versuchte ich es in meiner Not und Überraschtheit mit dem objektiven Blick des Journalisten, schließlich mein Beruf.

An einem Freitag Ende März (das ganz genaue Datum wusste ich nicht), früh am Morgen (meine Armbanduhr zum Nachsehen blieb aber in der Lederjacke) hat das Bundeskriminalamt, mit Unterstützung des Mobilen Einsatzkommandos, meine Wohnung gestürmt und mich verhaftet. Der Vorwurf musste einiges Gewicht haben, denn sonst wäre ich vor einen einfachen Hamburger Haftrichter gebracht worden.

Was konnte das sein?

Die über die Jahre erschienenen Artikel? Unveröffentlichtes Material aus Recherchen? Unwahrscheinlich. Eine Verwechselung? Spionage? Völlig unwahrscheinlich. Was Terror genannt wird? Doch nicht mit mir. Bahnte sich das schon seit längerem an? Darauf gab es keine Hinweise.

Der Journalist dachte natürlich an eine Story.

Mit gefesselten Händen dachte ich anders.

Was haben sie in der Hand?

Neue Lieferung

Nach der Landung wurden mir die Ohrenschützer gegen die Innengeräusche im Hubschrauber abgenommen. Ich fühlte mich ein bisschen übel.

Fliegen in einem großen Flugzeug ist kein Problem. Aber im Hubschrauber gab es nur sechs Sitzplätze. Außer mir und dem Piloten noch für der BKA-Mann und drei andere Maskierte, wahrscheinlich von der Bundespolizei. Denn das stand draußen drauf. Aus einer Rundumverglasung herunter in die Tiefe zu sehen, mag ich nicht. So blieben die Augen fast den ganzen Flug über geschlossen. An Schlaf war nicht zu denken. Niemand redete.

Die Maschine landete auf einer gepflasterten Fläche inmitten einer Rasenlandschaft. Drumherum stand an drei Seiten ein Komplex aus modernen Bürogebäuden.

Wieder auf der Erde bückte sich der eine Maskierte vor mir, holte einen Gegenstand aus seiner Tasche und schloss an meine beiden Beine eine Fußfessel an.

„Was soll denn das", sagte ich so laut es ging.

Er entgegnete im Hochblicken pragmatisch: „Dienstvorschrift. Ist aber nicht weit."

Was tun? Bisher hatte ich alles weitestgehend schweigsam über mich ergehen lassen. Wehren würde körperliche Gewalt nach sich ziehen. Zusammenreißen, Stärke oder wenigstens keine Schwäche zeigen, musste aber gehen.

Würden sie einem noch einen Sack über den Kopf ziehen oder eine schwarze Brille zwangsweise auf die Augen setzen?

Solche Bilder kannte man ja, beliebt bei Medienkameras, aus großer Entfernung aufgenommen und mit dem Nachrichtentext: Bundesgerichtshof in Karlsruhe erließ heute Haftbefehl gegen Terrorverdächtigen.

Über den Einsatz von Brillen bei Festgenommenen auf Demonstrationen gab es sogar mal einen Artikel von mir, auf *telepolis* oder auf *nogestapo.net*. Es ging um den Zweck des Blindmachens von Festgenommenen bei einigen polizeilichen Sonderkommandos. Desorientieren, demütigen, demoralisieren. Eine Machtdemonstration mit abschreckender Wirkung, schrieb ich damals.

Sehen ließen sie mich aber und das Gehen funktionierte tippelnd. Weit war es tatsächlich nicht. Der Weg führte den Rasen runter auf eine verglaste Fensterfront zu. Dann nahmen wir nicht den großen überdachten Eingang, sondern es ging an die linke Seite. Dort führte eine kleine Treppe nach unten, es gab eine Kamera und eine Klingel mit Sprechanlage. Der Maskierte sagte tatsächlich „neue Lieferung" und es wurde geöffnet. Drinnen kamen beide Fesseln ab. Der BKA-Mann übergab zwei Männern in blauen Uniformen und der Aufschrift JUSTIZ oberhalb des Herzens ein Blatt Papier. Mit Handschellen schlossen sie mich an einen von ihnen an. Am Ende des Ganges wurde eine Tür geöffnet und ich reingeschoben. Die Handschellen kamen ab. Dann ging die Tür wieder zu.

Eine Zelle ohne Fenster, aber mit Klo und Waschbecken. Ohne Bett, aber mit Tisch und Stuhl. Die Wände waren beige gestrichen und es roch nach gar nichts. Ich ging erstmal auf die Toilette. Dann wusch ich mir mit der Kernseife Hände und Gesicht und rieb sie mit dem grünlichen Papier trocken. Gegen den Durst trank ich Leitungswasser, gegen den schlechten Geschmack im ungeputzten Mund half kein Gurgeln.

Jetzt mussten ungefähr zwei Stunden seit der Festnahme vergangen sein. Irgendwann nach acht wachte ich meistens auf, nur manchmal später. Meine Aufstehenszeit also, wenn alles normal lief.

Dann füllte ich die große Espressokanne auf, ging zu Alis Laden unten im Haus, schaute mir die Schlagzeile der *Bild* an, kaufte zwei Croissant und die *FAZ,* stand wieder oben, wenn der Kaffee fertig war, setzte mich mit Tasse, Thermokanne und Frühstück in das Arbeitszimmer und schaltete den Rechner an.

Jetzt saß ich nicht im Arbeitszimmer, sondern in der Scheiße.

Erfahrungen mit Festnahmen gab es, einige Male. Aber auf einem ganz anderen Level. Was heißt Festnahme. Zwei, drei Mal wurde ich mit anderen bei einer Demo festgesetzt, in Gewahrsam genommen im Polizeijargon.

Wir wurden, statt zu demonstrieren, irgendwo hin gebracht, in einen Bus oder früher in Hamburg gerne auf ein entlegenes Revier der Wasserschutzpolizei. Immer saßen andere Mitdemonstranten auch da, nach einigen Stunden, wenn die Demonstration vorbei war, kam man wieder raus. Mehr geschah nicht.

Während einer Anti-Nazi-Kundgebung passierte es mal, da hatte ich noch studiert. Auch bei einer Aktion am Fuhlsbüttler Flughafen gegen Abschiebungen. Aber das war auch schon Jahre her. Jetzt besaß ich schon lange einen Journalistenausweis mit Lichtbild, konnte mich deshalb freier bewegen und schrieb über solche Aktionen.

Ich saß am Tisch und hätte viel gegeben für einen Becher Espresso und eine Zigarette, obwohl das Rauchen meist erst nach einigen Stunden am Schreibtisch begann.

Wie es mir ging? Das erinnere ich heute noch.

Stark war das Gefühl der Wehrlosigkeit, es passierte was mit mir, worauf ich keinen Einfluss bekam. Panik? Nein. Angst? Ja schon, aber gebrochen von Neugier darauf, was eigentlich los ist. Da konnte doch nichts sein, was für eine Verhaftung ausreichte.

Ich gehörte nicht mal einer festen politischen Gruppe an, schon gar nicht einer illegalen oder militanten. Unterstützung von so was, das gab es natürlich auch und wurde verfolgt. Über eine linksradikale türkische Organisation hatte ich ein paar Mal geschrieben, über Hungerstreiks in türkischen Knästen. Da flogen wir auch nach Istanbul mit einer kleinen Gruppe von hier. Aber 2004 oder 2005. Die Berichte und ein Interview erschienen in *Neues Deutschland*. Die letzten Jahre gab es keinen Kontakt mehr.

Oder ging es um die illegale Beschaffung von Sachen? Ich selbst recherchierte nie in fremden Rechnern, hacken kann ich nicht. Mal eine Information unter der Hand kam vor, aber nichts Spektakuläres.

Unserem Internetportal funktionierte genauso. *Nogestapo.net* ist ein Blog gegen Repression, nicht für spektakuläre Enthüllungen. Wir kommentierten und analysierten deutsche Staatssicherheitspolitik, Entwicklungen der Apparate, Prozesse oder zur Verfolgung nutzbar gemachte moderne Technologie. Nicht mehr, nicht weniger. Gab es etwas Offeneres als eine Netzseite?

In der Zelle saß ein freier linker Journalist (zurzeit ein unfreier) mit gutem Gewissen (was immer diese Kategorie naturwissenschaftlich bedeutete), ihm wurde langweilig, er spürte starke Müdigkeit und dachte an Koffein.

Die Zeit stand erstmal still.

Durst

Die Zahl der blau Uniformierten erhöhte sich auf vier. Sie führten mich zum Ende des Ganges, eine Treppe herauf, durch einen weiteren Gang und dann in ein Zimmer. Ich wurde wieder mit Handschellen an einen der Beamten gekettet. Praktizierte Hochsicherheit in ihrem eigenen Gebäude.

Der Raum war schon besetzt. Die blauen Uniformen gruppierten sich um mich. Die Handschellen kamen ab. Ein Mann mit gepflegtem Vollbart und braunem Sakko stellte sich als Ermittlungsrichter und die Frau am Seitentisch als Oberstaatsanwältin vor. Eine weitere Frau mit weißer Bluse und Hosenanzug tippte in einen Computer, wurde aber nicht vorgestellt. Den Mann vom BKA, hinter der Staatsanwältin, kannte ich nun schon.

Der Richter fragte meine Personalien ab und verlas dann, emotionslos und ohne Versprecher, ein Schriftstück, den Haftbefehl.

Nervös rieb ich mit dem rechten Daumen die Innenfläche der linken Hand. Nur für einige Punkte reichte die Konzentration. Gleich am Anfang ging es um Mitgliedschaft in einer terroristischen Vereinigung. Dann kamen Namen, von denen nur einer mir etwas sagte. Es folgte eine unbekannte Gruppe, nebst erfolgreichen und geplanten Aktionen. Direkt auf mich bezogen ging es um die Ausspähung eines anschlagsrelevanten Ziels. Davor noch um etwas anderes, das lief so vorbei.

Befragt, ob ich mich zur Sache äußern wollte, schüttelte ich den Kopf. Er werte das als ein „nein", sagte der Richter und ließ es die Frau am Computer so niederschreiben.

„Wünschen Sie die Benachrichtigung einer Person oder eines Rechtsanwalts? Bei der Sachlage würde Ihnen ansonsten ein Pflichtverteidiger beigeordnet werden."

Darüber hatte ich schon nachgedacht. Vielen Menschen stand ich persönlich eigentlich nicht nahe. Außer einer, aber die war besonders ungeeignet.

Einen anderen Namen zu nennen, würde dem Betreffenden mit Sicherheit eine Überprüfung und sonstige Schwierigkeiten einbringen. Besser die Wahl eines Anwalts, der konnte am meisten machen.

Thomas aus Berlin wäre die erste Wahl. Ich schrieb gelegentlich über seine Prozesse und wir fuhren damals auch zusammen in die Türkei. Da entstand die Freundschaft. Aber Berlin lag etwas weit ab, jedenfalls beim ersten Kontakt, wo es sicher auch um praktische Dinge am Wohnort ging. Besser jemand aus Hamburg. Miriam wäre gut, wir standen uns ja immer noch nah, aber sie hatte die kleinen Kinder. Das macht unflexibel, wenn es ganz schnell gehen muss. Also Marcus Bohm, auch eine gute Entscheidung.

Ich sagte seinen Namen und die Straße des Büros.

Dann druckte ein Drucker und einer der Bewacher holte von der Sekretärin ein Bündel von Schriftstücken für mich ab.

„Wo werde ich hingebracht?"

Der Haftrichter antwortete: „Es ist vorgesehen, dass Sie bei uns in Baden-Württemberg bleiben. Die Sitzung ist dann geschlossen."

Also möglichst weit weg vom Wohnsitz und seinen Leuten. Eine alte Taktik.

Einer der Justizbeamten sprach in sein Funkgerät, ein anderer bedeutete mir sitzen zu bleiben. Nach kurzer Zeit kamen die Maskierten ohne Masken, aber mit Kaffeeatem. Es ging über die Gänge zurück, wieder angekettet. Vor der letzten Tür wurden andere Hand- und Fußfesseln angelegt und über den Rasen führte der Weg zum wartenden Hubschrauber.

Nach diesmal kurzem Flug landete er neben einem großen Betonbau. Den kannte ich. Der Prozessbunker von Stammheim. Am Rande von Stuttgart stand ein mit hohen Mauern umzäuntes Areal, mit einem Gefängnis und einem turnhallengroßen Gerichtssaal direkt daneben. Mein letzter Bericht von einem dortigen Verfahren lag Jahre zurück.

Die wieder Maskierten brachten mich zu einem blauen Transporter nahe dem Landeplatz und übergaben mich an vier Justizwachtmeister. An einen wurde ich angeschlossen. Die Fahrt ging über das Gelände und durch zwei maschinell geöffnete Tore. Das Ziel bildete das mehrgeschossige Gefängnishochhaus.

Dort begann eine längere Prozedur. In einer Schreibstube wurden meine Daten erfasst. In einem Sanitätsraum verneinte ich AIDS, Betäubungsmittelabhängigkeit, akute Krankheiten und die Angewiesenheit auf Medikamente. In einem anderen Raum nahm ich karierte Bettwäsche, zwei Handtücher, eine Tüte mit Besteck, Teller und einem Becher aus Plastik entgegen und einen zweiten Beutel mit Zahnputzsachen und Rasierzeug.

Dann musste ich mich nackt ausziehen und bücken. Sie schauten in meinen Arsch und ich durfte mich wieder anziehen.

Zur Zelle ging es mehrere Treppen rauf. Als erstes putzte ich mir meine Zähne. Bald öffnete sich die Zellentür schon wieder und es wurde ein Tablett gebracht mit Nudeln, bräunlicher Soße, einem grünen Apfel und einer kleinen Tüte Orangennektar.

Mein Durst war stark. Ich trank den Saft in einem Zug, aß das geschmacksneutrale Obst und begann den langen Haftbefehl in Ruhe zu lesen.

„In Ruhe" erscheint mir aber heute eine unangemessene Formulierung.

Mitgliedschaft

Mein Name kam erst als zweiter. Es ging wohl nach dem Alphabet.

Morten Ole Freiers. Geboren am 12. 4. 1971 in Westerland.

Georg Basslitz führte die Liste an. Den kannte ich. Jerry.

Aber Andreas Rüdiger Haltermann, geboren am 22.5.1985. Andrea Sophie Kluge, geboren am 9.7.1989 und Alexander Storch, mit dem Geburtsdatum 2.3.1985, von denen hatte ich noch nie gehört und kein Gesicht vor Augen. Alle Geburtsorte lagen in Norddeutschland und ihre Adressen stammten aus Kiel. Die Frau wohnte so wie Jerry.

Die Untersuchungshaft sollte verhängt werden wegen Mitgliedschaft in einer terroristischen Vereinigung und Herbeiführung einer Sprengstoffexplosion.

Viel hätte ich für Rauchbares beim Lesen gegeben, denn jetzt wurde es konkret und seitenlang.

Aus diesen Gründen sollten wir dringend verdächtig sein. So stand es in dem Papier.

Die Beschuldigten beschäftigten sich seit längerer Zeit kritisch mit einer behaupteten „staatlichen Überwachung des Internet", der dazu benutzten Technologie der Sicherheitsorgane und Möglichkeiten von Internetnutzern, sich dagegen zu schützen.

Der Beschuldigte Basslitz ist Aktivist einer „Initiative für Netzfreiheit" und hat in verschiedenen Orten des Bundesgebiets an Veranstaltungen zu diesem Thema referierend teilgenommen. So am 19. April 2011 in Kiel. An dieser Veranstaltung mit dem Einladungsmotto „Big Brother, Techniken und Schutz gegen Internetüberwachung" nahm auch der Beschuldigte Freiers, ein Journalist, unter seinem Aliasnamen „Ole Frei" als Referent teil.

Aliasname? Geschätzte Ermittler, so zeichnete ich seit rund 15 Jahre alle meine Artikel.

Der Beschuldigte Storch ist Diplom-Informatiker und arbeitet im Rechenzentrum der Christian-Albrechts-Universität in Kiel. Er war an der Entwicklung der Verschlüsselungssoftware PRO-TECC beteiligt, die von Personen und Organisationen aus dem linksextremen Spektrum für eine nicht einsehbare Kommunikation im Internet genutzt wird. Zu diesem Thema hat er auch Aufsätze in Zeitschriften dieser Szene veröffentlicht, darunter im Herbst 2011 im Blatt DIE DATENSCHLEUDER einen Beitrag mit dem Titel „Staatstrojaner 2.0 – Was die aufgeflogene staatliche Spionagesoftware kann und wie sie funktioniert". Von ihm stammen auch teils gedruckte, teils im Internet zirkulierende Schriften, die sich generell kritisch mit der „Internetausbeutung" durch Staat und Wirtschaft beschäftigen.

In den Veranstaltungen und Aufsätzen der genannten Beschuldigten, und auf der von dem Beschuldigten Freiers als Administrator mitbetriebenen Internetseite www.nogestapo.net, ging es neben der „Repression des Staates" und der verwendeten Technologie auch immer wieder um namentlich genannte private Firmen, deren Softwareentwicklungen polizeilichen und nachrichtendienstlichen Organen des Bundes und der Länder verkauft und von diesen zur Erfüllung ihrer gesetzlichen Aufgaben, etwa im Rahmen richterlich angeordneter Quellen-Telekommunikationsüberwachung, genutzt wurden.

So erschien erstmals im Oktober 2011 ein ungezeichneter Beitrag auf der Seite nogestapo.net mit der Überschrift „Wer ist eigentlich DATAFLOOR – der private Softwaredealer des VS?". In dem Artikel, der noch im Archiv abrufbar ist, wurde auch der Geschäftssitz der Firma in NRW genannt.

Zu einem unbekannten Zeitpunkt ab Herbst 2011 beschlossen die Beschuldigten, ihrer bisherigen lediglich öffentlichen Kritik, militante Aktionen folgen zu lassen und gründeten die terroristische Vereinigung NET CUT.

Mich zog es an dieser Stelle aufs Klo und die Zettelsammlung kam zum Weiterlesen mit.

Innerhalb der Vereinigung waren die Beschuldigten Basslitz und Storch, zwei Studienfreunde, neben der Zielauswahl von Objekten, für die ideologische Ausrichtung und die pseudowissenschaftliche Formulierung der Tatbekennung zuständig. Der Beschuldigte Freiers beschäftigte sich mit Recherchen zu Anschlagsobjekten und der effektiven Verbreitung der Tatbekennung. Die Mitbeschuldigten Kluge und Haltermann übernahmen logistische Aufgaben. Letzterer ist Bühnentechniker und hat in den Jahren 2008 und 2009 zwei Kurse an der Dresdner Sprengschule GmbH absolviert.

An dieser Stelle musste ich zum ersten Mal an diesem schwarzen Freitag spontan lachen. Es gab in Deutschland eine Sprengschule?

Basslitz und Haltermann wurden 2005 wegen gemeinschaftlichen Landfriedensbruchs jugendgerichtlich gemaßregelt. Über Basslitz und Freiers gibt es Erkenntnisse bei den Landesämtern für Verfassungsschutz in Schleswig-Holstein und Hamburg.

Nach Gründung der terroristischen Vereinigung begannen ihre Mitglieder Treffen und Kommunikation konspirativ zu gestalten und abzusichern. Dazu gehörte das Versenden verschlüsselter elektronischer Nachrichten, SMS-Kommunikation mit Codewörtern, Wechsel oder Stilllegung von Mobiltelefonen und Treffen außerhalb geschlossener Räume.

Nach gemeinsamen Plan und arbeitsteilig handelnd in den Bereichen Ausspähung, Logistik, Absicherung und Veröffentlichung von Bekennerschreiben, wurden folgende Taten der Vereinigung ausgeführt oder vorbereitet.

Endlich kam der Schrieb zum Punkt.

1. In der Nacht vom 7. zum 8. Januar 2012 gegen 0.10 Uhr wurde ein Anschlag mit selbst hergestelltem Sprengstoff auf das Geschäftsgebäude der Firma DATAFLOOR in 58138 Hagen, Feldmüllerstraße 11-13 verübt. Das bereits in früheren Veröffentlichungen einiger Beschuldigter genannte Unternehmen entwickelt Software, die auch vom Bundeskriminalamt und Landesämtern für Verfassungsschutz genutzt wird. Durch die Explosion kam es im Eingangsbereich und der vorderen Fensterfront zu erheblichen Sachschäden. An eine Wand der Außenfläche war mit grüner Farbe „NET CUT" gesprüht worden.

Einige Tage später wurde eine Bekennererklärung, unterzeichnet mit dem Gruppennamen, als Datei auf einem sog. USB-Stick per Post an diverse Internetseiten und Zeitungen aus dem linksextremen Milieu verschickt und in diesen Medien auch ganz oder in Auszügen veröffentlicht.

Aber nicht bei uns, kam mir gleich in den Kopf, wir dokumentieren keine Erklärungen.

Inhaltlich bezog sich die Tatbekennung thematisch und bis in Wortwahl und Stil auf von einzelnen Gruppenmitgliedern schon früher publizierte Artikel.

In der Erklärung wurde positiv Bezug genommen auf einen vergleichbaren Anschlag vom 29. Dezember 2011 gegen das Verwaltungsgebäude der Internetfirma AMESYS in Aix-en-Provence in Frankreich. Diese Firma ist ebenfalls spezialisiert auf Softwareentwicklung für staatliche und militärische Stellen. Der Schriftzug NET CUT wurde nicht verwendet. Eine Tatbekennung gab es bislang nicht. Die Ermittlungen der französischen Behörden haben noch nicht zur Ergreifung der Täter geführt. Die Bezugstat in Frankreich war bis dahin in der deutschen Öffentlichkeit und bei den Sicherheitsbehörden unbekannt.

2. Am 4. März 2012 fuhren die Beschuldigten Basslitz, Haltermann und Kluge mit einem PKW in die Stadt Norden an die niedersächsischen Nordseeküste, um ein neues Anschlagsziel auszukundschaften.

Ihr Ziel war die in einem ummauerten Bau befindliche Seekabel-Endstelle am Rand des Fährhafens. Hierbei handelt es sich um ein interkontinentales Kommunikationsrelais (sog. Backbone), das für die internationale seegestützte Datenübertragung zwischen Nordamerika und Europa von herausragender Bedeutung ist. Bereits eine

18

kurzfristige Übertragungsstörung kann erhebliche gesellschaftliche Auswirkungen haben. Die Endstelle wird von der Deutschen Telekom durch das Competence Center Submarine Cables Norden betrieben.

Die Beschuldigten haben sich rund eine Stunde in unmittelbarer Nähe des Objekts aufgehalten, es in Augenschein genommen und Fotos des Objekts und der gesamten Umgebung gemacht. Danach fuhren sie noch auf verschiedenen Wegen durch die Stadt und stiegen an zwei Punkten aus dem Fahrzeug aus.

Zu einer konkreten Aktion gegen das seit dem Tag dauerobservierte Objekt, ist es bis zur Beantragung des Haftbefehls durch die terroristische Vereinigung nicht gekommen.

3. Vom 16. bis 21. März 2012 befand sich der Beschuldigte Freiers in Begleitung einer nichtidentifizierten weiblichen Person auf der Insel Sylt.

Am 17. und 20. März passierte er mehrmals das Ausspähungsobjekt an der kleinen Landzunge Ellenbogen bei List. Es handelt sich auch hier – wie in Norden – um eine Endstelle des interkontinentalen Seedatenkabels Cantat-3, deren Störung erhebliche Bedeutung hätte.

Mit den örtlichen Gegebenheiten ist der Beschuldigte, der auf der Insel aufgewachsen ist, umfassend vertraut.

Zu einer konkreten Aktion ist es bis zur Beantragung des Haftbefehls nicht gekommen.

Der Beschuldigte Freiers hatte beide Anschlagsobjekte bereits in einem Artikel vom 8. Dezember 2010 in der linksextremen Tageszeitung „JUNGE WELT" erwähnt. Der Artikel mit der Überschrift „Die wunden Punkte der USA" handelte von 19 Objekten in Deutschland, die von der Regierung der USA als sicherheitsrelevant angesehen werden und basierte auf Enthüllungen der Internetplattform WIKILEAKS.

Und mein Artikel war ein Schnellschuss, der auf einem Bericht des nicht so extremen Hamburger Abendblatts vom Vortag basierte, wo alle Objekte aufgeführt und in einer Landkarte markiert wurden. So läuft manchmal freier und schlechtbezahlter Journalismus, man klaut und schreibt für den Endabnehmer ein bisschen um.

Der dringende Tatverdacht beruht auf den Ermittlungen des Bundeskriminalamts und der beteiligten Staatsschutzabteilungen der Landeskriminalämter, der Observationen, der Telekommunikationsüberwachung, einem linguistischen Sachverständigengutachten und einer informellen Quelle, der Vertraulichkeit zugesagt worden ist.

Dann kam noch juristischer Blabla.

Im allerersten Moment danach fühlte ich Erleichterung. Schwer zu glauben, aber so war es.

Da stimmte nichts oder wurde konstruiert oder in einen Zusammenhang gestellt, der gar nicht bestand.

Ob in Kiel irgendwas lief, wusste ich nicht. Aber auf keinen Fall mit mir.

Der erste Kontakt mit Jerry Basslitz kam vor einem Jahr zustande, im Vorfeld der Veranstaltung in einem Zentrum in Kiel. Er fragte per Email an, sie suchten jemanden, der eine politische Einordnung macht, ihre Vorbereitungsgruppe kümmerte sich um den Part zum Internet.

Es wurde keine große Veranstaltung, vielleicht zwanzig Leute. Nach meiner Erinnerung fungierte die *Rote Hilfe* als Mitveranstalter. Ich fuhr mit der Bahn und sie wollten unbedingt die Tickets bezahlen. Jerry erinnerte ich als eine Art Post-Autonomer mit Lederhose, technisch und politisch ziemlich beschlagen, er produzierte sich aber ein wenig zu viel für meinen Geschmack. („Foucault hat nur teilweise recht, wenn er schreibt, die Macht liegt bei den Apparaten, die schweigen und beobachten…" Er kam mit so Sätzen aber gut an.)

Danach schickte er mir noch ein, zwei Sachen für unsere Internetseite. Martin und Tom aus der Redaktion fanden sie auch ganz nützlich und wir brachten es. Vor ein paar Monaten bekam ich eine SMS mit einem Treffvorschlag, als er für eine Veranstaltung nach Hamburg kam. Wir trafen uns auf der Piazza im Schanzenviertel, nur auf einen Kaffee und es ging um nichts Wichtiges.

Er gab mir aber einen Stick mit dem Artikel über die Firma in Hagen. Der passte als Zusatzinformation in die aktuelle öffentliche Debatte, nachdem der Chaos Computer Club den Einsatz dieses Staatstrojaners enthüllte und selbst die bürgerlichen Medien an den illegalen Ausspähungsmöglichkeiten Kritik übten. Sein Artikel erschien anonym, wie bei uns üblich.

Danach gab es weder persönlichen noch virtuellen Kontakt. Die ganzen Monate über nicht.

Natürlich hatte ich auch mit niemanden eine Fensterfront in Hagen entglast. An dem Städtchen fuhr ich nur mal vorbei. Ich wollte nach den Wochentagen des Anschlags suchen. Stichwort Alibi. Aber mein einziger Kalender befand sich im Samsung Galaxy und das lag auf meinem Schreibtisch (sicherlich zur Auswertung eingesackt).

Politisch war Jerry auch nicht der Typ, so wie ich ihn kennen gelernt hatte, der ganz *old-school* einen symbolischen Angriff auf ein Gebäude fährt. Oder gar noch, wie ein Maschinenstürmer des 21. Jahrhunderts, auf eine interkontinentale Datenautobahn.

Seine Szene würde Rechner angreifen oder selbst ausforschen.

Das mit dem kleinen Urlaub auf Sylt stimmte und wir machten jeden Tag Spaziergänge. Auch im Norden der Insel vor List. Die Beschatter blieben unsichtbar. Aber um irgendwelche Kabelstationen und ihre Standorte ging es nicht.

Das las sich alles wie an den Haaren herbeigezogen, spekulativ und konstruiert. Ein paar Recherchen ließen das juristische Kartenhaus doch schnell zusammenfallen.

So dachte und hoffte ich am allerersten Tag.

Um mir eine Liste dafür zu machen, hätte ich Papier und
Kugelschreiber gebraucht.

Aber in der Zelle gab es nichts.

Ich war ein Gefangener.

Systemausfall

Das wurde das schrecklichste Wochenende meines bisherigen Lebens.

Ich hatte nichts.

In erster Linie ging es dabei nicht um abstrakte Dinge, wie
die Freiheit. Mehr um Konkretes.

Es ging um das Fehlen selbstverständlicher Dinge. Internet-
zugang, Telefon, Fernsehbilder, Espresso, Musik, was Rauchbares, mein Lieblingsspiel *Nature Park*, Bundesliga, eine Dusche, Arbeit, den mp3-Player, Bücher, Weißwein, Mineralwasser, Obst, die Entscheidung wann und was gegessen wird,
mein Bett und mein Bettzeug, offene Türen, eine Uhr, ein
separates Klo, Papier und Schreibzeug, meine Ruhe, ein kurzer Spaziergang um den Block, Zahnreiniger, Süßigkeiten.
Solche Sachen.

Ich hatte plötzlich nichts davon für über 50 Stunden.

Ich saß in einer Zelle, mit Toilette ohne Deckel und einem
vergitterten Fenster, durch das kaum Licht kam und wenig
Luft, wenn es roch.

Ich wurde nicht müde auf dem kleinen Bett, mit der durch-
gelegenen Matratze. Ungewohnten Gerüchen, Geräuschen
und Gebrüll bis in die Nacht ausgesetzt.

Ich bekam dreimal am Tag schlechtes Essen auf einem Plastiktablett, zu Zeiten, die ganz und gar nicht meinem Rhythmus entsprachen.

Das schlimmste aber war die Untätigkeit.

Menschen fehlten mir ganz an Anfang noch nicht. Ich saß sonst ja auch sehr oft stundenlang allein vor dem Bildschirm, manchmal einen ganzen Tag, und sah morgens nur Ali in seinem Laden und in den letzten Monaten Rima, die redete fast nie und blickte auch auf ihren Bildschirm.

Dieses ausweglose Nichtstun aber wurde schrecklich. Nichts hatte mich darauf vorbereitet. Der Stecker des Lebens war einfach gezogen. Auf dem Bett liegen, am Tisch oder auf dem Klo sitzen. Ein paar Schritte gehen. Alles wieder von vorn. Die Zeit verging nicht. Nichtstun erzeugt einen unvorstellbaren Druck.

Ich stellte fest, dass ich im Grübeln nicht gut bin. Ich bin ein Macher.

Von den Themen der nächsten Redaktionssitzung unseres Portals kam ich auf die nicht lösbare Frage, ob *nogestapo.net* gesperrt wurde und auch in Berlin bei den beiden Anderen Durchsuchungen liefen. War draußen schon was bekannt von den Verhaftungen, vielleicht eine kleine Spontandemo, *Freiheit für Ole*?

Es langweilt übrigens auch, sich zu erinnern, beispielsweise an große oder peinliche Momente des Lebens. Oder an früher gelesene Bücher mit Berichten von Menschen, die auch mal im Knast waren. An den Haftbefehl wollte ich nicht denken, ohne die Chance Sachen gleich zu notieren. Das bringt sonst nichts.

Ich wollte etwas tun. Oder mich zumindest ablenken. Einem ungewollten Systemausfall jeder Kommunikation und Beschäftigung war ich noch nie ausgesetzt und augenscheinlich nur schwer gewachsen.

Beim Essenfassen fragte ich einmal nach der Gefängnisbücherei. „Montag", wurde mir gesagt.

Einmal am Tag, immer zu anderen Zeiten, holten sie mich zum Hofgang. Der fand nicht unten statt, sondern ganz oben. Dach und Untergrund beschichtet mit Beton und auch die Wände damit halbhoch gemauert. Statt Fenstern gab es Draht. So eine Mischung zwischen einem Käfig und einer Tiefgarage.

Hier verbrachten vor 40 Jahren auch die Gefangenen aus der RAF ihre Freistunde. Ich blieb allein. Durch den doppelten Draht gab es noch etwas von der Gegend zu sehen, sehr ländlich mit Feldern. Kühl war es auch und ich hatte nur meinen Pullover an. Deshalb ging ich viel früher. Am Sonntag wollte einer der Beamten mir einen blauen Parka geben, auf dem hinten JUSTIZ stand. Ich lehnte ab, machte trotz der Temperaturen lieber ein wenig Gymnastik und ließ mich dann vor dem Ablauf der einen Stunde zurückbringen.

Am Ende des Sonntags hatte ich alles erlebt. Wut auf jeden, der mir das eingebrockt hat. Ängstlichkeit. Selbstmitleid. Aggression. Niedergeschlagenheit. Kampfeswillen. Kurz auch die Allmachtsphantasie: Ole Frei, Supermann, wird seine Feinde vernichten.

Eine Emotion dominierte.

Ohnmacht.

Absolute Ohnmacht.

Untergang der Titanic

Meine Zeiteinteilung blieb grob und durch die Essenausteilung als Orientierungspunkte bestimmt. Nicht, dass mir im alten Leben eine Uhr wichtig gewesen wäre. Eine Armbanduhr trug ich nie, auf die exakte Zeit kam es selten an und ich las sie bei Bedarf – unten rechts – auf dem Bildschirm ab oder – oben Mitte – auf dem Smartphone.

Also, am Montag, zwischen Frühstück und Mittag, wurde die Zellentür geöffnet und ein Mittfünfziger in Jeans und Pullover, mit einer Aktentragetasche, mit runder Brille und schütteren, schon angegrauten Haaren, kam herein.

Er stellte sich mit Namen vor und als Sozialarbeiter im Vollzug. Er gab mir nicht die Hand, ich setzte mich aufs Bett. Er setzte sich auf den einzigen Stuhl am Tisch, holte ein Klemmbrett und bedrucktes Papier aus der Tasche und sagte mit schwäbischem Akzent:

„Sie sind am Freitag gekommen, Herr Freiers, als U-Gefangener. Zur Sache red ich *ned* mit Ihnen, das ist Sache der Justiz, aber es gibt sicherlich vollzugstechnisch einiges zu besprechen."

Meine unerwartete Chance.

Er zeigte sich professionell und unter den Verhältnissen hilfsbereit. Ich, der ungerecht in diese Lage gebracht wurde, seine Unterstützung in Anspruch zu nehmen, empfand fast Dankbarkeit. Soweit war es nach rund 72 Stunden Gefangenschaft schon gekommen.

Das Wichtigste ist das Stellen von Anträgen, belehrte er mich. So für etwa 80 Prozent aller Dinge. Die Anträge mussten schriftlich gestellt werden und sollten unbedingt Namen, Geburtsdatum und meine Zellennummer enthalten. Römisch vier, Strich, arabisch elf.

IV/11 lautete also meine Nummer.

Die Anträge bezogen sich auf Besuche von Privatpersonen und mussten in meinem Fall mit BKA oder Landeskriminalamt Stuttgart wegen der Gesprächsüberwachung koordiniert werden.

Zu beantragen waren auch der Bezug von Zeitungen und eines Fernsehgerätes. Er händigte mir dazu ein Merkblatt aus. Weil das Zeit in Anspruch nahm, versprach er, von sich aus erstmal nach einem anstaltseigenen Radio zu sehen.

Papier und Schreibgerät, danach fragte ich sofort, mussten in größeren Mengen auch beantragt werden. „*Fürsch* erste" überließ er mir aber einen Stapel Umweltschutzpapier aus seiner Tasche und einen Kugelschreiber mit dem Logo der Deutschen Bahn.

Dann kam er zum Geld. Es gab ein Haftkonto, darauf konnte von draußen eingezahlt werden und ich davon, einmal die Woche, am freien Einkauf teilnehmen. Auch dazu gab es ein Merkblatt.

Was das Lesen betraf, zeigte er sich vorbereitet und zog die mehrseitige Bücherliste, eingeschweißt in eine abgegriffene Plastikhülle, aus der Tasche. Natürlich erfolgte eine Auslieferung nur nach Antrag und höchstens drei Exemplare auf einmal. Die Liste bitte „baldigst retour" bat er.

Die Kleidungsfrage drängte mich auch, ich hatte ja nur, was ich seit Tagen trug. Das sagte ich ihm. Er füllte für mich ein Formular für einen Satz Anstaltskleidung aus, den wollte er gleich mitnehmen. Eigene Bekleidung und Schuhe konnten als Wäschepaket nur direkt am Eingangsbereich der Anstalt abgegeben werden. Dazu übergab er eine weitere schriftliche Information, die auch die Regeln für ein von außen geschicktes Paket enthielt. Dann zum Abschluss die Hausordnung.

„Sie sind ein 129aler", sagte er nach Überfliegen seines Klemmbretts dann noch. „Terroristische Vereinigung. *Desch* bedeutet Isolation beim Freigang, Arbeitsverbot und die Streichung von Gemeinschaftsveranstaltungen." Es könnte aber der Anstaltsgeistliche, evangelisch oder katholisch, direkt zu mir kommen. Ich verzichtete.

Für einen erneuten Sozialarbeiterbesuch musste, natürlich, auch ein Antrag gestellt werden. Mir fiel nichts mehr ein. Er stand auf und drückte die Klingel an der Zellentür. Dann versuchte er eine kleine Plauderei über Hamburg, wo er mal mit seiner Frau und einem befreundeten Ehepaar ein schönes

Wochenende mit Musicalbesuch verbracht hatte. „*Adele*"
wünscht er mir. Wie ich lernte, ein regionaler Verabschiedungsgruß.

Allein in der Zelle fühlte ich mich besser, wegen einem Stapel Papier und einem Kugelschreiber.

Boden unter den Füssen.

Als erstes las ich die Merkblätter. Alles gar nicht so einfach.

Zum Beispiel Kaffee. An Espresso, den ich seit Jahren nur
trank, war nicht zu denken. *Nescafe* würde aber im Prinzip
gehen und ich könnte ihn mir selbst auf der Zelle zubereiten.
Der Weg dazu führte über einen Antrag für einen Heißwas-
serkocher, die Zusendung von außen durch ein Fachgeschäft
und den Erwerb des löslichen Kaffees beim Anstaltseinkauf.
Dazu musste Geld auf mein Knastkonto. Simpelste Dinge
gingen also in absoluter Zeitlupe.

Geld gab es nur, wenn Marcus das nach seinem Anwaltsbesuch schnell regelte. Ich begann mir eine Liste für ihn zu machen. Darauf kamen auch die Zeitungen. *FAZ* und *Junge Welt*
zur Information und den *Spiegel*, der hatte viel Lesestoff.

Die Bücherliste fand ich schlimmer als erwartet, überwiegend natürlich deutsche Werke, es gab aber auch die Rubriken
„türkisch" und „serbokroatisch". Ich nahm Heinrich Böll, ein
Sammelband Sherlock-Holmes-Stories und Michael Endes
Momo, das hatte ich früher mal als Film gesehen. Einige Titel
schrieb ich mir für später raus.

Die Zeitungsanträge konnten erstmal warten. Briefumschläge mussten gekauft werden, ebenso Marken, diese durften
aber auch in Briefen an mich liegen. Für Anwaltspost galten
Sonderregeln.

IV/11 hatte das Allerwichtigste erstmal erledigt oder wenigstens den Durchblick.

Schwierigkeiten machte die Kleidungsfrage. War meine
Wohnung frei oder versiegelt? Wer konnte mir in Stuttgart

Hosen, Pullover, bequeme Schuhe, eine warme Jacke oder meine eigenen Unterhosen vorbeibringen? Hier kannte ich niemanden. Das musste auch auf die *To do*-Liste von Marcus.

Ein Jahrespaket und ein Sonderpaket standen mir zu. Lächerlich reglementiert, was drin sein durfte. Das ließ ich mal so durchlaufen. Jahrespaket. Auf welche Knastzeit richtete ich mich gedanklich eigentlich ein? Ich weiß es heute nicht mehr. So dachte ich ganz am Anfang nicht.

Ich legte mich auf das Bett und versuchte zu entspannen. Der Gefängnistag beginnt sehr früh, noch im Dunkeln. Ganz und gar nicht meine Zeit. Der Schlaf verlief unruhig, durch den Dauerstress und die vielen unterschiedlichen Geräusche. Für einige Zeit lag ich mit geschlossenen Augen da und versuchte, das Denken zu unterdrücken.

Eine unbestimmte Zeit lang klappte das auch. Dann setzte ich mich wieder an den Tisch, nahm den Haftbefehl und vertiefte mich erneut in diesen ganzen Net Cut-Scheiß.

Das wurde nur von Curryhuhn mit Reis, einem Becher Schokopudding und einer Tüte Apfelsaft unterbrochen. Das Verlangen nach einer großen Tasse Espresso blieb danach übermächtig. Mit dem Rauchen stand es zu diesem Zeitpunkt schon fast jenseits von Gut und Böse.

Den ganzen Nachmittag über ging ich es möglichst systematisch an.

Erst Gedanken und Stichworte zu allen Personen (viel gab es da nicht).

Dann, was mir persönlich im Vorfeld der angeblichen Gründung vorgeworfen wurde (von meiner Pressefreiheit mal ganz abgesehen, liefen die Informationen zu der Hagener Firma und den Kabelgeschichten mit Sicherheit auch in vielen anderen Medien).

Es folgte die Aktion in der Nacht vom 7. auf den 8. Januar. Von Überwachungskamerabildern, Fingerabdrücken, Handy-

Ortung, DNA-Spuren oder sonstigen Funden war nicht die Rede. Wenn es Observationen gab, warum keine direkten Festnahmen vor Ort? Das hätte in ihrer Logik doch gepasst.

Mitte Januar besuchte ich die Rosa-Luxemburg-Konferenz in Berlin. Das genaue Datum musste Marcus checken. Zeugen gab es genug. Das juristische Konstrukt von Mittäterschaft kannte ich natürlich auch. Arbeitsteilige Tatbegehung, jeder macht seinen Job, hieß das. Nicht alle mussten vor Ort gewesen sein. *Mitgegangen, mitgefangen, mitgehangen.*

Die Sylt-Sache im März blieb immer noch lächerlich, selbst nach dem Haftbefehl noch nicht mal der Versuch einer Straftat. Ein Spaziergang als Terrorvorbereitung. Relevant nur, weil anderthalb Jahre davor ein Artikel von mir erschien, und meine ganze politische Kritik dem Staatsschutz nicht passte.

Notierte Frage: Wo gab es denn und wann, auf welche Weise, zwischen welchen Personen eine Verabredung zur Ausspähung eines Objekts? Die „nichtidentifizierte weibliche Person" aus dem Haftbefehl sollte mal unbekannt bleiben.

Und andere Beweise wie Observationen und Kommunikationsüberwachung? Es gab ein Treffen mit Jerry und die Tage auf Sylt. Das Treffen fand vor sechs Monaten statt. Zu 100 Prozent folgte seit letztem Oktober kein persönliches mehr und auch keins in der digitalen Welt. Das hatte nichts mit konspirativen Verhaltensweisen zu tun, sondern schlicht mit der Realität.

Die Ermittlungen blieben auch auf den zweiten Blick dürftig und rein ideologisch. Sie trugen zusammen, dass ich mich sehr kritisch mit ihrer staatlichen Sicherheitspolitik beschäftigte, deshalb ein Beobachtungsobjekt des Inlandsgeheimdienstes war, und meine Kritik in Veranstaltungen, Zeitungsbeiträgen und auf einer Internetseite äußerte. *So what*, würden unsere amerikanischen Freunde sagen.

Bis auf die amtliche Auskunft des Hamburger VS wurde mein politisches Profil offenbar durch googeln in der Unendlichkeit der *Wirklich Wichtigen Welt* festgestellt.

Ein linguistisches Gutachten spielte schon einmal vor Jahren eine Rolle bei der Behauptung der Existenz einer terroristischen Vereinigung. Daran erinnerte ich mich dunkel. Das führte für einige Angeklagte zu langer Haft. Daran erinnerte ich mich leider auch. Sie sollten Bundeswehrfahrzeuge in Brand gesetzt haben. Auf unserer Internetseite wurde über den Prozess in Berlin berichtet. Thomas gehörte damals zu den Anwälten.

Nach meinem Gedächtnis war es so, dass Veröffentlichungen der Angeklagten zusammengestellt und von einem Sprachwissenschaftler (auf der Gehaltsliste oder sonst dem BKA zu Diensten) mit späteren Erklärungen nach Aktionen verglichen wurde. Nach welchem Raster auch immer, es gab für den Sachverständigen zahlreiche übereinstimmende „Treffer" Auch ein Punkt für die Verurteilung.

Die Net Cut Erklärung kannte ich gar nicht. Vor Tagen nur Mausklicks entfernt, musste sie jetzt auf die Liste für den Anwalt. Wenn der Vergleich mit meinem jahrelangen Schreiben schon bei Begriffen wie „Repression", „Ausspähungssoftware", „Feindbild" oder „Überwachung" *Bingo* machte, hatten sie mich. Intellektuell doch wohl unterste Schublade.

Blieb noch die Frage, was eine „informelle Quelle, der Vertraulichkeit zugesagt war", bedeuten sollte. Verdeckter Ermittler hieß ein richtiger Polizeibeamter, mit geheimer Mission und amtlich gefälschter Identität. Ein geschützter Informant bedeutete etwas anderes, ein Begriff für Spitzel.

Das Nachdenken musste mehrere Stunden gedauert haben. Nicht so komprimiert, wie ich es jetzt aufschreibe.

Notizen für das hoffentlich bald anstehende Gespräch mit Marcus machte ich nur wenige. Auch in ganz kleiner Schrift, um nicht zu viel von dem kostbaren Papier zu vergeuden. Es standen dort nur Stichworte, weil ich befürchtete, mir könnten meine Aufzeichnungen weggenommen werden. Eine Aussage hatte ich ja bisher verweigert und bei der Linie wollte ich bleiben. Ich war mir unsicher, ob eine Beschlagnahme von Unterlagen in der Zelle rechtlich erlaubt ist und wollte kein Risiko eingehen.

Etwas später wurden Graubrot, eine Käsescheibe, eine Wurstscheibe und Pfefferminztee ausgeteilt. Ich nahm sie in Empfang. Der andere Gefangene, der das Essen verteilte, ging aber noch mal raus und stellte etwas auf den Tisch.

Ein Radio.

Klein, noch mit Kassettendeck, verdreckten Knöpfen und einer schmutzige Senderskala.

Ich steckte das Kabel sofort in die Steckdose unterhalb des Tisches und hörte lautes Rauschen, fand den Lautstärkeregler und drehte den Sucher, bis ein Pop-Song spielte. Die unsterbliche Whitney Houston.

Langsam fuhr ich weiter und es gab auch andere Sender. Eine Frauenstimme sagte: „Auf Deutschlandradio Kultur hören sie jetzt ein Feature zu neuen Büchern zum Untergang der Titanic, der sich in diesem Monat zum 100. Mal jährt und damals wie heute ein Medienereignis darstellte."

Glücklich essend hörte ich aus neuen Büchern, wie das unsinkbare größte Passagierschiff der Welt, hell erleuchtet und mit Musik, an einem Eisberg zerschellte und 1.500 Menschen mit in die eisige Kälte des Atlantiks riss.

Besuch

Gleich nach dem Aufwachen wurde das Radio angestellt. Eine Männerstimme berichtete über den Vorwahlkampf der Republikaner in den USA. Meine Verbindung zur Welt.

Von allen Medien war mir seit zwanzig Jahren das Radio am unwichtigsten geworden. Einen Apparat besaß ich schon lange nicht mehr. Im Internet konnten natürlich hunderte Programme empfangen werden, aber dafür gab es keinen Grund. Rundfunk sah ich als Auslaufmodell. Auf dieser unwirtlichen Insel, auf der ich strandete, jedoch ein Schatz.

Gelernt hatte ich schon kleine Dinge zu organisieren. Nach einigen Anfragen bekam ich einen zweiten Becher und konnte so zweimal Kaffee fassen. Den zweiten Becher hüllte ich zum Warmhalten in ein Handtuch und deckte ihn mit einem Teller ab. Ich begann, kleinste Freuden zu schätzen.

Geschlafen hatte ich gut. Den Bücherantrag gab ich raus und einen für Papier. Beim Abholen des Tabletts kamen ein Trainingsanzug, Socken sowie Unterhosen und Unterhemden in Weiß in die Zelle. Sie rochen gewaschen und ich zog sie unter meine Hose und den Pullover. Dabei blieb ein unangenehmes Gefühl.

Dann wusch ich mir noch die Haare, mit der Seife als Shampoo. Duschen durfte ich erst in zwei Tagen. Der Bart blieb. Meinem Gesicht im Spiegel konnte ich nicht ausweichen. Die braunen Augen nicht sehr zuversichtlich. Die kurzen dunkelblonden Haare standen nach dem Trocknungsversuch mit dem Handtuch ungeordnet ab.

Deutschlandradio Kultur brachte die Sieben-Uhr-Nachrichten. Der zweite Becher Kaffee wartete. Ich hatte die Hoffnung, dass es voran geht.

So naiv war ich am Anfang gewesen.

Schon hinter den 9-Uhr-Nachrichten, nach einem Interview zur Euro-Krise und einer Reportage über syrische Künstler und deren Haltung zur Rebellion in ihrem Land, kam der vollbärtige Beamte und sagte, dass Besuch da ist.

Marcus.

Ein Freund und Anwalt, der ruhige, ein bisschen umständliche Typ. Er machte nicht mehr so viele politische Verfahren wie früher, schon gar keine spektakulären. Wir kannten uns lange und kamen gut miteinander aus. Männer ohne Familie, nun auch schon jenseits der vierzig, beide aus verschiedenen Ecken von Schleswig-Holstein.

Zuverlässigkeit zeichnete ihn aus, immer schon. Hamburg – Stuttgart ist kein Katzensprung, er musste einen ganzen Arbeitstag freischaufeln. Ich freute mich, ihn zu sehen.

Kuli und Notizen in der Tasche ging es die Treppen herunter bis ins Erdgeschoß. Der Bärtige schloss die letzte Tür auf und auf unserm Ziel stand „Besuchsraum 2".

Am Tisch saß eine Frau und mit dem stehenden Mann schloss ich schon unfreiwillige Bekanntschaft. Die Glatze. Ein gemischtes Doppel des BKA wartete auf mich.

Was tun?

Ich war sehr enttäuscht, verwirrt und musste mich orientieren. Erstmal blieb ich stehen. Der Beamte kam nicht mit rein und hatte abgeschlossen.

Die Frau sagte: „Hauptkommissarin Weber vom Bundeskriminalamt. Meinen Kollegen Rickert kennen Sie ja schon. Nehmen Sie doch Platz, Herr Freiers. Sie können unbesorgt sein. Hier wird nichts aufgenommen und es wird auch nichts aufgeschrieben, es sei denn, Sie wollen das. Wir können uns unterhalten oder Sie können nur zuhören. Das ist ganz ihre Entscheidung."

Sie wies auf einen freien Stuhl und hob die Kaffeekanne anbietend an. Kollege Rickert blieb schweigend in der Ecke stehen.

Was tun?

Es wurde eine sekundenschnelle Bauchentscheidung und im Nachhinein keine falsche. Ich setzte mich. Später habe ich es so gesehen: Keine Aussage machen, Informationen abgreifen, nicht ins Reden kommen – risikoreich, aber machbar.

Sie schenke Kaffee in meine Tasse und fragte: „Wie ist denn Ihre Unterbringung, Sie wissen, dass wir darauf keinen großen Einfluss haben. Vielleicht können wir aber etwas für Sie tun."

Ich trank vom qualitativ besseren Kaffee als auf der Zelle und antwortete: „Was gibt es. Sie wissen doch, dass ich keine Aussage mache."

„Ihr Recht. Sie haben ja früher mal Jura studiert und werden sich auskennen. Deshalb können wir uns eine formelle Belehrung schenken. Darum geht es heute gar nicht. Mit offenen Karten gespielt, das BKA führt umfangreiche Nachermittlungen. Und jetzt lachen Sie nicht…", sagte sie mit einem Lächeln, „…auch in ihrem Interesse und mit Hinweisen, die Sie geben. Wenn Sie das nach der sicherlich erfolgten Lektüre des Haftbefehls wünschen. Alles Gesagte wäre ohne Protokoll, ganz informell. Wir hören gerne zu."

Ich schüttelte den Kopf und blickte Sie an. Dunkelblond, dezent geschminkt, Ende dreißig, Blazer, blaue Bluse, Kettchen. Sie sah aus wie diese SPD-Politikerin aus Mecklenburg mit den vielen Talkshows. Manuela Soundso.

Und ließ nicht locker. „Jetzt, in diesem Stadium, lassen sich Dinge natürlich noch schnell verifizieren. Ein Haftbefehl ist, sozusagen, eine Momentaufnahme. Sind unsere Ermittlungen aber abgeschlossen, gehen die Akten zur Bundesanwaltschaft, dann wird Anklage erhoben, der Prozess schließt sich an. Die Regeln ändern sich, alles ist juristisch viel schwerfälliger und dauert. Sie werden das wissen."

Ich hatte die Tasse leer getrunken und sagte: „Ist das alles."

„Gestern waren wir bei Frau Kluge in Köln", meldete sich der stehende Glatzkopf erstmals. „Sie hat verstanden, dass es zwischen gar keiner Mitgliedschaft, Unterstützung und tatsächlicher Mitgliedschaft einen großen Unterschied gibt. Auch was die Haft betrifft. Sie hat sehr vernünftig und kooperativ reagiert."

„Ist Sie schon entlassen?"

„Im Ergebnis unserer Nachermittlungen ist das nicht ausgeschlossen. Es gibt immer neue Sichtweisen und Fakten. Aber, wie gesagt, die Arbeit dauert noch an", übernahm Hauptkommissarin Weber wieder das Kommando.

„Ermittelt man nicht erst vollständig und verhaftet dann?", fragte ich.

Sie sagte: „Was ist denn nicht vollständig ermittelt, Herr Freiers. Nur ein kleines Beispiel, eine einzige offene Frage. Was ist falsch am Faktenbild. Wo hat das böse BKA manipuliert? Theoretisch wissen Sie das doch immer, aber praktisch, gibt es da nur heiße Luft?"

Vermintes Gelände. Ich schwieg und wurde innerlich böse und angespannt.

„Dem Rechtsstaat, der Sie veröffentlichen und oft verleumden lässt, dem dienen wir", bellte Rickert aus der Ecke. „Wir können 1 und 1 zusammenzählen. Da sieht es schlecht für Sie aus. Oder haben Sie Zweifel. Ihr gegenwärtiger Aufenthaltsort spricht doch dagegen."

Es fiel immer schwerer, aber ich schwieg.

„Oder sollen wir uns über ihr wirklich nicht unerhebliches Vermögen unterhalten?", kam es noch mal aus der Ecke.

Das gemischte Doppel gab wirklich alles. Überraschungsmoment bei der Kontaktaufnahme, Aufbau eines Sympathiefeldes, Knüpfung eines Kommunikationsfadens, Verunsicherung, schneller Themenwechsel, Aufzeigen einer positiven Perspektive bei Kooperation, Provokation, *guter* Cop, *böser* Cop. Das Lehrbuch kannte ich allerdings auch.

„Wir kommen nicht weiter", sagte ich deshalb, stand auf und drückte die Klingel, die einen Beamten zum Aufschließen rief.

„Das Zeitfenster unserer Nachermittlungen ist noch nicht geschlossen", machte Frau Weber einen weiteren Anlauf. „Sie werden sich demnächst mit ihrem Rechtsbeistand unterhalten können. Vielleicht ergeben sich neue Aspekte. Das ist ihre Entscheidung."

Sie legte eine Visitenkarte auf den Tisch. Die ließ ich liegen.

In das Warten auf den Schließer hinein, sagte die Glatze: „Kennen Sie eine ganz aktuelle Kontaktmöglichkeit für uns zu Rima Stern. Deren Befragung könnte doch auch für Sie etwas Nützliches ergeben."

Ich sagte gar nichts mehr.

Nicht mein Blut

Rima.

Die wussten jetzt auch ihren Namen. Wie kamen sie darauf? Im Haftbefehl, vier Tage vor der Vollstreckung ausgestellt, gab es doch nur eine unbekannte Frau?

Darüber dachte ich, wieder zurück in der Zelle, nach. Aus der ganzen Aushorch-Nummer des Bundeskriminalamts das einzige, was mich verunsichern konnte.

Dazu trug auch der kleine Teufel Spekulation bei, der sich prompt meldete.

Ich glaubte es nicht. Ich wollte es nicht glauben. Es gab klare Fakten dagegen.

Aber: Sie zog zu mir und blieb die ganze Zeit, als die „Kieler Zelle" und ich einen Terrorclub gegründet haben sollten. Sie hatte natürlich Zugriff auf meinen Rechner und alles, wenn ich nicht in der Wohnung war. Sie fuhr mit mir nach Sylt. Sie war weg, als ich abgeholt wurde. Ich wusste im Nachhinein doch ziemlich wenig von ihr.

Rima.

Letzten September, beim Stadtteilfest im Schanzenviertel gab es einen heftigen und plötzlichen Regenschauer, viele Leute drängten sich zum Schutz in eine überbaute Hofeinfahrt. Ich auch. Sie trug ihren gerade benutzten Laptop unter dem Arm. (Mein *Ding* nannte sie es später immer). Wir standen nebeneinander und kamen ins lockere Gespräch. Ich hatte (tatsächlich) ein Installationsproblem auf meinem Rechner, Rima eine mögliche Lösung (gut erklären konnte sie aber nicht, nur machen, wie ich später merken sollte).

Nach dem Regenguss verlief sich das wieder. Ich fragte spontan, ob sie einen Kaffee will, sie wollte aber eine Waffel vom Stand schräg gegenüber. (Süßes Zeug liebte sie, später konnte sie sich tagelang von diesen *Hanuta*-Schokowaffeln ernähren.)

Ein kleines Gespräch, das blieb es an diesem Tag, viel mehr nicht. Nur Aufmerksamkeit von meiner Seite. Eine mittelgroße, blasse, dünne, schweigsame Frau um die dreißig, in weißer Jeansjacke, mit ihrem Ding und einer *out-of-bed*-Frisur, ungekämmt ins Gesicht fallenden dunkelblonden Haaren. (Die hellblauen Augen fielen mir noch nicht auf.) Irgendwie attraktiv, auf die spröde Art.

Ungefähr eine Woche später sah ich sie ganz zufällig – mit dem Ding – in der Spätsommersonne auf einer Bank vor einem der portugiesischen Cafes sitzen. Ich setze mich dazu, es folgte ein bisschen *small talk*, die Emotionen hielten sich wechselseitig in Grenzen. Sie fragte nach einem Drucker und wir gingen die Straße Schulterblatt hoch zu meiner Wohnung.

In meinem Arbeitsraum druckte sie einige Seiten aus, ich brachte ihr einen zweiten Stuhl und ein Glas Leitungswasser, setzte mich auch, arbeitete an der Internetseite und sie an ihrem Laptop. Das dauerte eine ganze Zeit und wurde jedenfalls nicht unangenehm.

Ich erzählte noch von unserer Seite, auf die ich zwei neue Artikel postete und womit sich *nogestapo.net* beschäftigt. Es kam kaum Reaktion. Auf die Frage, was sie so macht, lautete die Antwort: „Ich arbeite". Mehr kam auch auf Nachfrage nicht. Ausstrahlung besaß sie.

Unsere Vornamen wussten wir jetzt, aber nicht mehr. Kein Vulkanausbruch, kein Telefonnummerntausch, kein Date, aber Interesse. Jedenfalls von meiner Seite. Man sieht sich.

Hört sich vielleicht ungewöhnlich an, stimmt aber. Danach passierte nichts. Bis zu dem Abend, vielleicht zwei Wochen später.

Es muss schon Ende Oktober gewesen sein, jedenfalls dunkel, und ich saß an der großen Arbeitsplatte, als es klingelte. Rima. Ihr Ding trug sie im Rucksack. Im Licht des kleinen Flurs sah ich eine frische, rötlich verfärbte Schürfwunde in ihrem Gesicht und mehrere rot-dunkel verfärbte Flecken am Kragen der weißen Jeansjacke.

„Hast Du geblutet?"

„Das ist nicht mein Blut."

Dieser Satz bildete für mich den Beginn des Faszinosums Rima.

Cool gesagt, direkt ins Gesicht und voll getroffen. Das Männer-Ding kam natürlich noch dazu. Sie war verletzt, sichtlich aufgeregt, für die Kälte viel zu dünn angezogen und fragte nach einem Platz zum Pennen.

Ich nickte und sie ging in den beleuchteten Arbeitsraum, packte den Laptop aus dem Rucksack und setzte sich auf meinen Stuhl.

Mit dem zweiten Stuhl kam ich in den Raum nach und wollte eins dann doch wissen. Was ist passiert? Bullen, Nazis, miese Typen, Tiere, falscher Ort, falsche Zeit?

„WG", antwortete Rima. Was in der Wohngemeinschaft passierte, erfuhr ich erst später, so nach und nach.

Überhaupt waren Fragen nichts, was sie schätzte. Diese Aura des Geheimnisvollen gefiel mir auch, nur an manchen Punkten blieb ich hartnäckig. (Vielleicht zu selten, flüsterte der kleine Teufel Spekulation.)

Als ihr Laptop in dieser begonnenen Nacht wieder lief, wurde sie ruhiger. Sie bändigte ihre Haare mit einer Spange und blickte auf den Bildschirm. Zur Beruhigung trug auch ein Joint bei, den sie für uns beide drehte. Ich bot Bettzeug oder Schlafsack an und Rima entschied sich für den Sack. Wir saßen einige Zeit vor unseren Computern und redeten wenig. Vorgeschmack auf kommende Monate. Gemeinsam vor Monitoren sitzen und arbeiten.

Das Cannabiszeug (ich mag es eigentlich nicht) machte mich immer sehr müde. Ich ging einfach ins Bett und wachte am nächsten Morgen neben ihr auf. Nichts war passiert, außer, dass sich mein Leben veränderte. Denn natürlich, vorhersehbar, unverhofft, glücklicherweise, blieb es nicht beim einmaligen Asyl.

Alles andere, auch der Austausch von Körpersäften, das kam später und blieb kompliziert genug. Manches über ihr Leben und womit sie, gar nicht wenig, Geld verdiente, erfuhr ich bald. Jedenfalls einiges.

Aber das ist jetzt nicht wichtig.

Tag 7

Am siebenten Tag meiner Gefangenschaft wurde ich früh als einziger zu den Duschzellen im Erdschoss gebracht. Seife nahm ich mir mit, Haarwaschmittel gab es aus einer kleinen Packung, wie in den Bädern von manchen Hotels. Das Anziehen fremder und von einem anderen Menschen früher benutzter Unterwäsche blieb danach unangenehm, fast ekelig. Meine eigenen Sachen hatte ich schon zum Waschen abgegeben, das dauerte.

In der Zelle lagen die drei bestellten Bücher. Jederzeit konnten die Schließer kommen und gehen. Meine erste richtige Zellenkontrolle stand noch bevor. Die schriftlichen Unterlagen fand ich vollzählig.

Ich war antriebslos und desinteressiert an Bölls „Ansichten eines Clowns". Überhaupt an allem. Das Radio nervte und kam aus. Ich rasierte mich mühsam mit einem Plastikschaber mit nur einer Klinge. Danach machte ich gar nichts. Das Essen bestand aus Fischstäbchen und Kartoffelbrei und ich hasse Fisch. Schon den Geruch davon. Von dem Apfelmus aß ich aber lustlos.

Gestern hatte ich noch die ausführlichen Mittagsnachrichten gehört, heute blieb der Apparat stumm. Ich saß nur am Tisch, apathisch.

Natürlich ahnte ich schon zu dem Zeitpunkt, dass es mit einem stimmungsmäßig noch viel weiter nach unten gehen kann.

Der deutsch-türkische Schließer holte mich zu einem Besuch ab. Ich nahm meine Sachen, es ging nach unten und in einen Raum ohne Beschriftung. Eine kleine Zelle, in der Mitte vollständig abgeteilt durch eine Mauer und eine Scheibe.

Auf der anderen Seite stand Marcus Bohm, mein Anwalt.

Wegen der Scheibe grüßten wir uns nur mit der erhobenen Hand. Ich war ganz überwiegend glücklich, vielleicht ein klein bisschen sauer, weil es so lange gedauert hatte. Aber endlich ein vertrautes Gesicht.

„Das hätte ich nicht gedacht", fing Marcus an. „Bei allem, was wir diesem System zutrauen."

Es gab wohl eine Erklärung der Bundesanwaltschaft, die eher klein in der Wochenendausgabe der *Süddeutschen* und woanders abgedruckt wurde. In der Presse spielten aber Namen keine Rolle. Es hieß nur Festnahmen in Kiel und Hamburg, wegen Anschlägen auf Internetfirmen. Marcus sah erst klar, als Montag ein Brief vom Bundesgerichtshof in seinem Büro ankam. Aus der Hamburger Szene hatte es bis dahin keine Reaktion gegeben, jedenfalls nicht bis zu ihm.

Mich vermisste also niemand für mehrere Tage.

Ich sagte und fragte nichts und sog erstmal alles an Neuigkeiten auf.

Nach dem Brief dauerte es noch mit dem Besuch. Beim Gericht gaben sie ihm meinen Knastort bekannt. Eine Sprecherlaubnis musste beantragt werden, danach die telefonische Anmeldung im Gefängnis. Er wollte schon gestern kommen, aber für gestern wurde ein Treffen von Freunden angesetzt, auch ohne große Infos von mir. Deshalb nahm Marcus erst heute den ersten Zug.

(Andersherum wäre es vielleicht besser gewesen, aber ich schwieg.)

Er zählte auf, wer teilnahm. Drei, vier Leute aus Hamburg und Tom von der Redaktion aus Berlin. Karfreitag sollte ein größeres Treffen stattfinden.

Immerhin ein Anfang. Dann sagte ich den ersten Satz. „Weißt Du genau, worum es geht?" Er verneinte. Erzählen oder lesen lassen? Ich hielt ihm nacheinander die sechs Seiten des Haftbefehls an die Scheibe, mein Anwalt kniete auf seinem Stuhl und las.

Danach fragte ich: „Zehn Jahre" und er antwortete „Minimum."

Lächelnd waren wir im Geschäft.

Praktizierte Sachlichkeit kann etwas sehr wohltuendes haben. Ole Frei und Marcus Bohm sind keine Männer, nie gewesen, für das Reden über Gefühle.

Wir waren Männer für einen organisatorischen und strukturierten Blick auf die noch zur Verfügung stehende Besuchszeit. Rund zwei Stunden. Dann für eine Art Tagesordnung: Erst, was dringend gebraucht wird, zweitens Solidaritätsarbeit in der Öffentlichkeit und als letztes, was konkret zum Haftbefehl gemacht werden konnte.

Ich ließ Marcus die Bankverbindung des Haftkontos aufschreiben, mit meinen eigentlichen Namen (er kannte auch nur Ole Frei) und dem Geburtsdatum. Dann, welche Zeitungen ich auf welche Adresse wollte. Nebst einem kleinen Wasserkocher und einem Fernseher.

Er versprach, es umgehend zu erledigen. Die Dringlichkeit für mich wurde deutlich. Es ging nicht um Geld und zwei Geräte, sondern um viel mehr.

Ich bat ihn erstmal Geld auszulegen. Er bekäme es wieder. Es sei auch genug Geld da, damit er auf meine Kosten einen Billigflieger nach Stuttgart nehmen kann, Taxi oder eine Pension, wenn das für ihn besser ist. Um uns zu ermöglichen, die Sprechzeit zu verlängern. Ich wollte ihm zusätzlich von meiner Postbank eine Kontovollmacht erteilen. Das hatte er auch verstanden, ein Solidaritätskonto mit Spenden, schön und gut, meine Botschaft lautete: Es ist jetzt schon Geld da.

Dann kam das Kleidungsproblem. Die Schlüssel zu meiner Wohnung steckten in der Lederjacke, und wo beide jetzt waren, wusste ich nicht. Marcus notierte sich, zur Wohnung zu gehen und sonst die Herausgabe des Schlüssels zu beantragen. Ich erzählte von Rima, die besaß auch einen.

Aber der Weg von meinen Sachen nach Stuttgart blieb kompliziert. Ich bat ihn auf dem Treffen am Karfreitag Leute zu finden, die sich nur darum kümmern und ihnen zu sagen, dass sei für mich sehr, sehr wichtig. Ein positives Zeichen. Ein Mutmacher. Wichtiger als Besuche, die liefen nur mit Überwachung.

Dann kamen wir bei Solidarität, Protest und Weltfrieden an.

Unser Portal blieb unbehelligt. Tom hatte die Verhaftung auf der Seite öffentlich gemacht und wollte für eine breite

Streuung im Netz sorgen, auch bei Printmedien, freien Radios oder Fernsehen. Klarer Tenor: Kritischer Journalist verhaftet.

„Wäre ich ein chinesischer Blogger, käme ich in die *New York Times* oder auf CNN, Claudia Roth und Hillary Clinton würde sich für mich einsetzen."

„Dann lieber sitzen", antwortete Marcus gelassen auf den Witzversuch.

Meine Postadresse sollte auf jeden Fall veröffentlicht werden. Außerdem wollte ich einen offenen Brief schreiben, nichts zum Vorwurf, aber wofür ich stehe. Mein Anwalt fand das gut. Adressieren sollte ich den Brief an sein Büro, damit er den Text kritisch gegenlesen konnte.

Anwaltspost in Terrorismusverfahren, so lernte ich dazu, ging nicht direkt und unzensiert von Klient zu Anwalt, sondern musste einem Kontrollrichter vorgelegt werden. Das führte nur in seltenen Fällen zur Zurückweisung, es dauerte aber auch einige Tage länger. Bei seinen Briefen an mich musste derselbe Weg eingehalten werden.

Dann wurde es noch ein klein bisschen heikel, denn ich bat Marcus, Rechtsanwalt Thomas Schüttler in Berlin zu benachrichtigen, damit sie das Mandat zusammen machen. Er versprach es, sie kannten sich glücklicherweise.

Spätestens zu diesem Zeitpunkt des Gesprächs hätten wir draußen schon beide geraucht. Zur Entspannung lästerten wir über die ganze Nichtraucher-Hybris. Ein Verbot galt inzwischen auch in Gefängnissen – außer in den Zellen der Gefangenen.

Den Einstieg in die Net Cut-Geschichte bildete mein Bericht vom Besuch des BKA.

Außer bei mir auf den Busch zu klopfen, bestand ihr Anliegen wohl darin, durchblicken zu lassen, dass die verhaftete Frau Kooperationsbereitschaft zeigte. Das konnte, musste aber nicht stimmen und verhieß generell nichts Gutes. Stichwort Kronzeuge.

Die Verhaftungen erfolgten natürlich zeitgleich. Die Anwältin von dem, der an der Kieler Uni arbeitete, kam auch aus Hamburg. Gestern wollte sie zu ihm in den Knast nach Hannover fahren. Es gab also Kontakte und Austausch, auch mit dem Verteidiger von Jerry aus Kiel.

Das Problem des Abhörens von Anwaltsgesprächen hin oder her, ich sagte Marcus, dass an der Sache generell und an dem Anschlag bei mir absolut nichts dran ist. Von meiner Liste schilderte ich auch die Kontakte mit Jerry und wann sie endeten.

Die Hagener Aktion fand in einer Nacht von Sonnabend auf Sonntag statt, Marcus las die Wochentage aus seinem Taschenkalender ab. Ich trug ihm auf, nach dem Termin der Luxemburg-Konferenz im Januar zu schauen. An dem ganzen Wochenende hielt ich mich von Freitag bis Montagmorgen in Berlin bei Tom und anderen Leuten auf, es konnte ja wichtig sein.

Marcus fragte nach Sylt. Viel gab es nicht zu sagen. Ich fuhr gelegentlich zu einem Kurzurlaub in die alte Heimat, immer in eine auf alternativ gemachte Pension am Rand von Westerland. Sie gehörte früher der Mutter und jetzt der Schwester eines Schulfreundes vom Inselgymnasium.

Dann ging es um die Erklärung zum Anschlag. Ich bat, sie aus dem Netz zu ziehen und zu schicken. Von der Kriminalisierung mittels Sprachgutachten wusste Marcus natürlich auch. Dass es in der Berliner Sache in einem Fall aber scheiterte, nahm ich mit Freude zur Kenntnis.

Natürlich musste erstmal Akteneinsicht genommen werden. Die würde ganz schön umfangreich ausfallen. „Ein Berg Arbeit", wie mein Anwalt zutreffend bemerkte. Und mindestens so lange sitzen, dachte ich nur, ohne es auszusprechen.

Auch die Frage nach dem geschützten Informanten konnte erst dann geklärt werden. In den Akten mussten er oder sie ja vorkommen. So sicher ich mir bei fehlenden Beweisen gegen mich aus Observation, Abhören oder sonstigen klassischen Sachen war, Spitzel und Kronzeugen blieben unberechenbar. Das sagte ich auch.

Der Schließer hatte schon die Tür auf der Anwaltsseite geöffnet und das Ende der Besuchszeit angemahnt. Marcus ersparte uns das „Sei stark"-Pathos und gab noch einen Kurzbericht, warum St. Pauli nicht in die Bundesliga aufsteigen wird. Dann trafen sich unsere Hände an der Scheibe als Verabschiedungsgruß.

Der Schließer kam in meine Zellenseite und ließ mich eine Vollmacht unterschreiben.

Geld und Leben

Über Geld redet man ja eigentlich nicht. Aber mit Marcus sprach ich schon kurz darüber, sei es drum.

Zum besseren Verständnis der Geschichte erst ein bisschen Heimatkunde.

Das Image der Insel Sylt ist seit langem festgelegt und es stimmte. Insel der Reichen mit ihren großen Häusern in Kampen, wo es Luxusimbisse gibt mit Austern und Champagner. Ansonsten Immobilienboom für die weniger Reichen, für die wuchsen Ferienwohnungstürme in den Himmel. Für normale Urlauber gab es allerlei touristischen Schnick-Schnack dazu.

Für uns Kinder der Einheimischen spielte dies in den Siebzigern, frühen Achtzigern keine große Rolle. Wir fanden unsere Ecken im Dorf und am Meer. Ich startete eine Karriere als Torwart in der Jugendmannschaft des TSV Westerland.

Durch Zimmervermietung an Feriengäste verdienten sich viele Eltern von Mitschülern etwas dazu. Bei uns nicht. Meine Mutter arbeitete in einem Erholungsheim und wurde später

dessen Leiterin. So eine Einrichtung vom Müttergenesungs-
werk, also für Frauen, denen Kinder, Mann, Ehe und Arbeit
ein *burn-out*-Syndrom bescherten. Wie es damals genannt
wurde, erinnere ich nicht.

Wir wohnten in einem kleinen Haus aus Familienbesitz mit
Garten im alten Ortskern von Westerland. Ich bekam den
ausgebauten Dachboden für mich, sonst gab es noch unten ein
Schlafzimmer für meine Mutter, Küche, Bad und zwei inei-
nander übergehende Räume. Was es nicht gab, war ein Vater.

Meine Mutter bekam mich mit 33. Über den Erzeuger hielt
sie sich lange bedeckt, nach späteren Berichten einer der ver-
heirateten Ärzte, die die Einrichtung betreuten. Ich fragte erst
wenig, mit 12, 13 stieg die Neugier stark an, aber nach ihrer
Auskunft hatte er die Insel längst verlassen.

Uneheliches Kind bedeutete damals kein Stigma, wie wohl
früher. Einen Alleinerziehenden-Kult machte sie aber auch
nicht draus. Einfach eine bodenständige Frau mit Kind. Als
ich schon auf das Gymnasium ging, lief mal was mit einem
geschiedenen Lehrer, sogar einige Jahre. Zu ihrer Beerdigung
erschien er jedoch nicht.

Keine ganz einfache Situation, manchmal etwas erdrückend.

Viel Zeit verbrachte ich als Jugendlicher mit meinem Onkel,
einem Tischlermeister, der sich mit Werkstatt und Familie auf
das Festland zurückgezogen hatte, wo alles billiger ist. An
seinem Firmenwagen klebte die *Atomkraft Nein Danke*-Sonne.
Mit 11 nahm er mich mit zu meiner allerersten Demo, einer
deutsch-dänischen Friedenskundgebung direkt an der Grenze
hinter Flensburg. Viel später landete er bei den Grünen und
stand Bomben auf serbische Schulkinder im Kosovo-Krieg
und der NATO nicht mehr so ablehnend gegenüber.

Meine Mutter litt an einen angeborenen Herzfehler und
wurde schnell kurzatmig. Das verschlimmerte sich und sie
musste operiert werden. Besser wurde es nicht mehr. Als ich

schon lange in Hamburg studierte, 94 oder 95, ist sie plötzlich gestorben.

Sie wünschte sich eine Seebestattung in der Nordsee, erfuhr ich von meiner Tante. Dazu gab es einen evangelischen Gottesdienst und eine kleine Feier, die am selben Abend von den Frauen aus ihrem Malkurs veranstaltet wurde. Eines ihrer Bilder, gelber Strand, blauer Himmel, habe ich behalten.

Knapp eine Woche nach der Todesanzeige in der Zeitung nahm die erste Maklerfirma mit meinem Onkel Kontakt auf. Um es kurz zu machen: Ich war der einzige Erbe und verkaufte das Grundstück (heute ist da ein mehrstöckiger Appartementbau) für 600.000 Mark. Etwas an Steuern ging ab, aber ich besaß plötzlich weit über eine halbe Million DM.

Das Geld änderte vieles. Aber der Reihe nach.

Nach dem Abitur 1990 fuhr ich einige Wochen mit meiner damaligen Freundin, die noch zur Schule ging, in den Sommerferien nach Norwegen. Den Zivildienst musste ich nicht antreten, weil ich als untauglich ausgemustert wurde, eine Rückengeschichte. Im Herbst ging es nach Hamburg, ein großer Schritt.

Ich wollte Journalismus studieren. Für unsere Schülerzeitung schrieb ich und auch kurze Sportberichte für die *Sylter Nachrichten*. Den *Spiegel* las ich mit Begeisterung und bei meinem Onkel die *taz*. Meine Helden waren damals aber die Macher von *Tempo*, einem Magazin mit langen Artikel und Bilderstrecken, das irgendwann in der 90ern den Zeit-Geist aufgegeben hat.

Aber es gab an der Uni für Journalismus kein richtiges Angebot und im Süden wollte ich nicht studieren. (Jetzt haben sie in Hamburg schon lange ein eigenes Institut und letztes Jahr nahm ich dort auf dem Podium Platz zur Diskussion über „Terrorismusberichterstattung".) An der Henri-Nannen-Schule scheiterte ich an der ersten Bewerbungshürde.

Also doch zweite Wahl: Jura.

Das einerseits, andererseits Studium. Einerseits ist es vom Stoff bis zum Umfeld öde. Andererseits kann faktisch jeder, der lesen und schreiben kann, es auch absolvieren. Das Einlassen auf die Methodik und eine temporäre Arbeitsdisziplin vorausgesetzt.

Meine Mutter, selbst mit Diplom einer Hotelfachschule, überwies mir monatlich 500 Mark und das Kindergeld, damit kam ich aus. In den Semesterferien jobbte ich in den ersten Jahren häufig auf der Insel. Anwalt lautete das einzig realistische Berufsziel.

In Hamburg begann meine „Politisierung" (damals hat es niemand so genannt, ich lebte einfach und lernte Dinge kennen, die ich nicht wusste oder jedenfalls nicht so genau).

Ich zog in eine Wohngemeinschaft in die Rosenhofstraße im Schanzenviertel. Das war noch nicht so geleckt und kommerziell ausgebeutet wie heute, sondern schäbig und schön. In der WG lebten nur Männer.

Einen leicht kritischen Blick auf die Zustände brachte ich schon mit, aber nicht fundiert. Jetzt kamen die Lektüre von Texten und kleinen linken Zeitschriften dazu, Veranstaltungen, Gespräche, Flugblätter und Aktionen. Meine Demonstrationen fanden nicht mehr nahe der dänischen Grenze statt. Das Kommunistische Manifest hatte ich gelesen, aber sonst kaum was Klassisches. Ich sog auf, was kam. Dazu gehörte natürlich auch die Subkultur aus Literatur und Musik. Ein Punk war ich aber schon zu meinen Schülerzeiten, als er aufkam, nicht. Die Musik der Hamburger Schule gefiel mir, besonders Die Sterne. Manches von Nirvana auch.

Wir waren eine Generation im Übergang. Kannten eine Welt ohne Mobiltelefone und Internet, eine Welt mit zweimal Deutschland und der UdSSR, eine Welt ohne MTV und soziale Netzwerke. Unsere Texte gab es lange auf Flugblättern und in Stadtteilzeitungen noch auf Papier, die digitale Welt kam später. Bis heute habe ich nur reale Freunde, aber keinen einzigen virtuellen. Mit den neuen Sachen kamen wir dann auch schnell klar, nicht wenige erwiesen sich als nützlich. Welche Welt die bessere war? Nicht wichtig.

Um die alte Friedensbewegung ging es in den Jahren nie, mehr um die Gefangenen aus der RAF, *Nie wieder Deutschland* als Reaktion auf die politische Entwicklung nach der Wiedervereinigung, um Protest gegen Mordanschläge auf Ausländer in Rostock, Mölln und Solingen, um die Sicherung der besetzten Häuser der Hafenstraße und um die „Rote Flora", einem erkämpften Stadtteilzentrum, von meiner Wohnung nur eine Straße weiter gelegen.

Fest organisierte ich mich nicht, schon gar nicht in einer Partei. Kader wollten wir nicht werden, keiner Parteilinie unterworfen, kein MLer sein, was für vielerlei Formen von Marxismus-Leninismus stand.

Wir waren autonom. Partisanen des Alltags. Meistens ging um ein Thema. Atomtransporte, Nazis, internationale Solidarität mit Befreiungsbewegungen wie den Zapatisten in Mexiko, Rüstungsexporte aus dem Hamburger Hafen, keine Luxussanierung von Stadtvierteln zum Beispiel. An der Uni machte ich politisch kaum was.

Wer medizinische Kenntnisse besaß wurde „Demo-Sani" und half Verletzten. Ich arbeitete einige Zeit im Ermittlungsausschuss, der erste Rechtshilfe für Verhaftete leistete.

Viele Leute lernte man schnell und manchmal gut kennen. Marcus gehörte später auch dazu und hoffentlich einige, die Karfreitag was für mich organisieren würden. Viele trieben aber auch einfach nur so mit und orientierten sich nach einiger Zeit anders. Eine Frau kannte ich mal einen schönen Sommer und Herbst, die hat jetzt einen guten Job beim NDR-Fernsehen.

Mein Interesse am Schreiben hatte nicht aufgehört, fand aber erst keinen Weg.

Als ich im Öffentlichen Recht eine Themenarbeit über die Geschichte des „legalen polizeilichen Todesschusses" verfasste, scheiterte ich mit einer Veröffentlichung des Textes im alternativen Fachblatt *Kritischen Justiz*, brachte es in gekürzter Form und in zwei Teilen aber im *AK* unter. Einer linken Zeitschrift mit guten Inhalten und einem schaurigen *Layout*. Das wurde meine erste Veröffentlichung in Hamburg.

Im Sommer 1993 machte der Bahnhof im kleinen mecklenburgischen Nest Bad Kleinen wochenlange Schlagzeilen. Es wuchs sich zu einer richtigen Staatsaffäre aus, Rücktritt des Bundesinnenministers inklusive. Es gelang dem Verfassungsschutz, einen seiner Spitzel an Illegale der RAF heranzuführen.

Auf dem Bahnhof sollte deren Verhaftung stattfinden. Es kam zu einer Schießerei, einer der GSG-9-Polizisten war danach tot und der Gesuchte Wolfgang Grams auch. Der *Spiegel* stieg groß ein und legte nah, dass er von den Kollegen des Toten aus Rache exekutiert wurde. Die offizielle Version lautete auf Selbstmord.

Mit Leuten aus Hamburg und anderen Städten fand zwei Sonntage danach eine Kundgebung auf dem Bahnhofsgelände statt. Ich fuhr mit. Daraus entstand mein erster Artikel für die Hamburger *taz*, über die Kundgebung, die polizeiliche Reaktion darauf und was die Dorfbewohner machten. Für den *AK* schrieb ich dann über Widersprüche in der staatlichen Darstellung. Auch gab es in Hamburg Leute, die den Agenten, der aus der linksradikalen Wiesbadener Szene stammte, kannten. Aus diesen Recherchen resultierte noch ein weiterer Artikel, ich glaube auch für die *taz*. Ein Anfang war gemacht.

Heute würde ich sagen: Ich hatte mein Thema gefunden.

Mit dem Studium ging es alles seinen Gang, ich machte meine Scheine, hospitierte im Ferienpraktikum bei einer linken Anwältin und befand mich auf der Zielgeraden für mein Staatsexamen.

Dann starb meine Mutter und das Geld kam.

Als erste Entscheidung machte ich noch mein Examen und hörte dann auf mit Jura. Ein gutes Gefühl, das bis heute besteht.

Danach verließ ich die WG (zu viel Stress und Unordnung) und fand in der Nähe eine kleine Dachgeschoßwohnung (genau die, in der ich verhaftet wurde) mit zwei Räumen, einem zum Schlafen und einem Arbeitszimmer mit ausreichend Platz für ein anwachsendes Archiv aus Büchern, Broschüren und ausgeschnittenen Zeitungsartikeln. (Wir haben Mitte der 90er, die analoge Steinzeit.) Ich besaß eine Schreibmaschine und kaufte, so ein Jahr später, meinen ersten 286er-PC, eine Art Schreibautomat, das Netz kam erst etwas danach.

Meine ersten Arbeiten zeichnete ich mit *mof*, den Initialen meines vollen Namens.

Von da an begann ich als „Ole Frei" zu schreiben und nannte mich auch so.

Mit dem Geld im Hintergrund arbeitete ich nur noch als Journalist (oder wollte richtig einer werden). Jedenfalls wurde die Arbeit konzentrierter und systematischer. Ich fand endgültig meine Themen, verbesserte den Schreibstil und erweiterte nach und nach auch mein Umfeld.

Ich konnte mir jetzt teure Sachbücher und mehrere Zeitungen täglich leisten und zu Schwerpunkten auswerten (daraus ist das große Archiv entstanden). Ich begann, mir Infodienste zur inneren Sicherheit schicken zu lassen, verfolgte polizeiliche Fachzeitungen, Bürgerrechtsblätter, wichtige Urteile und Parlamentsveröffentlichungen (heute gehe ich auf die entsprechenden Seiten).

Ich kam mehr rum. Wenn mich ein Kongress in Frankfurt interessierte fuhr ich hin oder finanzierte mir Besuche bei wichtigen Prozessen. Ich hörte nicht auf, selbst politische Sachen zu machen. Aber mit der Zeit wuchs auch meine Rolle als Betrachter und Berichterstatter.

In Berlin lernte ich um 2000 Tom kennen, der zu ähnlichen Themen arbeitete. Mit ihm und Martin entstand dann 2002 *nogestapo.net*, dessen Startkosten zahlte das Erbe. Aktuell lagen wir bei 15.000 Seitenaufrufen pro Monat, bei 1.800 Besuchern. Nicht wirklich viel, aber wir wurden verlinkt und zur Kenntnis genommen (offensichtlich ja auch vom Staatsschutz).

Auch sonst wuchs das persönliche Netzwerk, es kamen auch liberalere Journalistenkollegen dazu, Leute aus Verlagen, Organisationen und Redaktionen, von Uni und Parlament.

Groß was vom Geld verprasst habe ich eigentlich nie. 1998 reiste ich einige Wochen durch die USA, dem Mythos von New York und San Francisco auf der Spur.

Über die Jahre bildete eine Mischfinanzierung meine Lebensgrundlage. Einen kleinen Teil nahm ich von dem Geld direkt, einen anderen Teil von den Zinseinnahmen.

Den Rest musste die Arbeit bringen. Als freier Journalist gar nicht so einfach.

Bei meinen Themen tummelten sich natürlich viele und wollten auch ihre Krümel vom Kuchen.

Genug zu schreiben gab es immer. Hauptsächlich natürlich Artikel, kleinere über aktuelle Sachen, aber in den letzten Jahren auch längere Stücke mit Hintergrund und Analyse. Immer mal wieder kamen Prozessberichte dazu (zuletzt über den ersten Piratenprozess in Hamburg seit 400 Jahren). Ich machte Buchbesprechungen (da bekommt man außerdem interessante Veröffentlichungen kostenlos ins Haus) oder Beiträge für Sammelbände. Gelegentlich bot ich Interviews an.

Es gab auch mal die Idee für ein Buchprojekt über militante deutsche Gruppen im 21. Jahrhundert, mit anonymisierten Gesprächen, Dokumenten und Auseinandersetzungen (mit dem Blick auf meine jetzige Lage natürlich der *Brüller* und eine Fundgrube für Sprachsachverständige). Aber realisiert wurde das nie.

Anderes Geldverdienen ging so: Du hattest was Interessantes aufgetan, was auch im *Stern* oder bei *Spiegel-online* laufen konnte (also nicht zu systemkritisch). Dann kauften sie manchmal die Idee und das Material, du machst auf Wunsch noch zusätzliche Recherche, aber ihre Redaktion schreibt die ganze Geschichte, bebildert sie und du wirst nicht genannt. Über moderne Polizeiwaffen und ihre Gefahren ist zuletzt mal so etwas gelaufen.

Die Quantität der Arbeit macht also nicht das Problem aus, sondern die Qualität der Bezahlung.

Viel ging ja sowieso umsonst. Unser eigenes Portal ist ein solcher Null-Euro-Job. Viele meiner Abnehmer sind kleine linke Blätter, die zahlten höchstens 40 Cent pro Zeile. Ein normaler Bericht brachte also 30 bis 40 Euro, Recherchekosten gehen auf dich. Eine-seltene-Buchbesprechung in der *Zeit* oder ein Beitrag in *Konkret* kamen auf 200 Euro. Mal was Längeres in der *Frankfurter Rundschau* oder der Verkauf deiner Geschäftsidee brachte maximal 1.000 Euro und war noch seltener.

So sah der Rahmen aus. Die Mindesteinnahmen für die Künstlersozialkasse schaffte ich aber immer, manchmal deutlich mehr.

Prekäre Beschäftigung lautete das Stichwort für Sozialwissenschaftler, *digitale Boheme* in der verklärten Sprache armer Seelen mit unvorteilhaften Berlin Mitte-Brillen. Mein Blick blieb pragmatisch: Ich konnte mein Leben leben. An die irgendwann drohende Ebbe dachte ich so wenig wie an die Rente und den Tod.

So um die 200.000 Euro lagen noch auf dem Konto. Das BKA hatte es auch entdeckt. Ich stehe dazu. Generation der Erben. Als öffentliches Thema wäre es mir aber nicht so recht.

Erzählt hatte ich noch nie jemanden davon.

Der Russe

Die Zellen direkt neben IV/11 standen leer. Nicht schwer festzustellen, denn es gab keine Geräusche. Auf dem Gang im 4. Stockwerk saßen aber andere Gefangene. Ich bekam sie nur nie zu Gesicht. Ich war allein in meiner Zelle, beim Duschen, beim Einkauf und in der Freistunde. Selbst auf der Führung zu den Besuchen begegneten wir nur einmal einer Beamtin, nie einem Mitgefangenen. An dem Rufen, abends oder in der Nacht aus dem Zellenfenster, beteiligte ich mich natürlich auch nicht, ich kannte ja keinen anderen Insassen.

Nur beim Austeilen des Essens gab es Kontakt. Ungefähr für zehn Sekunden. Die dafür eingeteilten Gefangenen trugen eine weiße Jacke und Hose, in der ein kariertes Küchenhandtuch steckte. Nach dem Aufschließen der Zelle hielten sie davor mit einem Rollwagen. Erst kamen verpackte Lebensmittel und Getränke auf ein Plastiktablett. Mittags wurde warmes Essen mit einer Kelle aus Warmhaltetöpfen dazu gegeben und abends Brot und Aufschnitt mit einer Zange.

Das Tablett stellten sie auf den Tisch. Morgens kamen sie noch einmal wieder mit einer Kaffeekanne. Also im Prinzip wie die Stewardess im Flugzeug, nur in jeder Hinsicht anders.

Es kamen nicht immer dieselben Essensausteiler. Wie das Ganze organisiert wurde, durchschaute ich nicht. Wahrscheinlich gab es eine Küchencrew, die sich die Vorbereitungsarbeiten wie Kartoffelschälen, das eigentliche Kochen und das Austeilen aufteilte und in Schichten arbeitete.

Meistens machten den Job abwechselnd ein hohlwangiger, großgewachsener Deutscher und der Russe.

Ob er wirklich ein Russe war, wusste ich natürlich nicht. Er sah eben osteuropäisch aus und einmal fluchte er kurz, weil er das Tablett fast fallen ließ. Der Fluch hörte sich für meine Ohren so an. Der Russe eben. (Grobe Klassifizierungen waren unter den Bedingungen ganz normal. Bei den Schließern ging es genauso: der Bärtige, der Türke, die unfreundliche Frau und der, der kein Hochdeutsch konnte).

Nach einigen Essensausteilungen bestand bei mir der Wunsch nach kleiner Konversation (aber nicht mit Deutschen) und ich zeigte auf mich und sagte: „Ole". Der Russe antwortete nicht und stellte nur das Tablett ab. Auch bei der nächsten Möglichkeit erfolgte keine Reaktion. Nicht, dass es mir lebenswichtig gewesen wäre, aber als kleine Geste hätte es mich gefreut.

Andererseits gab es vielleicht Gründe. Der Schließer stand ja neben der geöffneten Zellentür und möglicherweise bestand ein Redeverbot bei der Essenszuteilung (besonders bei mir, der doch Isolation hatte). Seinen guten Küchenjob wollte sicherlich keiner aufs Spiel setzen.

Bei der Abendbrotausteilung (das hieß gegen 18 Uhr) nahm ich einen weiteren Anlauf und fragte den Russen: „Weißt Du, ob ich einen Wasserkocher vom Knast bekommen kann, wie das Radio?".

Er machte eine Kopfbewegung nach draußen. Der, der kein Hochdeutsch kann, kam in die Zelle und ich wiederholte meine Frage. Von seiner Antwort übersetzte ich mir die Wörter „Tauchsieder" und „schreiben".

Der Russe stand beim Gespräch hinter dem Beamten und hob seine Hand ein wenig an, wie zum Gruß, als er die Zelle verließ.

Ostern

Den nächsten Tag begann ich mit dem Schreiben von Anträgen. Der Zeitungsempfang stand hoffentlich bald bevor, dann die Wasserkocherlösung, das TV-Gerät und gleich noch ein weiterer Antrag auf mehr Papier, Briefumschläge und Briefmarken, auch für Anwaltspost (letzteres unterstrichen).

Beim Freigang, der sehr früh stattfand, merkte ich beim Blick durch den Draht, dass die Sonne schien. In der Zelle gab es eigentlich kein Wetter, nur hell oder dunkel.

Die Essensausteilung machte mal ein ganz neues Gesicht (an einem der Ostertage bekamen wir drei bunt verpackte Schokoladeneier).

Der Antrieb der ersten Stunden ließ dann stark nach.

Schnell stelle sich wieder das Gefühl ein, reduziert zu sein, absolut unfrei, nicht tun zu können, was man möchte. Nicht mit Espresso vor einem Monitor zu sitzen, nicht nach draußen oder nur in ein anderes Zimmer gehen zu können, nicht mit dem Finger zu scrollen, um Kurzmitteilungen aufzurufen oder Rima zu fragen, ob sie Pläne für den Abend hat und nur ein Achselzucken zu bekommen.

Die Folge des Fehlens dieser und weiterer Dinge verursachte lustlose Passivität.

Ich wollte die Erklärung schreiben, wie mit Marcus besprochen. Aber das Blatt auf dem Tisch blieb leer. Es war schon schwer und völlig ungewohnt, etwas mit der Hand zu schreiben, statt einen Text auf dem Bildschirm zu haben und dann zu überarbeiten. Den Hauptgrund bildete aber das Gefühl der Sinnlosigkeit. Kam die Post an? Wie lange blieb sie unterwegs? Erfüllte die Erklärung einen Zweck? War diese Art Selbstdarstellung nötig, zu *Net Cut* wollte ich ja gar nichts schreiben?

Die Erklärung blieb natürlich nötig, aber erstmal nicht zu leisten. Später und mit großem Energieaufwand für die nötige Konzentration konnte das gehen.

Ich vermisste das Netz.

Das Aufrufen von Seiten und Blogs jeden Tag, um einen aktuellen Stand zu haben. Ein bisschen Entspannung bei *S.P.O.N* , der Onlineausgabe des Spiegel und *Kicker.de*. Die Arbeit, mit dem Öffnen der Mails für *nogestapo.net* , dem Redigieren neuer Texte und der Bearbeitung der Seite. Dazu natürlich das eigene Schreiben und Recherchieren.

Gut, 95 Prozent des Angebots im Internet bestand aus Schrott, illegalen Schweinereien, Hassverbrechen und Pornogewalt, simpler Werbung und Propaganda, dümmlich-eitler Nabelschau, Verkauf von Waren, Dienstleistungen und Verschwörungstheorien, mediokrer Unterhaltung und Kommentaren geltungsgeiler Idioten – den Rest fand ich aber ganz nützlich.

Auch das Fernsehen vermisste ich. Viel stärker als draußen. Zum Runterkommen genauso einsetzbar wie Weißwein (oder Rimas Kiffen). Das System dahinter, geschenkt: Herrschaftsinformation und Bespaßung der Masse.

Wenn aber die Ware Fußball verkauft wurde, saß ich davor. Bei Krimis und Kitschfilmen sehr selten. Manchmal bei Tierfilmen, am liebsten mit Affen und Elefanten. Oder hübsch kaputten Serien, wie *The Big Bang Theory*

Mein Radio in der Zelle schuf keinen Ersatz. Das Glück der ersten Tage verrauschte. Die Nachrichten blieben als Brücke nach draußen wichtig. Aber ich mochte mir keine Bücher vorlesen lassen oder Sendungen zuhören über die NATO-Russland-Beziehungen, die Euro-Rettung oder über die Abschaffung des Urheberrechts im bösen Internet.

Mit den Büchern lief es nicht besser. Ich las aus Langeweile und, um überhaupt müde zu werden. Böll hatte ich schon durch. Ein *deja vu,* aber nicht positiv. Achtziger Jahre, Leistungskurs Literatur. Böll, Grass und Lenz, die Favoriten der Lehrer, rauf und runter.

Ihren Ansatz mussten wir oft genug interpretieren. Einige Schrecken der Nazi-Zeit beschreiben, auf die Kontinuität von Personen bis weit in das Deutschland nach 1945 hinweisen und humane Werte propagieren. Aber Menschen, die wirklichen Widerstand leisteten, denen gaben sie kein literarisches Gesicht. Anna Seghers Buch „Das siebte Kreuz" lernte ich ebenso wie „Nackt unter Wölfen" oder Bücher von Christian Geissler erst in meinen WG-Jahren kennen.

Meine kleine, gut aufgeräumte Wohnung, vermisste ich auch.

Im Kopf wusste ich sofort den Geruch des Bettzeugs, wo meine Kleidung im Schrank lag, die Anordnung von Geschirr, Haushaltsgeräten und Lebensmitteln in der Küche, die griffbereiten Waschsachen im Bad, wo die Ordner standen und die Papierstapel zu den verschiedenen Themen im Arbeitsraum. Der letzte angefangene Artikel im Schreibprogramm handelte von der Praxis der strategischen Fernmeldeaufklärung des Bundesnachrichtendienstes.

Dort wachte ich auf, dort verbrachte ich sehr viel Zeit, dort fühlte ich mich wohl und kannte auch das Viertel Drumherum seit zwei Jahrzehnten. Mein Zuhause, mein Arbeitsplatz, alles.

Würde es jemals wieder so sein? Auch nachdem sie mich dort aus dem Bett geholt, alles durchsucht und möglicherweise verwanzt hatten? Ab wann konnte ich überhaupt dahin zurück? In einigen Wochen, Monaten oder Jahren?

Treffen

Wann hatte ich zuletzt einem Gefangenen Hilfe geleistet, mit persönlicher Anteilnahme und langem Atem? Richtig etwas für ihn (oder sie) getan.

Nicht wie heute üblich. Eine Rundmail kommt an, Verhaftungen in der Türkei, Folter irgendwo oder Menschenrechtsverletzungen im Iran, dein Blick ist auf die Nachricht gerichtet, schlimme Sache, die betroffenen Menschen sind ausgeblendet, die Löschtaste wird gedrückt oder in seltenen Fällen kommt die Nachricht in eine Ablagedatei.

Auch nicht wie das Prinzip der rein virtuelle Unterstützung. Es kommt eine andere Mail mit einem Link, der gleich die Protestadresse einer Regierung oder internationalen Institution öffnet, eine Forderung ist schon vorgegeben, Absender einsetzen, zwei Mausklicks, die Sache ist durch.

Wann war es mal meine persönliche Sache gewesen?

Für Mumia Abu Jamal lief einiges, auch mit meiner Beteiligung. Für einen als Polizistenmörder zum Tode verurteilten schwarzen Journalisten und Aktivisten, der über Jahrzehnte in der Todeszelle saß und aus ihr Artikel schrieb. Gerade wurde sein Todesurteil in lebenslängliche Haft bis zum Grabstein umgeändert. Dessen Zelle lag 5.000 Meilen entfernt an der Ostküste der USA, gänzlich unwahrscheinlich ihn je persönlich kennen zu lernen, aber er war eine standhafte Ikone gegen Lynchjustiz und Todesstrafe. Für Mumia hatte ich demonstriert, an Mahnwachen vor dem amerikanischen Konsulat an der Alster teilgenommen und auch mal etwas geschrieben.

Aber sonst, ganz persönlich, konnte ich mich an nichts im letzten Jahrzehnt erinnern.

Als ich noch studierte, frühe Neunziger, wurden Ralf und Knud verhaftet, zwei Aktive aus der Besetzerszene der Roten Flora, dem Stadtteilzentrum bei meiner Wohngemeinschaft um die Ecke.

Für sie gab es viel Solidarität. Beide saßen im Gefängnis mit dem Vorwurf, sie hätten einen Zug zum Entgleisen bringen wollen. Eine idiotischer Anklage, aber Grund für monatelange Haft und einen Prozess, der mit ihrem Freispruch endete.

Viele kannten die Beiden persönlich (ich auch) und es war klar, dass sie stellvertretend und zur Abschreckung der ganzen Szene kriminalisiert wurden. An der Zeitung zum Prozess und an Knastkundgebungen beteiligte ich mich. Vor 20 Jahre. Damals bestand das Bewusstsein, jeden könnte es treffen. Und heute?

Was durfte ich also an Hilfe erwarten, wenn sich meine Unterstützer Karfreitag, in der dann eigentlich noch geschlossenen Kneipe eines befreundeten kurdischen Wirts trafen, wo ich gerne hinging?

Wer würde überhaupt kommen? Auf Tom und Martin aus Berlin konnte ich zählen, für die hätte ich auch sofort etwas gemacht. Marcus natürlich, als Anwalt und Freund. Vor meinem geistigen Auge tauchten andere Gesichter auf, auf die ich setzte, bei einigen aber mit Fragezeichen, die waren inzwischen vielleicht doch eher Fälle für den schnellen virtuellen Solidaritätsklick. Oder für Geldspenden.

Die Entwicklung meines Lebens bot keinen Anlass für Optimismus. Familie gab es keine. Mit dem Verlassen der Insel wurden auch meine Jugend- und Schulkontakte Geschichte. Aus der fernen Studienzeit bestand nur ein loser Kontakt zu einem Anwalt in der Nähe von München. Die alte Szene der neunziger Jahre verlief sich, bis auf fünf, sechs Freundinnen und Freunde. Im 21. Jahrhundert kam nicht mehr so viel dazu.

Die Beziehungen der Vergangenheit waren Vergangenheit, bis auf Miriam. Rima konnte ich nicht richtig einschätzen.

Keine gute persönliche Bilanz.

Waren Journalistenkollegen meine Freunde oder bloß Kollegen und auch Konkurrenten auf dem Markt? Wer fühlte sich von ihnen persönlich betroffen?

Bei anderen Leuten aus Redaktionen, Verlagen und Parlamenten, oder dem auskunftsfreudigen Professor aus Bremen, spielte vielleicht auch die Frage eine Rolle, ob Ole Frei plötzlich durchgeknallt ist, ein Feierabendterrorist. Sie kannten mich nur aus Arbeitsbeziehungen. Auch wusste ich nicht, wie die Pressestelle der Bundesanwaltschaft die Sache öffentlich verkaufte und welche Berichte danach erschienen. Informelle Mitarbeiter in großen Redaktionen besaß der Sicherheitsapparat ja ausreichend.

Meine Hoffnung blieb, dass ich wenigstens Einigen ganz persönlich fehlte.

Es würde sich also ein überschaubarer Haufen zusammen finden. Was sie beschließen, welche Empörungswelle sie auslösen konnten, blieb ihre Sache. Ich hoffte, einige hätten den Blick auf die Realität, auf meine Realität, auf die Realität von zehn Quadratmetern.

Diese Hoffnung bestand, jedenfalls bei einigen, mehr Frauen als Männern. Dass sie mir Über-Lebensmittel schickten wie Geld, Zeitungen und den ganzen Kram, den ich mit Marcus besprochen hatte. Damit ich Boden unter die Füße bekam.

Neben praktischer Solidarität wollte ich auch schnell meine Akte. Ein sehr drängendes Anliegen.

Im Kopf formten sich schon seit längerer Zeit immer mehr Fragen.

Wann lief die Ermittlungsmaschinerie eigentlich an, im letzten Herbst, früher oder erst nach dem Anschlag von Hagen? War der vertraulich umsorgte Informant ein Provokateur, der auf die Kieler angesetzt wurde und irgendwas erst anschob? Mit welchem genauen Anfangsverdacht kam Ole Frei ins Spiel? Welche Kontakte konnten mit mir seit der Kieler Veranstaltung, dem Treffen mit Jerry und nach Hagen nachgewiesen werden? Warum wurden keine Aktionen gegen die Kabelstellen abgewartet, sie hatten doch schon mit der Observation angefangen? Bedeutete Nachermittlungen zu führen, dass in der Beweiskette für einen Prozess Lücken auftraten? Waren die Verhaftungen also nötig, um am lebenden Objekt nachzu-

61

bessern? Hatte schon jemand versucht, durch eine Aussage seinen Kopf aus der Schlinge zu ziehen?

Quälend unlösbare Fragen in Zelle IV/11.

Diese auch: Welche Rolle spielte in den Akten eigentlich die nun für die Verfolger nicht mehr unidentifizierte Rima Stern?

Licht

Das passierte bisher noch nie.

Ein *flash* im Gehirn und ein Aufschrecken aus dem Schlaf. Es gab keine Erinnerung an die kurze Traumsequenz. Nur das Gefühl von etwas Unangenehmen, Beklemmendem.

Ganz schnell kamen dann Wahrnehmung und Gefühlsreaktion. Dunkelheit, Unruhe, anschwellende Ängstlichkeit, Zelle, Enge, Eingesperrtsein, starkes Angstgefühl, die Wände rückten zusammen, zum Schluss fast Panik.

Ich sprang aus dem Bett und machte das Licht der Deckenlampe an. Dann stürzte ich an das Zellenfenster, riss die halboffen stehende Vorscheibe ganz auf und hatte nur noch die Vergitterung vor mir. Ich sog die Luft ein. Draußen war es ruhig und noch dunkel. *Tolle Wurst.*

Es gab langsam ein Zurückfahren meines Zustands, aber nur von Panik auf Angst.

Im Stehen erreichte ich knapp den unteren Bereich des Fensters. Auf dem herbeigeholten Stuhl stand ich zu hoch. Optimal blieb nur eine hockende Stellung, mit der Stuhllehne als Sitz. Aber nur für kurze Zeit. Die Position war zu unbequem, der Rücken tat weh und ich fror.

Zu Hause, in meinem Bett, in meiner Welt, gab es auch Angstträume, sehr selten zwar, aber sie kamen vor. Länger bedrohlich wurden sie nicht. Ich fand Methoden damit umzugehen. Auf die andere Seite drehen, positive Gedanken produzieren. Manchmal half, dass jemand neben mir schlief.

Meine Schlafzimmertür stand sowieso immer über Nacht offen.

In der Zelle herrschte eine andere Welt.

Der Gang zurück ins Bett blieb ausgeschlossen, das Löschen des Lichts sowieso. Jeder Herzschlag wurde nachvollzogen. Ich war hellwach und mit Adrenalin durchflutet. Das Angstgefühl lauerte. (Von da an eigentlich ständig beim Zubettgehen und dem Ausschalten der einzigen Lampe. So schlimm wurde es jedoch nur noch einmal. Ein schreckliches Mal).

Um es kurz zu machen. Ich zog mich an und saß die allermeiste Zeit danach, Stunden, auf dem Stuhl vor dem vergitterten Fenster. Kein Gedanke zu lesen, zu rauchen gab es nichts, im Radio lief eine Endlosschleife Pop mit bundesweiten Verkehrshinweisen. Nach der Zeitansage (viertel nach vier) schaltete ich es aus.

Ich saß also über zwei Stunden nur so da, ging einmal aufs Klo, manchmal stand ich auf oder stieg auf den Stuhl, um zu gucken und frischere Luft einzusaugen, eigentlich nur um überhaupt irgendetwas zu tun.

Den hilfreichen Trick, die Angst durch das Fenster in die Nacht heraus zu brüllen, den benutzte ich erst beim zweiten Anfall.

Als das Gefängnis mit Geräuschen erwachte, wurde mein Zustand stabiler. Das Tageslicht trug dazu bei. Das Bedrohliche wich zurück. Ich wusch mir erst das Gesicht, dann den Oberkörper und verteilte den Schaum zum Rasieren, als das Frühstück verteilt wurde.

Der Russe erwiderte meinen Morgengruß knapp in seiner Sprache und es klang jetzt eher polnisch. (Ich zeltete dort mal an der großen Seenplatte, noch als Student. Guten-Tag-Sagen konnte ich in einem halben Dutzend Sprachen).

Beim zweiten Becher Kaffee lief das Radio schon lange wieder. Die Moderatorin versuchte einen witzigen Übergang vom

Beitrag über die deutsche Piratenpartei zur Bekämpfung von Piratenstützpunkten in Somalia.

Der Schrecken war erstmal vorbei.

Am Vormittag begann die erste Zellendurchsuchung, amtlich Sicherheitsüberprüfung. Gerichtet gegen alles, was die Sicherheit und Ordnung im Vollzug gefährdet. Waffen, waffenartige Gegenstände zum Angriff auf Bewacher und andere Gefangene, Hilfsmittel für einen Suizidversuch, eine Flucht, eine Brandstiftung oder zur unerlaubten Kommunikation.

Der bärtige Beamte und ein weiterer Schließer führten sie aus. Abziehen und Abtasten von Bettzeug und Bettwäsche, Hochziehen der Matratze, Blick unter das Bett und seinen Unterbau, Abklopfen der Wände nach Hohlräumen, Blick in den Spülkasten der Toilette und den Abfluss sowie den Schrank, abschließend Kontrolle mittels Durchblättern der Bücher und aller Schriftstücke. Auch das Plastikbesteck wurde kritisch in Augenschein genommen. Dann wurde ich selbst noch abgetastet. (Die ganze Zeit trugen sie Einweghandschuhe.)

Ich wurde belehrt, dass selbstverständlich Alkohol, Drogen und dazu umfunktionierbare Stoffe verboten sind. Ebenso das Aufbewahren von Bargeld sowie Lebensmitteln, außer Obst, Zucker, Kaffeepulver, Teebeutel und Tabak.

Es lief routiniert ab. Ich hielt mich die meiste Zeit in der Nähe der offenen Tür auf, im Flur stand davor noch ein Beamter. Die Schließer bildeten ein lästiges Übel meiner Situation, waren aber nicht für die Haft verantwortlich. Den politischen Blick darauf besaß ich. Ich war schließlich ein politischer Gefangener. Was sonst?

Ein Gefühl der Gelassenheit besaß ich ihnen gegenüber schon, an der Erhabenheit arbeitete ich noch. Ich verhielt mich im Umgang sachlich. Zu reden blieb wenig, auch nicht beim Freigang, bei dem mich immer zwei Beamte begleiteten. Sie hielten ihr Schwätzchen, ich hielt mich raus. Wenn ich etwas wollte, wurde geredet oder ein Antrag geschrieben.

Der mitgebrachte Tauchsieder lag schon auf dem Tisch. Er hatte nur einen Heizstab, war stark verkalkt, an der oberen Schnur mit schwarzem Band isoliert und der Stecker in der Fassung gesprungen.

Der Knast verfügte über einen Fundus an kleinen technischen Geräten, wie Kocher, Radios und wenige Fernseher. Sachen, die ehemalige Gefangene zurückließen.

In meiner Zelle befanden sich nun ein Wasserkocher, ein Becher, Leitungswasser und ein Löffel zum Umrühren. Auf Kaffee und das Geld ihn zu kaufen, wartete ich weiter.

Widder

Am 12. April war ich mein 41. Geburtstag.

Sternzeichen Widder. Obwohl mich so was nicht interessiert.

Im ersten Jahr in Hamburg hatte ich eine kurze Beziehung mit einer Jurastudentin, die besaß eine esoterische Ader. Es ging ziemlich bald um die Erstellung eines Horoskops für mich, mit allem Drum und Dran, nicht so, wie die kleinen Dinger in den Zeitungen. Sie ließ nicht locker, bis ich meine Mutter wegen der genauen Stunde der Geburt anrief (meine Mutter zeigte sich für jede Kontaktaufnahme ihres einzigen Kindes dankbar und deshalb kooperativ, es passierte gegen Mittag).

Auf dieser Datenbasis ließ sie ein mehrseitiges Dossier erstellen, mit einer Skizze meiner Sternenkonstellation auf dem Deckblatt. Von den zugeschriebenen Eigenschaften blieb mir nur die Hartnäckigkeit in Erinnerung. Die Beziehung dauerte auch nicht mehr nicht lange. Ihre schlechten Erfahrungen in meiner Männer-Wohngemeinschaft trugen zu unserer Entfremdung maßgeblich bei.

Mir bedeuteten Geburtstage nicht viel. Jedenfalls nicht als Erwachsener. Vom letzten Jahr gab es nur die Erinnerung an ein paar Freunde, Essen und Alkohol.

Ich bin nie ein Partygänger (oder Ausrichter) gewesen. Als Schüler im Sommer zu feiern, am heutigen Hundestrand im Nordwesten von Westerland, das war legendär, aber etwas anderes. In Hamburg wurde das weniger. Lieber saß ich in der Kneipe oder stand dichtgedrängt im *Dschungel*, meiner Lieblingsbar.

Auf Konzerte ging ich auch schon lange nicht mehr. Musik ist sowieso nicht mein Ding. *Die Sterne*, uralte Hamburger Schule, mochte ich. Auf *you tube* hörte ich nach oder während der Arbeit gelegentlich Norah Jones und Amy Winehouse. Sonst eigentlich wenig. Vielleicht noch einige Dylan-Klassiker.

Geburtstage mochte ich also nicht so sehr, dafür aber Sylvester.

Zum Jahreswechsel startete ich gern mit einem schönen Essen, ging dann zu exklusiveren Getränken über und befand mich um Mitternacht am liebsten auf einem Dach. Feuerwerk unter Besoffener ist nervig, Feuerwerk von oben jedoch schön.

So lief es auch letztes Jahr.

Das asiatische Sylvestermenü kostete viel, weil man es nur mit zwei Eintrittskarten für eine Party im Lokal bekam. Nach dem Essen gingen wir aber weiter Richtung Altona. Dort fand ein Hausfest von Leuten aus der Szene statt, von denen ich zwei Frauen gut kannte. (Auf sie setzte ich auch, was konkrete Hilfe für mich betraf. Hanna und Kathi.) Die Zeit bis zum Countdown konnte man in der einen Wohnung mit Karaoke verbringen, auf demselben Flur gegenüber wurde gespielt und ganz oben getanzt. Als es auf das Dach ging, trank ich schon die zweite Flasche Spitzenweißwein.

Es gab keinen ausgebauten Dachgarten, sondern man musste durch eine Fensterklappe klettern und kam dann auf eine große, leicht schräge Fläche mit einem phantastischen Ausblick auf die Feuerwerke der Stadt.

Zu der guten Erinnerung trug aber auch wesentlich bei, dass Rima vor Weihnachten und bis nach Sylvester ausgesprochen entspannt und guter Laune war. Ganz im Gegensatz zu der Zeit davor und danach.

Das hatte mit ihrem Job oder besser gesagt, dessen erfolgreichem Abschluss zu tun.

Rima arbeitet als *Attacker*.

Was das ist? Ich verstand es so.

Es gibt in der Netzwirtschaft gar nicht mal so kleine Firmen, die auf Sicherheitssoftware spezialisiert sind. Also nicht kleine Programme entwickeln, wie eine Firewall für den Hausgebrauch, sondern für den Schutz der Systeme von zahlungskräftigen Großkunden. Darunter sind auch Firmen, deren Inhaber – früher oder immer noch – aus dem Kreis von Internetaktivisten und Ex-Hackern stammen.

Haben die eine teure Software entwickelt, gibt es, neben ihren internen Teams, externe Tester, die diese Programme zur Probe angreifen. *Attacker*. Wie Rima, mit entsprechendem Know how, Hartnäckigkeit und kommerziellen Interessen. Spitzenproduktester.

Keine Ahnung, wie das funktioniert. Aber es ist lukrativ. Kann ein Angreifer die Software knacken, soll es einen fünfstelligen Betrag geben. Scheitert der Tester im vorgegebenen Zeitfenster, geht er (oder sie) leer aus. Gezahlt wird aber auch, wenn das Programm standhält, seine Schwachstellen jedoch offengelegt werden können.

Das schaffte Rima Anfang Dezember. Jedenfalls kam sie nach zwei Tagen von der Firma aus Berlin zurück und hatte fünftausend Euro in Scheinen dabei.

Nicht meine Welt. Wochenlang, faktisch kaum zu reden, diszipliniert, kleinste menschliche Dinge auf ein Minimum reduziert, nur auf einen Bildschirm mit Zahlen, Klammern und Buchstaben fokussiert zu sein.

Ich selbst arbeitete auch viel am Bildschirm. Aber immer im Austausch mit anderen. Redaktionen, Tom und Martin, anderen Kollegen, Interviewpartnern oder Leuten, die uns Texte schickten. Außerdem ging ich oft nach draußen.

Solche sozialen Kontakte besaß Rima nicht. (Mich mal ausgenommen, aber normal stelle ich mir eigentlich anders vor.)

Die Wohnung verließ sie ungern. Ganz am Anfang kaufte Rima einmal für sich ein bisschen Kleidung ein und eine Zahnbürste, als sie kam, hatte sie ja nichts, nur ihr Ding im Rucksack. Pullover lieh sie sich von mir. Ich ging fast immer für uns beide einkaufen. Sie gab Geld dazu und abwechselnd mit mir machte sie auch sauber. So lief das monatelang. (Im Januar kam ein neuer Auftrag, ohne den ganz großen Erfolg, und zwei Tage vor meiner Verhaftung fuhr sie wieder nach Berlin.)

Eins ist noch von Bedeutung.

Angriffe auf Rechner machte sie für mich aus Recherchegründen, oder für unsere Seite, nie.

Diese Geschichte vor Weihnachten war etwas anderes. Mehr ein Spaß.

Aus Berlin zurück, mit dem vielen Geld, erlangte Rimas soziale Kompetenz einen normalen Stand. Auch zwischenmenschlich für beide eine erfreuliche Zeit. Sie hörte für einige Wochen auf, ein Workoholic zu sein, besonders bis spät in die Nacht. (Lange schlafen tat sie immer.)

Es wurde möglich, Fragen beantwortet zu bekommen – in engen Grenzen und unwillig beim Thema Familie und die erste frühen Jahre des Lebens. 1990 kam sie mit ihren Eltern, als Zehnjährige, aus der Sowjetunion nach Deutschland. Erste Station Berlin.

Am wichtigsten blieb ihre Feststellung, ich sei in sie verknallt, sie würde mich aber nur ganz gern haben.

Sie mochte asiatisches Essen. Sie liebte Filme mit Hugh Grant. Sie schätzte Espresso und dazu schon von mir ausgepackte Hanutawaffeln. Sie hasste Wodka. Eigentlich allen Alkohol, sie selbst trank fast nie.

Sie besaß sehr trockenen Humor. Auch ein latentes Aggressionspotential (gegen Männer wie Frauen, wie sich an ihrer WG-Schlägerei gezeigt hatte), praktisch geübt in einer Berliner Mädchengang. Bei Zärtlichkeiten war sie eher der passive Typ. Äußerlichkeiten bedeuteten wenig. Sie sprach mit ihrem Laptop manchmal russische Worte oder ganze Sätze. Ihr Kartoffelsalat schmeckte bemerkenswert anders, deutschrussisch. Die meistbenutzte Antwort auf eine persönliche Frage lautete: „Wofür ist das wichtig?"

Sie konnte einem den Tag versauen oder verzaubern.

Woher sie das Computerwissen hatte? Angeblich seit der Schule und *learning by doing*. Ihr Vater war Professor für Mathematik, Kybernetik oder was in der Richtung. Politisch blieb sie unbestimmt und zurückhaltend. Außer: Totale Netzfreiheit natürlich und gegen Nazis. Das Wort *Faschist* sprach sie sehr sowjetisch aus.

Nerd. Geschäftsfrau. Plus die anderen Sachen, um die es mir ging. Aber auch in allen Dingen merkwürdig, still, wenig fassbar und tendenziell unfreundlich. Sie nahm mehr, als sie gab. Aber es gab auch Momente voller Glück, Gesten.

Richtig gut musste Rima in ihrer Welt jedenfalls sein. Daraus entstand auch die kleine Sache vor Weihnachten.

Obwohl ich ja immer und sie aktuell über genug Geld verfügte, finanzierten wir den Heiligen Abend des christlichen Aberglaubens mit einer Straftat gegen Banken.

Das ging so: Mitte Dezember zeigte Rima mir auf ihrem Monitor eine endlos durchlaufende Reihe von Zahlen und

Zeichen, aber auch Spalten mit Geldsummen, Datum und Uhrzeit.

Angeblich befanden wir uns im Inneren des Geldverkehrs zwischen den Banken. Also, wenn jemand bei einer anderen Bank, als seiner eigenen, Geld am Automaten abhebt und es intern verrechnet wurde.

Sie glaubte schon lange einen Algorithmus geschrieben zu haben, der den Geldausgleich kurzfristig löschte (besser kann ich es nicht erklären) und wollte es ausprobieren. Also Geldholen bei einer fremden Bank, mit der korrekten Geheimzahl, aber umsonst.

Ich verstand es nur sehr grob, nahm es aber sportlichinteressiert, ging am Nachmittag zur Geldausgabe der Hamburger Sparkasse und erhielt, zu einer fest vereinbarten Uhrzeit, die gewünschten 250 Euro. Dann wechselte ich auf die Post und holte mir 50 Euro direkt von meinem Postbankkonto. Drei Tage später druckte ich dort einen aktuellen Auszug aus und er enthielt tatsächlich nur die 50 Euro Abhebung, nicht jedoch die 250.

Unter meiner Beteiligung ist es später nicht noch mal gemacht worden. (Rima selbst hat angeblich nicht mal ein eigenes Konto und nur ein nie benutztes Handy.)

Die 250 Euro hauten wir für Weihnachten auf den Kopf, überwiegend in der Feinkostabteilung von Karstadt.

Es fing klein an mit Zutaten zum selbstgemachten Kartoffelsalat und Biowürstchen. Dann kamen edelstes Marzipan, Trüffel und Nougat dazu, Hanuta in Weihnachtsverpackung, drei Flaschen Champagner, kitschige Kerzen und ein Riesenweihnachtsmann. Bei den Rauchwaren erstand ich Zigarillos auf der Basis kubanischen Tabaks und sie trug den Rest des Geldes zu ihrem Dealer.

Angenehm und zügellos dekadent.

Vernünftigerweise verteilten wir alles auf mehrere Tage. Auf dem größten Bildschirm sahen wir dazu runtergeladene Filme. Wie ein altes Ehepaar aßen, naschten, tranken und rauchten wir – gelegentlich händchenhaltend – zum allerletzten Teil von Harry Potter und zu einer endlosen Reihe von Hugh-Grant-Filmen, von denen eigentlich nur *Vier Hochzeiten und ein Todesfall* erträglich war.

Von meinem Zellengeburtstag nahm keiner Notiz.

Niemandsland

Am Tag darauf setzte ich mich an den Text für meinen Anwalt und kam wieder nicht voran.

Ich wollte schreiben, wofür ich politisch und journalistisch stand. Aber Marcus wusste das, die Leute vom Karfreitag-Treffen auch und für die Anderen gaben Suchmaschinen Auskunft zu meinen Veröffentlichungen. Online oder in der guten alten Buchhandlung fanden sich Werke mit mir als Mitautor, von denen der Sammelband „Deutschland – 10 Jahre nach dem 11. September" auch wirklich lesbar ist.

Was sollte ich über mich schreiben? Für die Rolle als großer Durchblicker, Welterklärer, Märtyrer, verfolgte Unschuld, Häufchen Elend, unbeugsamer Kämpfer oder als Gefangener des Monats von *Reporter ohne Grenzen,* war ich eine Fehlbesetzung. (Gnadenloser Aufklärer eines Justizkomplotts stellte ich für später zurück.)

In diesem Niemandsland fand ich keinen roten Faden.

Wirklich alles

An einem Sonnabend, mit der Mittagessenausteilung, kam die *Frankfurter Allgemeine* vom Vortag auf den Tisch.

Ich sollte später lernen, dass die erste Regel des Pressebezuges im Gefängnis die Willkür ist. Morgens wurden nie Zeitungen ausgegeben. Immer mittags. Aber nicht unbedingt die Ausgabe vom Erscheinungstag. Das passierte. Praktiziert wurden aber auch andere Varianten: Ein Tag ohne, dann zwei Nummern auf einmal, zum Beispiel. Der *Spiegel* kam grundsätzlich am Dienstag und wies leichte Gebrauchsspuren auf. Einmal beschwerte ich mich und erntete ein Achselzucken.

Die Ankunft der *FAZ* erzeugte ein doppeltes Glücksgefühl. (Erwähnte ich nicht schon, wie wichtig kleine und kleinste Dinge wurden.)

Das begonnene Abo zeigte, dass Marcus erfolgreich an der Wunschliste arbeitete. Das machte Hoffnung auf mehr, wie Informationen, Geld, Unterhosen, Informationen, Geld, Kaffee, TV-Gerät, Post, Informationen und wieder von vorn.

Außerdem tat es gut, bedrucktes Papier in der Hand zu haben. Es entsprach meiner Gewohnheit zu lesen, nicht zu hören. (Auch zuhause nutzte ich nie ein Lesegerät. Schon gar nicht für Bücher.) Erst las ich am Tisch, aber die meiste Zeit doch lieber auf dem Bett liegend, entwöhnt nach den Wochen ohne Zeitungen (waren es ein, zwei oder drei Wochen, so rechnete ich nicht).

Ich las alles. Wirklich alles.

Die Griechenlandkrise, Wahlen in NRW, jeden Kommentar, die Presseschau, Kurzmeldungen, Kirchentagsvorbereitungen und Häme über Oskar Lafontaine. Im Myanmar wurde die Oppositionsführerin nach Jahren des Hausarrestes ins Parlament gewählt. In der Ukraine saß die Oppositionsführerin mit einem Bandscheibenvorfall im Gefängnis.

Mehrere parlamentarische Untersuchungsausschüsse vernahmen Zeugen zu den „Pannen" der Ermittler bei der ungehinderten Mordserie des *nationalsozialistischen Untergrunds* und der V-Mann-Affäre des thüringischen Verfassungsschutzes, der eine Vorfeldorganisation mit Kadern und Geld erst ins Leben rief. (Auf *nogestapo.net* hatte ich Anfang des Jahres geschrieben, es ginge nicht um kritische Abschlussberichte, Auswechselung leitender Köpfe, mehr Kontrolle oder Umstrukturierungen, sondern um die Abschaffung der geheimdienstlichen Ämter. Martin gab ihm die Überschrift „Gedankenpolizei abschaffen").

Bei Wirtschaft und Finanzen ließ mein Interesse etwas nach (elementare Kenntnisse oder gar kritische politische Ökonomie sind nicht meine Stärke), aber nicht die Leselust.

Mark Zuckerberg, auf einem Foto mit weißem Hemd und blauem Binder, bereitete seinen Börsengang vor und bekam einen großen Artikel. In der *Facebook*-Zentrale hatte er die kryptisch – simple Weisheit *Done is better than perfect* anbringen lassen. (Ich gehörte zu den immer noch gut sechs Milliarden Menschen ohne Geschäftsbeziehungen zu ihm).

Selbst auf den seitenlangen Tabellen mit Börsenkursen, Anleihen und Fonds verweilte ich. Gehandelt wurde überall, in Schanghai legte die *Ping An Insurance* leicht zu. (Wer musste das und wozu wissen?)

Ich nahm das nationale und internationale Wetter mit und erholte mich beim Sport. Die Bundesliga ging in die Schlussphase der Saison, die Nr.1 der Golfweltrangliste gab ein großes Interview.

Im Feuilleton, immer mein Lieblingsteil, stand ein kritischer Artikel zu staatlichen Engriffen in die Netzwelt, der hätte fast auch auf unserem Portal erscheinen können. Auf der Folgeseite brachten sie interessantes zu französischen Intellektuellen im Präsidentenwahlkampf. Aber ich las alles. Selbst eine Opernrezension und einen Vierspalter mit Bild über ein niederländisches Tanztheaterprojekt.

Das TV-Programm auf der letzten Seite brachte mich in die Wirklichkeit zurück. Am Abend würde mein Kampf gegen Langeweile, um Müdigkeit, gegen die Furcht vor der kommenden Dunkelheit in der Zelle, nicht mit Hilfe eines Fernsehfilms (von der Sportschau und dem Sportstudio mal ganz abgesehen) geführt werden, sondern mit der Geschichte von Momo, in einer zerlesenen Buchausgabe, voller Flecken und eingerissenen Seiten.

Wohlfühlstimmung

Damit war nicht zu rechnen. Jedenfalls nicht so bald. Überraschung und Freude entsprechend groß.

Rechtsanwalt Thomas Schüttler, wie immer in seinem schwarzem Sakko, lächelnd, mit moderatem Übergewicht und gewohnt schlecht rasiert, besuchte mich.

In der ödesten aller bisher kennen gelernter Zellen verbreitete er schnell eine Wohlfühlstimmung, der ich mich gern hingab. Zur Begrüßung ballerte er mit der Faust gegen die Trennscheibe zwischen uns, dass es richtig schepperte. Ich sagte: „Mensch, also, echt…". Er antwortete: „War doch klar." Er kam aus Freundschaft, das zählte.

Sie begann vor etlichen Jahren mit Wasserpfeifenrauchen in einem Kaffeehaus im asiatischen Teil von Istanbul. Den ganzen Tag über traf sich unsere Gruppe von Juristen und Journalisten mit Angehörigen der Hungerstreikenden in türkischen Gefängnissen und am Ende mit zwei Frauen vom Menschenrechtsverein. Danach war uns Beiden nach abschalten und reden. Gut verstanden hatten wir uns von Anfang an. Gemeinsame Themen gab es ausreichend, wir waren mehr die Bauchtypen. Die Sympathie hielt auch nach der Rückkehr, wir wurden Freunde.

Ich fragte nach Marianne und seinen Töchtern. Er antwortete kurz und zog dann gleich aus seinen mitgebrachten Unterlagen die jüngste Ausgabe des Sportmagazins *Kicker* hervor. Sein Verein, Borussia Dortmund, stand vor der zweiten Meisterschaft hinter einander und wurde auf den Titelbild abgefeiert. Thomas war ein *Hardcorefan* und dementsprechend stolz.

Ich gratulierte aufrichtig. Danach gab er eine drastische Kritik ab zur Repressionspolitik des deutschen Staates im Allgemeinen und gegen mich im Besonderen.

Damit kamen wir in der harten Wirklichkeit an. Meine Anwälte schlossen sich kurz und Marcus faxte den Haftbefehl nach Berlin, um Thomas ins Bild zu setzen. Zusätzliche Infos erhielt er von Tom und Martin, die ihn in seinem Büro besuchten. Sie hatten eine Solidaritätsseite im Netz erstellt, machten auch sonst viel und brachten (neben den allerherzlichsten Grüßen für mich) eine Idee mit.

In den normalen Medien war unsere Verhaftung schon lange durch, es liefen keine Berichte mehr. Es wurde aber versucht, einzelne Journalisten für weitere Artikel oder Sendungen anzusprechen. Der Deal lautete: Exklusive Gespräche mit Freunden der Verhafteten und Hintergrundinformationen. Der Tenor ihrer Berichte sollte heißen: Politische Kriminalisierung und zusätzlich bei mir ein schwerer Eingriff in die Pressefreiheit, weil mein Rechner, meine Unterlagen und mein Archiv mit Sicherheit beschlagnahmt oder mindestens durchsucht worden waren. Stichwort Redaktionsgeheimnis. Zum *Spiegel* und zu Leuten, die für das 3SAT-Fernsehen arbeiteten, bestanden Kontakte.

Wie ich das fand, fragte Thomas. Konnte nicht schaden. Grüße zurück natürlich auch. Tom und Martin sollten den Aspekt im Auge behalten, dass es ein Angriff auf unser gemeinsames Projekt und seine Inhalte darstellte. Ich wünschte mir auch, dass sie was bei den Journalistenverbänden rein tragen.

Über sonstige Aktivitäten nach dem Treffen in Hamburg wusste Thomas nichts. Ein einziges Blatt der Akte hatte er (noch ohne meine Vollmacht) natürlich auch nicht gesehen. Über die Anwaltsschiene gab es aber einen ungefähren Stand der Dinge.

Vier von uns fünf Verhafteten nahmen sich Rechtsbeistände, die aus vielen politischen Prozessen wussten, wie es läuft. Für die festgenommene Frau waren aber ihre Eltern aktiv geworden. Sie suchten sich einen Promi-Anwalt, der im Kieler Landtag als Abgeordneter saß. Er wurde kontaktet, mauerte aber mit Informationen.

Bei unseren anderen Anwälten lief die Zusammenarbeit. Die Haftorte lagen in Berlin, Köln, Bielefeld, Hannover und hier. Alle suchten Beamte des Bundeskriminalamts auf. Keiner machte aber bisher eine Aussage. Der Informatiker schrieb an einer langen schriftlichen Stellungnahme, die er abgeben wollte. Er stand zusätzlich unter Druck, weil er von der Universität Kiel fristlos gekündigt wurde.

Die Akteneinsicht begann so nach und nach. Die ersten Discs mit großen Datenmengen hatte die Bundesanwaltschaft verschickt. Die Auswertung dauerte natürlich. Zu dem im Haftbefehl genannten Spitzel gab es bei keinem der Festgenommenen bisher eine Idee. Der Konsens aller Anwälte lautete, dass die Sache ziemlich „dünn" sei. (Was nach meinen Erfahrungen Anklagen, Prozesse und Verurteilungen in anderen Fällen nicht verhinderte.)

Das personelle Szenario bei der Erschaffung einer terroristischen Gruppe war offenbar zu verlockend. Jerry als der aktivistische „Kopf", der Bühnentechniker als Sprengmeister, der Informatiker als Ideologe und ich als Öffentlichkeitsarbeiter. *Net Cut* als Logo. (Die zugedachte Rolle der Frau, Jerrys Freundin, blieb auf beiden Seiten der Scheibe unklar.)

Ich erzählte Thomas, was mein anderer Anwalt schon wusste. Dass an der ganzen Konstruktion nichts dran ist, von meinen wenigen Kontakten zu Jerry und sonstigen Gedanken zum Haftbefehl.

Dann kamen wir ins Spekulieren.

Da gab es eine Szene, die dem Staat und seinen Organen lästig ist. In der wurde dreierlei gemacht: Politische Aufklärung über die Gefahr der Überwachung im und durch das Netz. Das Öffentlichmachen von staatlichen Praktiken bei der Praxis dieser, sogar manchmal nach ihren eigenen Gesetzen, rechtswidrigen Überwachung. Dagegen das Entwickeln von Programmen zur geschützten Kommunikation und Proteste.

Diese Szene war nicht groß, sie besaß aber Breitenwirkung. Ihr konnte nur offensiv beigekommen werden durch Kriminalisierung, das Schwingen der guten, alten Terrorismuskeule. Den Schlüssel bildete der Anschlag von Hagen.

Eine dunkle Nacht, ein vermittelbares Ziel, gering dosierter Explosivstoff, offenbar keinerlei Spuren, keine Bilder, keine direkten Täter zu präsentieren, nur eine anonym versandte Erklärung, geschrieben unter Rückgriff auf schon erschienenes Material.

Eine Auftragsarbeit? Ein *dirty trick*, wie es die geheimen Dienste nennen?

Wir schmückten die Sache noch aus, als ein Schließer auf der Anwaltsseite der Zelle die Tür öffnete und das Ende der Besuchszeit am Vormittag ankündigte. Thomas gab ihm eine Vollmacht für mich mit und hatte vorgesorgt. Er war am Morgen mit dem Flieger gekommen und sein Rückflug ging erst am späten Nachmittag. Deshalb machte er draußen Pause und ich wurde in die Zelle zurück gebracht.

Unser Einstieg danach begann persönlicher mit einer Schilderung meiner Haftbedingungen. Ich erzählte die Geschichte der Festnahme, von der Verurteilung zur Untätigkeit, der Objektrolle, dem Gefühl, selbst nichts machen zu können. Ganz und gar nichts. Natürlich auch von der Ungewissheit, wie lange ich noch sitze. (Von den Angstattacken schwieg ich.) Thomas besaß den Blick für meine ungeschminkte Lage und sagte ganz realistisch, dass das selbst im günstigsten Fall noch lange dauern könnte.

Die Stimmung wurde aber nicht schlecht, weil er dann zu den kurzfristigen Handlungsmöglichkeiten überging.

Eine mündliche Haftprüfung konnte beantragt werden, beim Richter in Karlsruhe. Sinnvoll wäre das aber nur, wenn von mir etwas Vorbereitetes gesagt und auf Fragen geantwortet wird. Damit eine neue Beurteilung erfolgen kann. Das Ganze bei ungewissem Ausgang.

Er bot auch an, unter dem Vorwand, die Akteneinsicht abzustimmen, bei der Bundesanwaltschaft anzurufen, um „auf den Busch zu klopfen". Also rauszufragen, wozu eine Stellungnahme von mir oder Zeugen nützlich wären.

Dann gab es die Möglichkeit, einen längeren Text zu schreiben, gerichtet an die Öffentlichkeit, aber auch zu meiner Akte eingereicht. Mit meiner Darstellung, wer ich bin, warum ich ins Visier der Justiz kam und, was zum Vorwurf zu sagen ist.

Zum Schluss natürlich die klassische Variante. Akte lesen und auswerten, Gegenbeweise stellen, Indizien und Belastungszeugen zerpflücken, die Anklage schon vor dem Prozess zum Einsturz bringen, spätestens im Verfahren.

Mir gefiel das alles nicht so richtig, auch wenn es nahelag. Das war Anwaltskram.

Natürlich wollte ich mich wehren und offensiv gegen diese große Lüge vorgehen. Aber es lief darauf hinaus, dass ich meine Unschuld beweisen sollte. Lieber wäre es mir, das ganze Terrorgebäude würde unter öffentlichem Druck und den ganzen Nichtbeweisen zusammenbrechen. Außerdem schwebte mir eine gemeinsame Lösung mit uns allen Fünf vor, nicht so Einzeldinger.

Thomas schaltete schon in den professionellen Modus und stellte Fragen.

Was mir Jerry vor unserem letzten Treffen in Hamburg per Mail geschickt hat und auf meiner Festplatte deshalb wiederherzustellen ist? Ich antwortete, das waren keine Artikel, sondern Veranstaltungshinweise und eine Übersicht zu guten Verschlüsselungsprogrammen.

Dann ging es um die Nacht von Hagen. Wo ich war, die Konferenz in Berlin fand erst eine Woche später statt. Ich konnte nur in Hamburg gewesen sein, denn im Januar fuhr ich nur einmal weg. Nach Monaten bestand an ein bestimmtes Wochenende aber keine Erinnerung mehr.

Ich erzählte ihm von Rima, auch schon wegen Sylt, der zu erwartenden nächsten Frage. Ob wir am fraglichen Wochenende etwas Bestimmten gemacht hatte, oder sie sich an das genaue Datum erinnerte, blieb offen. Genau genommen, wusste ich nicht einmal, wo sie sich jetzt aufhielt. Das konnte Marcus vor Ort am besten klären.

Dann kam Sylt. Die Initiative für einen Kurztrip ging von mir aus. Eigentlich sollte es erst eine Woche später losgehen, aber in der Pension gab es eine Stornierung. Spaziergänge machten wir jeden Tag, stundenlang und an verschiedenen Strandabschnitten. Fotografiert wurde dabei nicht.

Später ging es noch um die Beweiskraft eines linguistischen Gutachtens. Ich hörte wieder mit Freude, dass die Sache sich in dem früheren Verfahren in Berlin als ziemlicher Rohrkrepierer herausstellte. Thomas wusste es ja aus erster Hand.

Ich trug ihm für Tom und Martin noch die Bitte auf, dass sie aus dem Netz so viele Artikel wie möglich von anderer Medien ausdrucken sollten, in denen es um die Enthüllung der für die USA wichtigen Ziele in Deutschland ging, und um Kritik an der Hagener Firma und ihrer Ausforschungs-Software. Diese Themen hatten Ole Frei und seine Seite wirklich nicht exklusiv gehabt.

Zum Ende strahlte Thomas eine angenehme Geschäftigkeit aus. Er kündigte einem Besuch von Marcus für die nächste Zeit an, dazu ein großes Treffen aller Anwälte, wollte seine Akteneinsicht vorantreiben, alle Kommunikationswege ausschöpfen, bei der Medienöffentlichkeit dranbleiben und Strategien entwickeln. Ich sollte mir auch Gedanken machen.

„Wir holen Dich hier raus", sagte Thomas Schüttler zu mir, donnerte auf die Trennscheine und da war das Wohlfühlgefühl wieder. Trotz alledem.

Das Gefühl hielt aber nicht einmal die folgende Stunde an. In der Zelle saß ein Gefangener, der unsicher blieb über die richtigen Schritte, die Gefangenschaft zu beenden.

Schlaraffenland

Einen oder zwei Tage danach landete ein Vordruck mit handschriftlichen Eintragungen in der Zelle. Ich besaß jetzt 250 Euro auf meinem Haftkonto. Das bedeutete allerdings zunächst nichts, nur ein Stück Papier. So eine Art Knastaktie, aber der Vergleich hinkt wohl stark.

Jeden Mittwoch und Freitag wurde der Zettel jedoch zu Geld, oder besser gesagt einem Zahlungsmittel. Dann war Einkaufstag. Mit uns Gefangenen lief es ja generell wie im Zoo. Hinter Gittern fanden regelmäßige Fütterungen und sonstige Versorgung statt. Im Gegensatz zu Riesenschildkröten durften wir aber bestimmte Dinge zusätzlich erwerben.

An den Tagen musste morgens angesagt werden, ob man zum Einkauf wollte. Wie es bei den anderen lief, weiß ich nicht. Ich wurde aus meiner Isolation durch einen Schließer abgeholt und ins Erdgeschoß gebracht. In einem großen Raum blieb ich der einzige Kunde, aber offenbar auch der letzte, wie sich am reduzierten Warenangebot zeigte.

Gedanken an den Charme eines alten Tante-Emma-Ladens kamen nicht auf. Die Geschäfte führten ein ältere Mann und eine Frau, die ich im Plausch, nebst Kaffeetrinken, mit einem Justizwachtmeister antraf. Der Beamte, der mich brachte, wurde freundlich begrüßt.

Die Waren lagen auf Tischen. Das Sortiment bestand nur aus Tabakerzeugnissen, Süßigkeiten, Tee und Kaffee nebst Zucker, Obst und Toilettenartikeln, dazu Briefumschläge und Marken. Preisauszeichnungen fehlten, ebenso Einkaufskörbe. Schilder auf den Tischen informierten über die Höchstmenge, die gekauft werden durfte, in Gramm oder pro Stück.

Ich erwarb ein großes Glas löslichen Kaffee der Marke *Maxima Gold*. Am Obststand lagen nur noch ramponierte Bananen, da ging ich vorbei. Am Raucher-Tisch dominierte der Drehtabak, eine Kunst, die ich nicht beherrschte. Mit Zigarillos hatte ich nicht gerechnet, wir lebten ja nicht im Schlaraffenland. Stattdessen kaufte ich zwei Schachteln Zigaretten einer Billigsorte plus Einwegfeuerzeug. Das Süßwarenangebot bestand noch aus zwei Bonbontüten und Vollmilchschokolade. Letztere nahm ich auch.

Mit den fünf Teilen erreichte ich die Kassenzone. Die Frau bediente einen Taschenrechner und verlangte meinen Zettel mit der Gutschrift über 250 Euro. Dann trug sie Namen und Rechungsbetrag auf ein anderes Formular, ließ mich unterschreiben und notierte mein Restguthaben mit Stempel und Datum auf dem ursprünglichen Beleg. Mit diesem und meinem Einkauf ging es zurück in die Zelle.

Mein Haftkonto reduzierte sich um 26 Euro, draußen hätte es die Hälfte gekostet. Mir machte das finanziell nichts aus, anderen Gefangenen bestimmt. Ein lukrativer Händlerjob.

Am Prinzip, kleine Freuden zu organisieren, hielt ich fest. Aber ein größeres Glücksgefühl stellte sich nicht ein. Der Kaffee und die Zigaretten schmecken schlecht. Auch machte ich mir Gedanken wegen Koffein und Einschlafen sowie Qualm und Kopfschmerzen in einer kaum zu lüftenden Zelle.

Das Prinzip blieb aber wichtig. Auch wenn mir umso stärker bewusst wurde, was mir alles willkürlich entzogen worden war.

Dann wandte ich mich wieder der unterbrochenen Arbeit zu.

Die Galerie

In diesen Tagen kamen auch die ersten Karten und Briefe. Natürlich nicht säckeweise, aber doch immer mal wieder, so nach und nach.

Mit einer großen Facette an Schlussformeln. Es gab beste, allerbeste, liebe, kämpferische, herzliche, rote, solidarische, freundliche und innige Grüße.

Die allererste Karte (Motiv Berliner Sehenswürdigkeiten) schickte Ursel, eine guten Kollegin, die Gerichtsreportagen schrieb.

Der erste Brief kam von Miriam, „auf die Schnelle" und sie würde auch weiter was tun. (So war sie, immer gestresst zwischen Anwältin, Mutter und Beziehung). Ihre Zwillinge malten ein Bild mit einem Fußballtorwart. Als wir uns früher öfter sahen, kicken wir drei regelmäßig im Park.

Ich erhielt Karten, ohne dass mir eine Zuordnung zum Absender gelang, und andere mit offensichtlichen Fantasienamen (alles lief ja über das Gericht). Zum Beispiel Post von „Lari &Fari".

Aus der kurdischen Kneipe schickten sie einen Brief mit Sammelunterschriften und mein Hamburger Buchhandlungskollektiv bat um eine Wunschliste für Literatur.

Hanna und Kathi, die treuen Seelen, kauften einen kleinen Fernseher, einen Kocher und allerlei Zeug zum Anziehen und taten sogar Leute in Stuttgart zum Vorbeibringen auf.

Mich erreichte gänzlich anonyme Post mit Kopien von Protesterklärungen, ein Brief des Professors mit dem Kopf der

Universität Bremen (nebst Besuchsabsicht) und ein anderer mit dem Bundesadler, vom Büro einer Bundestagsabgeordneten, die eine parlamentarische Anfrage machen wollte.

Es schrieben Gruppen der Roten Hilfe, zugestellt wurde ein Beschluss des Ermittlungsrichters beim Bundesgerichtshof, dass mir die Zeitung *Gefangenen-Info* nicht ausgeliefert werden durfte.

Im dicken Brief der Kolleginnen und Kollegen vom Stammtisch der freien Journalisten in Hamburg lagen neben einer Solidaritätserklärung an die Öffentlichkeit viele Kopien von Artikeln, meistens aus dem Netz, besonders bei *telepolis*.

Manchmal lagen Briefmarken bei oder Anfragen nach den Besuchsmöglichkeiten. Nach Briefwechsel stand mir nicht der Sinn, nur Hanna und Kathi wollte ich antworten. Bei Besuchen schwankte ich.30 Minuten unter Überwachung, was sollte das. Wem konnte dafür eine Riesenanfahrt zugemutet werden. Mehr Anwaltsbesuche wären nützlicher.

Aus den Karten wurde eine kleine Galerie, aufgereiht an der Wand und an der Pinnwand, die zum Zelleninventar gehörte. Die Motive der Vorderseiten waren sehr unterschiedlich (manchmal am Rande der Geschmacksicherheit). Sie zu sehen, oder was nachzulesen, machte mich aber immer wieder glücklich.

Tom und Martin benutzten zur Kommunikation den sicheren Anwaltsweg, nicht die Post, das hätte ich genauso gemacht.

Den Gruß einer bestimmten Person vermisste ich natürlich.

Einleitungsvermerk

Mit dem Frühstück kam ein großer, dicker, grauer Umschlag in meine Zelle. Was hatte das Amtsgericht Bad Cannstatt für mich? Dort saß der Kontrollrichter für den Postverkehr von Gefangenem und Anwalt. Post von Marcus also.

Ein gar nicht so kleiner Stapel. Ich packte seinen Brief erst einmal beiseite und sichtete. Es gab Kopien aus der Akte, eine Kontovollmacht der Postbank, die Kopie eines Kurzartikels der *Süddeutschen Zeitung* über die Verhaftungen und die Erklärung von *Net Cut*, überschrieben mit *Manifesto.*

Sein Brief war knapp und unpersönlich. Mich erreichte er nach sechs Tagen. Er kündigte einen neuen Besuch für Donnerstag oder Freitag der Woche an (Ungewissheit ist nicht das, was Inhaftierte lieben).

Die Akteneinsicht gehe langsam voran, noch gebe es bei mir keine Hinweise auf Überwachung der Telekommunikation vor Februar 2012 und auf Kontakt zu einem der Kieler. Alles weitere hob er sich für unser Gespräch auf. Dann musste auch geklärt werden, wie ich an die Akten kam, denn wenn ich etwas hatte, dann Zeit zum Lesen.

Ich stellte den Tauchsieder an, rührte danach das Kaffeepulver ein und setzte mich an den Tisch. Aus Gewohnheit entzündete ich eine Zigarette (so wenig geraucht hatte ich seit meinem 16. Lebensjahr nicht mehr.)

Das erste Schriftstück stammte vom Bundeskriminalamt und trug die Überschrift „Einleitungsvermerk". Datum: 19. Januar 2012.

Warum wurde die Staatsschutzabteilung des BKA erst 12 Tage danach tätig? Aus dem Vermerk ging das zwischen den Zeilen hervor. Zunächst beschäftigte sich die Polizei in Hagen damit, dann gab es „Hinweise auf eine linksterroristische Tat" (da standen wohl die ersten Erklärungen im Netz), das Landeskriminalamt NRW wurde zuständig, gab die Aktion in ein Meldesystem, die Bundesanwaltschaft übernahm und betraute das BKA mit der Fahndung.

In der Nacht des Anschlags vermerkte die Polizei „Glasschäden an der Fensterfront im Eingangsbereich". Ich blätterte noch mal im Haftbefehl und stellte fest, dass diese erst später zu „erheblichen Sachschäden" aufgebauscht wurden. Faktisch war es also wohl eher so, als hätte – wer auch immer – eine Fensterscheibe einzuschmeißen versucht. Dann schön fett daneben *Net Cut* gesprüht.

Beweise an Ort und Stelle lagen nach dem Vermerk nicht vor. Unsere Namen tauchten auch noch gar nicht auf. Aber als Anlage ein *Screensho*t von der Seite *radikal-links.org* mit der ersten Seite des Bekennerschreibens.

Zum Anschlagsobjekt gab es erst einmal nur die Adresse von Datafloor, nebst Angaben zum Geschäftsführer der Gesellschaft und den Hinweis auf Softwareentwicklung für „deutsche Sicherheitsdienste".

Stand der Dinge am Ende des Vermerks: Ein Anschlag ist erfolgt (nach dem Schaden eher mit einem aggressiveren Sylvesterböller), er kommt aus der ideologischen Ecke linksextremer Überwachungsstaatsgegner, einen Namen und eine Erklärung der terroristischen Gruppe gibt es schon, es fehlten noch die Verdächtigen.

Der Startschuss der Ermittlungen fiel am 19. Januar, deshalb konnte erst danach mit der Überwachung begonnen worden sein. Also entfielen alle Kontakte davor von mir zu Jerry als nachweisbare Verdachtsgründe. Danach gab es ja nichts mehr. Es blieben nur die mir zur Last gelegten Veröffentlichungen im Haftbefehl, also ein Artikel von Ole Frei (basierend auf der Veröffentlichung eines Springer-Blattes) im Dezember 2010 und die kleine Datafloor-Geschichte auf *nogestapo.net* vom Oktober des letzten Jahres. Plus ein Strandspaziergang auf Sylt.

Dafür saß ich?

Gegen den sich einstellenden starken Aggressionsschub trank ich einen Schluck Wasser direkt aus dem Hahn, schnäuzte mich mit Klopapier und rauchte noch eine Billigzigarette. Dann war ich wieder runter gefahren und von kühler

Angriffslust. Ich hatte seit Tagen ein Konzept für meine Verteidigungsstrategie gemacht, bestehend aus Listen für offene Fragen, Argumentationslinien und Rechercheaufträgen. In zwei der Listen notierte ich neue Stichpunkte.

Mit viel mehr Material versorgte mein Anwalt mich vorerst nicht.

Es gab nur noch ein zweiseitiges Papier, überschrieben mit „Personogram", ohne Datum. Das stammte offenbar aus einer anderen Akte, denn oben rechts war wieder die Ziffer „1" auf die Seite gedruckt, so wie auch die Zählung beim BKA-Vermerk begann.

Der Inhalt las sich unspektakulär. Es standen dort nur die Grunddaten, wie aus dem Personalausweis, die bisherigen Meldeadressen, ein Hinweis auf mein Studium und die Berufstätigkeit als Journalist, Es folgten Bankverbindung, Handynummer (ein Festnetz besaß ich gar nicht), die fast nie genutzte private Email-Adresse plus die vielgenutzte ole@nogestapo.net. Ich besaß danach einen Führerschein, aber kein auf mich zugelassenes Auto. Vorstrafen und polizeiliche Erkenntnisse lagen nicht vor (das Hamburger Geheimdienstdossier wurde nicht erwähnt).

Interessant hätte es noch unter „Kontaktpersonen" werden können. Aber meine angeblichen Mitverschwörer standen dort nicht. Nur Thomas Gebhardt und Hans-Martin König aus Berlin. Tom und Martin mit ihren vollen Namen.

Zum Lesen des Bekennerschreibens fehlte mir die Lust. Die Freistunde verbrachte ich mit etwas Gymnastik (ich mag so was eigentlich nicht, aber unter den Verhältnissen eine sinnvolle Sache). Der Blick durch den Draht zeigte aus der Distanz das Frühlingserwachen der Natur.

Der mir irgendwie unsympathische Deutsche brachte danach einen Eintopf in meine Zelle, Quarkspeise und Mehrfruchtnektar. Dazu die *FAZ*, gleich zwei Ausgaben der *Jungen Welt* und den *Spiegel*.

Sowie einen Brief. Der Fachschaftsrat der Studierenden der Jurafakultät der Universität Hannover vermisste mich als Referenten zur Veranstaltung „Rechtsgrundlagen und Praxis der deutschen Geheimdienste". Daran hatte ich gar nicht mehr gedacht. Der Grund meines unentschuldigten Fehlens blieb ihnen nicht verborgen, sie improvisierten mit eigenen Beiträgen und sandten Grüße. Gab es sonst noch fest vereinbarte Vorträge? Ich erinnerte mich an keinen.

Nach dem Essen nahm ich noch einen Pulverkaffee und begann dann mit dem Zeitungslesen.

Wie beim Radiohören verflog der Reiz schon nach wenigen Tagen. Ich las jetzt wieder selektiv. Die neuen Bücher aus der Knastbücherei lagen auch schon neben dem Bett, von Böll ging ich zu Hans Fallada über. Meinen Buchhändlern hatte ich noch keinen Wunschzettel nach Hamburg geschickt, das fehlende Fernsehgerät bildete eher eine offene Wunde.

Lesend quälte ich mich durch die Wirtschaftskrise des Kapitalismus.

Die Tageszeitung der Eliten wollte, dass die Schuldenstaaten innere Reformen a la Deutschland durchführten. (Wobei die gut zwei Billionen eigener deutscher Staatsschulden natürlich nicht als Richtwert dienen sollten, eher ein strikter Sparkurs und eine Liberalisierung des Arbeitsmarktes, also einen Sektor zu schaffen, wo Menschen mit zwei bis drei Jobs so über die Runden kommen mussten.) Das linke Blatt informierte über die Profiteure der Krise (es gab ja nicht nur Schuldner, sondern auch ihre Gläubiger). Das Magazin schoss sich mit der Titelgeschichte auf die Griechen ein. Die hatten gewählt, aber nicht mit dem richtigen Ausgang (das konnte bei uns natürlich nicht passieren). Jetzt sollten sie aus dem Euro-Raum verschwinden.

Erst am Abend, nach dem Nachrichtenüberblick im Radio, machte ich mich an die Erklärung von *Net Cut*.

Eine mühsame Angelegenheit.

Der Text (er entstand ja im Jahr 1 vor den Enthüllungen von Edward Snowden) startete mit allerlei wissenschaftlichen Floskeln, mit den partizipierenden Möglichkeiten, der höheren Stufe und Geschwindigkeit von Kommunikation und Vernetzung, kam auf ein neues Verhältnis zwischen Individuum und Masse und landete bei einem Grenzen sprengenden Sprung in eine virtuelle Demokratie. (Also bei Punkten, an die die allermeisten Internetnutzer bestimmt nicht dachten.)

Dann gab es einen Diskurs zu einem andersartigen Verständnis von Öffentlichkeit und Widerstand, mit dem die Erklärung bei Protesten gegen Banken und Konzerne, bei Angriffen auf Rechner von Firmen und Regierungen, bei der Wikileaks-Idee, der grünen Revolution im Iran und den späteren Massenprotesten im Nahen Osten landete.

Eine optimistische Bewertung, denn *Twitter*, *Facebook* oder Clips auf *You tube* machten Proteste zwar international öffentlich und visuell wahrnehmbar. Ob sie wirklich Massen bewegen und lenken konnten, besonders außerhalb der 1. Welt, blieb aber spekulativ. Aus den Armenvierteln von Kairo gingen die Leute wohl eher auf die Straßen, weil es auch die Nachbarn taten oder in der Moschee dazu aufgerufen wurde.

Der zweite Hauptteil handelte von der kommerziellen Ausbeutung des Netzes, sowie den Angriffen auf die Datenfreiheit durch staatliche Zensur. (Das las sich ganz gut und wurde detailreich beschrieben. In seiner Kritik lag es aber ungefähr auf die Ebene, die manch ein Landesdatenschutzbeauftragter, mit anderen Worten, bei einem Vortrag auch gewählt hätte, außer vielleicht bei der Frage der konsequenten Negierung des Urheberrechts).

Im Schlussteil ging es konkret um Geschichte, Ziele und Methoden staatlicher Überwachung des Internet, mit Schwerpunkt Polizei und internationale Geheimdienste. Der *Cyber War* des Militärs erhielt zusätzlich eine gute halbe Seite.

Etwas unvermittelt wurde dann die Verantwortung für die Aktion in Hagen (gegen ein „Zentrum des privat-staatlichen Überwachungskomplexes") übernommen und auf den zeitnahen Anschlag in Frankreich hingewiesen.

Beim Nachdenken rauchte ich die letzte Zigarette des Tages.

Ein ordentlicher Text, der so, oder länger und vielleicht besser, überall erschienen sein konnte. (Ich beschäftigte mich kaum mit kritischer Netztheorie.)

Mit einiger Einarbeitungszeit bekam den aber jeder Interessierte hin – User, Mediensoziologe, Journalist, Datenschützer, Staatsschützer.

Mal ins ganz Unreine gedacht.

Jerry Basslitz hatte nie so theoretisierend geredet, weder privat, noch auf unserer gemeinsamen Veranstaltung. Die Kritik an den staatlichen Praktiken teilte er mit Vielen, mich eingeschlossen. Sein großes Thema war aber nicht die Theorie, sondern der praktische Schutz der Netzfreiheit und von Gegenwehr las man kein Wort. Auch ergab die Erklärung alles andere als die Notwenigkeit des Kappens von Seekabeln für Daten, deren ungehinderter Fluss doch erst die positiven Dinge vom Anfang der Erklärung ermöglichen sollten.

Statt ausgiebig weiter nachzudenken, schrieb ich einige neue Fragen in meine Listen.

Arbeitete Datafloor auch in Frankreich? Wann stand der französische Anschlag erstmals im Internet? Was war Monate später darüber bekannt?

Gab es eine *French Connection*?

Die Überschrift

Ein ganz normaler Mittwoch.

Viel zu frühes Aufstehen. Morgenfraß. Radio an. Stuhlgang. Waschen. Erste Zigarette. Einkaufen. Duschen. Mittagsfraß. Kaffeemachen. Zeitungslesen. Freistunde. Notizen machen. Lesen. Abendfraß. Notizen lesen. Letzte Zigarette. Buchlesen. Einschlafprobleme. Die drohende Dunkelheit.

Den ganzen Tag über spürte ich aber ein optimistisches Grundgefühl, eine Stärke angesichts der vorgebrachten Anklage, von der ich ja nur einen sehr kleinen Teil kannte. (Heute weiß ich: Starker Optimismus und starker Pessimismus sind die Grundfehler eines Gefangenen.) Mit meinen drei Listen fand ich mich auf den kommenden Anwaltsbesuch gut vorbereitet.

Aus kreativem Spaß, fast mit einem kleinen Lustgefühl, begann ich den ganzen Tag über in meinen Kopf einen Artikel über die *Net Cut*-Ermittlungen zu schreiben, besser noch über die *Net Cut*-Affäre. Die Guten und die Bösen klar herausgearbeitet, natürlich mit einem Happy End, im Mittelteil noch auf unzureichender Faktengrundlage.

Eine Überschrift besaß ich auch schon.

Der Stacheldraht des Verdachts.

Der Satz blieb mir aus dem Studium im Gedächtnis, aus dem Seminar zur Entstehungsgeschichte des Grundgesetzes.

Wenige Jahre nach dem Ende des Faschismus hatte ihn ein sozialdemokratischer Professor bei den Beratungen zur westdeutschen Verfassung, so um 1948 herum, benutz, als es um die Debatte zu den Grundrechten Freiheit und Menschenwürde ging. Er meinte damals, man kann einen Menschen nicht nur fertigmachen, in dem er in ein Lager gesperrt wird, er kann auch hinter dem Stacheldraht des Verdachts verschwinden.

Frauke

Das Motiv auf der Postkarte fand ich gemäßigt lustig, aber auch nicht ganz schlecht.

Es zeigte vier Männer, stark angetrunken, mit Bierflaschen in den Händen, ausgelassen fröhlich, die sich nur noch aufrecht halten konnten, in dem sie sich gegenseitig stützten und wechselseitig im Arm hielten.

Alle Männer trugen Mützen, Schals und Westen in den Farben und mit dem Vereinslogo des FC St. Pauli.

Die Bildunterschrift bestand aus dem traditionellen Schlachtgesang der Fans des Fußballclubs, der auch meiner ist.

You `ll never walk alone.

Der Kartentext auf der Rückseite lautete:

Hi

Richtig was los bei dir.

Ich hab es grade gehört.

Mach nicht schlapp.

Arbeite mit meinem Ding weiter.

Miss you ☺

Frauke

Frauke?

Rima!!

Und so unerwartet konspirativ.

Am Tisch saß jetzt erst einmal ein glücklicher Mensch.

Kurz oder lang

Es passierte beim Waschen von Gesicht und Oberkörper, als ich breitbeinig vor dem kleinen Waschbecken stand.

Ein plötzlicher Schmerz rechts unten am Rücken. Ich griff mit der Hand dorthin und massierte die Stelle, leider ohne Besserung. Das Anziehen der Hose und der Turnschuhe wurde beschwerlich, selbst beim Sitzen tat es weh. *Tolle Wurst*. Meine Laiendiagnose lautete auf Hexenschuss. Tagelang sollte es nicht besser werden, mit grotesken Verrenkungen beim Zubettgehen, beim Umdrehen in der Nacht und besonders beim Aufstehen. Immer blieb der Schmerz.

Bloß nicht noch krank werden unter diesen Umständen, dachte ich. Mir reichten die Psychoprobleme in der Dunkelheit. Glücklicherweise war ich ansonsten körperlich soweit in Ordnung. Nicht, dass ich viel dafür getan hätte (ich machte mal mit Miriam eine kostenlose Schnupperstunde in einem Fitness-Studio, das fand ich lächerlich). Das Treppensteigen ins oberste Stockwerk und immer zu Fuß unterwegs, musste reichen. Dazu kam im Sommer der Fußball im Park und gelegentliches Joggen.

Ich konnte den rechten Fuß nicht voll belasten und humpelte deshalb, als es mit der unfreundlichen Schließerin die Treppen runter zur Sprechzelle ging.

Marcus Bohm hatte auf dem Tisch, auf seiner Seite der Scheibe, schon allerlei Papier ausgebreitet und einen Laptop betriebsbereit gemacht. Dieser Sprung in die Moderne musste neu sein, denn lange verweigerte er sich überhaupt einer digitalen Arbeit und Kommunikation.

Unsere zweite Knastbegegnung verlief produktiv und geschäftsmäßig, auf eine selbstverständliche Art aber auch freundschaftlich. Er nahm den ganz frühen Flieger und das erhöhte die zur Verfügung stehende Zeit. Wir liefen uns warm mit seinem Bericht über das Ostertreffen, Grußbestellungen, Infos zur nicht sonderlich erfolgreicher Medienarbeit und dem Abhaken von erledigten Sachen wie Zeitungen und Geld. (Ich fühlte Dankbarkeit, sagte es aber nicht. Ein Privileg von Gefangenen.)

Er hatte versucht, in meine unversiegelte Wohnung zu kommen, traf niemanden an und hinterließ eine Visitenkarte, mit der Bitte um einen Anruf. Das blieb bislang ohne Erfolg. Bei den Akten befand sich mein Schlüssel nicht. Reinzukommen war im Prinzip technisch aber nicht schwierig, zu seinen Klienten zählte auch ein geübter Wohnungseinbrecher, auf den durfte bei Bedarf zurück gegriffen werden.

Dann begann sein Bericht über den Stand der Dinge, den Inhalt der Akte und das Treffen der Anwälte.

Seine Vorbereitung gefiel mir richtig gut, er referierte auf einer kühl-sachlichen Ebene, benutzte manchmal sein Zettelsystem und ich hörte zu.

Den Beginn allen Übels bildete eine zunächst noch grobe Rasterfahndung. Das BKA verschaffte sich bundesweit, von den Landeskriminalämtern und vom Verfassungsschutz, sowie durch eigene Recherchen und Datenabgleich, alles, was es über und gegen die Softwarefirma Datafloor gab. Von öffentlich zugänglichem Material der Firma selbst, über die Kritik an ihr im Netz, in Printmedien und in der politischen Szene.

Die Ermittlungsergebnisse aus Hagen selbst blieben aber spärlich. Das Amt hatte mehrere Teams von Beamten und Kriminaltechnikern in das Gewerbegebiet geschickt, die tagelang arbeiteten, ohne viel zutage zu fördern.

Zeugen hatten sich nicht gemeldet. Befragungen innerhalb der Firma erbrachten wenig. Drohungen erhielten sie nicht. Auch sonst lagen keine Spuren vor, die einem Menschen zugeordnet werden konnten. Es gab tatsächlich oder angeblich, warum auch immer, keine „verwertbaren" Bilder der Überwachungskamera am dreistöckigen Gebäude, nur gegenüber, bei einer Großspedition, lief ein System fehlerfrei.

Die Auswertung dieser Bänder zeigte einen begrenzten Raumausschnitt, ausschließen konnten sie danach nur, dass um die Zeit des Anschlags Fahrzeugverkehr auf der Straße herrschte. Die Explosionszeit machte das BKA auf kurz nach

Mitternacht fest, weil dann eine Alarmanlage gegen Diebstahl aktiviert wurde. Der Sprengsatz befand sich in einer Metallkiste, bestand aus einem Gemisch von Calciumcarbid und Wasser, ohne Mittel zur Verstärkung der Wirkung. Er reichte gerade dazu aus, die gläsernen Doppeltüren zu beschädigen. Die Zündfunktion wurde durch einen zerstörten Wecker aktiviert.

Die Ermittlungen am Tatort erbrachten also wenig. Dann kam das Bekennerschreiben, aber BKA und Verfassungsschutz hatten eine solche Gruppe gar nicht auf dem Radarschirm. *Net Cut* blieb ein schwarzes Loch.

Der Durchbruch erfolgte erst Anfang Februar.

Der Verfassungsschutz Niedersachsen erhielt den vertraulichen Bericht eines seiner V-Männer über eine Veranstaltung an der Uni in Göttingen. Nach dem Dossier hatte einer der Vortragenden dort den Anschlag gegen Datafloor erwähnt und sogar gerechtfertigt. Wenige Tage danach. Der Auswerter des Landesamts schickte den Bericht seines Informanten mit *Eilt sehr!* an das Bundeskriminalamt weiter.

Der Referent hieß Jerry Basslitz

Nach Marcus Notizen stand die Erklärung zu diesem Zeitpunkt schon öffentlich im Netz. Aber das hinderte an nichts.

Denn jetzt besaß der erste Verdacht Namen und Gesicht. Das politische Leben von Georg Basslitz wurde rekonstruiert und enthielt freudige Überraschungen.

Die Jagd wurde kleinteiliger, gezielter und intensiver. *Spinnennetzartiger*. Die Rasterpunkte lauteten offenkundig auf politische und persönliche Kontakte zu Jerry, plus Linksextremismus, plus irgendwas mit Datenfreiheit. Observationen und Abhörmaßnahmen liefen an. Andere Namen verfingen sich im Fahndungsnetz, mit ihnen neuer Verdacht, Verknüpfungsperspektiven und Zusammenhänge.

Weitere Quellen wurden erschlossen, wie ältere polizeiliche Ermittlungsverfahren und das Bundeszentralregister über Verurteilungen, Verfassungsschutzakten und relevante Veröffentlichungen der ansteigenden Zahl von Verdächtigen.

Das Wesentliche aus den Resultaten fand Eingang in den Haftbefehl. So kam auch Ole Frei ins Spiel, mit der gemeinsamen Kieler Veranstaltung, einschlägigen Artikeln und Linksextremismus. Oder der Informatiker Alexander Storch, Studienfreund aus derselben Stadt, selbes politisches Milieu, Theoretiker und Praktiker eines staatsfernen und überwachungsfreien Internet.

Jerry und Andreas Haltermann gehörten 2005 zum Kreis der Verdächtigen der Kieler Polizei, als es um einen Brandanschlag auf ein NPD-Büro ging, eine Anklage erfolgte jedoch nicht. Später schärfte der Bühnentechniker nach Einschätzung der Fahnder seine Kenntnisse, bis er als Logistiker der Gruppe einen richtigen Sprengsatz bauen konnte.

Auch der Angriff auf die Datenkabel wurde für den Apparat ein Punkt ihrer Arbeit. Der vertrauliche Göttinger Spitzel hatte von einem weiteren Referat an dem Abend berichtet, in dem es um die „Verwundbarkeit internationaler Kommunikation" ging. Mit Schwachstellen wie Zentralrechner und anlandende Verbindungen.

Das Mosaik war da. Die Mosaiksteinchen fanden sich oder wurden passend gemacht.

Das belastende Sprachgutachten erstellte, aus dem recherchierten Material, eine Frau Dr. phil., Privatdozentin an der Universität Regensburg. Mein Anwalt ersparte uns die Details.

Mit sonstigen Beweisen sah es, nach Wochen der Arbeit, immer noch nicht gut aus.

Keines unserer Mobiltelefone war in der Nähe der Anschläge in Hagen (und im Dezember in Frankreich) eingeloggt gewesen. Die Verkehrsüberwachungskameras in ganz NRW nahmen weder uns, noch auf uns zugelassene PKW, in der fraglichen Nacht auf. Gleiches galt für die Kameras von ausgewählten Autobahntankstellen. Erfolglos blieben Nachprüfungen bei Autovermietungen, dem Bahn Card-Service und die Auswertung von Hotelmeldezetteln im Großraum Ruhrgebiet.

Auch hatten wir nirgendwo persönliche Spuren hinterlassen. (Bis auf die Besuche bei neuen Anschlagszielen an der Nordsee.) Der konzentrierte Einsatz des Kieler VS und seiner Quellen brachten kaum verwertbare Informationen. Die Szene sprach oder spekulierte nicht über *Net Cut*. (Qualifizierte terroristische Wertarbeit eben. Streng konspirativ.)

Ende März wollte das BKA nicht mehr warten, sondern die Ernte einbringen.

Auswertungsergebnisse der Wohnungsdurchsuchungen standen in den von Marcus gelesenen Akten noch nicht. Beim Bühnentechniker fanden sie laut Protokoll „Sprengstoffkomponenten" (was immer das ist). Mehr erhofften die Fahnder sicher von den Rechnern, Telefonen, Stadtplänen, Notizzetteln, Kreditkarten, Tankquittungen, Adressensammlungen, Fotos und allem, was dem Mosaik nutzte.

Aus meiner Wohnung nahmen sie auch „diverses Schriftmaterial" in Kartons und Ordnern mit.

Die Eurofahndungshilfe bei den Franzosen zum Anschlag vom Dezember lief.

An dieser Stelle thematisierte ich eine reale Befürchtung. Die Trojaner und Schadprogramme von Datafloor und wohl auch anderen dieser Softwarefirmen, waren im Stande, digitale Beweismittel problemlos und unbemerkt in einem Rechner zu erzeugen. Erst einmal drin konnten sie selbständig auf Seiten gehen, Sachen runterladen und in einem (meinem!) Computer ablegen. Solche „Beweise" wurden dann später

„gefunden" und sollten angeblich mit forensischen Mitteln nicht als Fälschung zu erkennen sein. Als ins Nest gelegte Kuckuckseier des Staatsschutzes. Kinderpornos, Bombenbastelanleitungen, Texte für ein Anschlagsmanifest.

Mein Anwalt wiegte bedächtig seinen Kopf.

Mit dem Bericht verbrachten Marcus und ich die Sprechzeit am Vormittag. Einige Seiten, die ihm wichtig waren, hielt er mir zum Lesen aus dem Laptop an die Trennscheibe. Ich stellte Fragen und fing an, meine vorbereiteten Listen einzubringen.

Der Justizbeamte trennte uns dann. Mein Anwalt ging in eine Pizzeria, ich in die Zelle. Nachmittags sollte es um die Frage gehen, was machen wir.

Der Einstieg wurde dann doch persönlicher. Marcus älterer Bruder war ganz plötzlich gestorben, ein Gehirnschlag. Am Tag vor seinem Besuch fand die Beerdigung statt. Beide Eltern lebten noch, ein schwerer Gang auch deswegen. Als geschwisterloses Kind konnte ich emotional nicht so viel beitragen. Er erzählte ein bisschen.

Die entstandene Nähe ließ mich auch persönlicher werden. Von den Angstzuständen redete ich immer noch nicht, aber über das bedrohliche Gefühl, nichts tun zu können und nicht zu wissen, wann das aufhört. Über die Ungewissheit, die nagte.

Marcus entgegnete, so schlecht sähe es nicht aus. Nur, ob wir einen kurzen oder einen langen Weg gehen müssten, das sei weiterhin unklar. Ich sah es natürlich genauso: Eine kurzfristige Zerlegung des Anklagekonstrukts oder erst in einem Prozess, der dauern konnte. (Ich mochte auch den alten Trick von Anwälten und Ärzten „wir" zu sagen, obwohl sie selbst ja weder an Hautkrebs noch an Untersuchungshaft litten.)

Unsere Verteidiger trafen sich am vergangenen Wochenende. Nicht der Promi-Anwalt der Frau, aber die von Jerry,

Andy, Alex und Ole, wie wir bei Szene und Rechtsbeiständen firmierten.

Der Stand der Dinge: Jerry und Andy schwiegen, wie ich. Sie wollten, dass öffentlich noch viel mehr gemacht wird, auch Richtung Piratenpartei und liberalen Leuten. Informatiker Alex reichte eine sehr lange Schrift beim zuständigen Richter ein, Marcus kannte sie noch nicht, inhaltlich sollte es um das Zerpflücken der Vorwürfe gehen, mit Logik und einem Alibi für Hagen.

Über die Schwester der verhafteten Andrea wurde in Erfahrung gebracht, dass sie eine Aussage machte, aber darin niemanden belastete. Ihr Anwalt sollte eine Haftbeschwerde eingelegt und der Familie Erfolgshoffnungen gemacht haben.

Mein Zweitanwalt Thomas rief bei der Bundesanwaltschaft an (er besitzt die Gabe des schleimig aber effektiven Telefongesprächs) und erfuhr, dass dort an eine „Präzisierung" der Haftbefehle gedacht wird – was immer das hieß.

Mehr Öffentlichkeit bildete einen Konsens unter allen Gefangenen und Anwälten. An die Idee mit den Piraten hatte ich noch gar nicht gedacht, sie ging aber in die richtige Richtung. Nach Marcus Kenntnis gab es bisher wenig Resonanz bei der liberalen Presse und gar nichts im Fernsehen. Eine Internetseite und Netzöffentlichkeit bestanden aber schon, die virtuelle Anteilnahme war groß, Veranstaltungen in Planung.

Meine Selbstdarstellung wurde nicht mehr gebraucht, Tom und Martin machten das kurz und knapp. Ich ging mit Marcus aber meine Listen mit Fragen und weiterführenden Anregungen durch, meine Entlastungsoffensive. Er schrieb sich Notizen. Es stand jedoch an vielen Punkten die Frage, wann damit gearbeitet werden sollte. Sofort oder als Munition im Prozess. Ich plädierte natürlich für sofort, es schien doch schon einiges in Wanken gekommen zu sein. Der Druck musste verstärkt werden.

Unser Gespräch kam dann auf die Zahl „3". Naheliegend, denn eine terroristische Vereinigung konnte tausende Mitglieder haben, aber drei bildete das juristische Minimum. Darunter existierte sie gar nicht mehr.

Mindestens drei Verdächtige bedeuten die geballte Anti-Terror Fahndungszuständigkeit des BKA, schnellere Verhängung von Untersuchungshaft, mit Isolation des Gefangenen, harte Regeln, selbst für die Kontakte zum Anwalt, klare Sprachregelung in den Medien, ein bisschen Ausnahmezustand eben.

Wird die Quote nicht erreicht, platzte die Terrorblase, es musste mehrere Gänge zurück geschaltet werden. Die Aktion in Hagen nur von zwei Leuten ausgeführt – beispielsweise – zu einer einfachen Sachbeschädigung, schlimmstenfalls zu einer Sprengstoffgeschichte.

Darum ging es also auch. Fünf waren verhaftet worden, möglicherweise minus einer, die eine Aussage machte und einem, der sich wortreich verteidigte, blieb noch die absolute Untergrenze an Terroristen.

Jerry, Andy und ich.

Was bedeutete das alles praktisch? Auch für die Frage, kurz oder lang.

Von meinen Anwälten und Leuten draußen wollte ich, dass die öffentliche Kampagne mit Energie und Kreativität hochgezogen und in die richtige Richtung gebracht wird, also vor welchem politischen Hintergrund wir sitzen. Außerdem erwartete, besser erhoffte, ich mir etwas Brauchbares als Reaktion aus den Punkten auf meinen Listen und aus der Lektüre der ganzen Akten.

Auch ein Problem. Mir standen die Akten zu, wie den Anwälten. Die enormen Datenmengen kamen bei ihnen in handhabbaren Speichermedien an und sie konnten Bearbeitungsprogramme für Lesezeichen, Fundstellen und Suchsysteme benutzen. Ich in meiner Zelle nicht. Die Justiz war außerdem nur verpflichtet, mir die Anklageschrift zu senden, alles andere blieb Sache der Verteidiger, nur sie bekamen direkt Akteneinsicht. Sie mussten also Daten zu Papier machen, ausdrucken lassen, in Ordner heften und über den Kontrollrichter schicken, bis die Ordner in der Zelle ankamen. Kein sonderlich faires Verfahren, sondern ein zeitraubendes. Marcus schlug vor, dass sich die Anwälte die Arbeit aufteilen und erstmal eine Auswahl für mich treffen.

Eine Aussage wollte ich weiterhin nicht machen. Das stand fest. Es ging ums Prinzip. Ich fühlte mich nach den Haftwochen schon etwas angeschlagen, aber das stand.

Das große Mosaiksteinchen, das die Fahnder gerne von mir hätten, war natürlich der Verfasser des Artikels auf unserem Portal zu Datafloor im letzten Herbst. Jerrys Artikel. Nicht mit mir zu machen. Pressefreiheit, Informantenschutz und Prinzip.

Ich bemerkte, dass Marcus mehrmals gähnen musste. Die Maschine aus Hamburg flog bestimmt sehr früh ab, um die Geschäftsleute zu Kunden und Messen in Stuttgart zu bringen. Die Sache mit seinem Bruder kam dazu und die Zellensituation, stundenlang zusammen sein, nur mit künstlichem Licht und schlechter Luft.

Zeit für diesmal Schluss zu machen. Unsere Handflächen trafen sich an der Scheibe.

Annahme verweigert

Hannas kurze Information im Brief klang aufgeregt.

Nach ihrer Schilderung gingen Leute aus Stuttgart mit einem Wäschepaket zum Haupttor des Gefängnisses und wollten die neu gekauften Sachen für mich abgeben. Ohne Erfolg, Annahme verweigert, obwohl Name und Geburtsdatum stimmten und ich ja wohl immer noch sitze.

Was das bedeutet, schrieb sie. Das sei doch Willkür.

Offenbar vergaß ich, einen speziellen Antrag auf ein Wäschepaket zu stellen und verlor den bürokratischen Kampf um private Unterhosen und Pullover erstmal.

Grüß Gott

Es passierte an einem Duschtag.

An einem frühen Nachmittag lag ich lesend auf dem Bett und es klopfte an der Tür. Natürlich klopft es sonst nie, die Schlüsselgeräusche ersetzten den zivilisatorischen Mindeststandard bei Betreten eines Raumes, der nicht der eigene ist.

„Grüß Gott", sagte der eintretende Mann und dieser Gruß plus sein Habit aus grauem Anzug, schwarzem Pullover und weißen Kragen machten eigentlich überflüssig, dass er sich noch als Pfarrer vorstellte. Hatte ich, vor Tagen oder Wochen beim Sozialarbeiter, nicht auf geistlichen Besuch verzichtet?

Der Mann sagte: „Gelobt sei Jesus Christus. Kann ich etwas für Sie tun?". Ich saß mittlerweile aufgerichtet auf der Bettkante. In Isolation ist ein Kontakt wichtig und generell positiv. Er hilft deine eigene Stimme zu hören, du kannst nützliche Informationen bekommen und bei Bedarf dich sogar unterhalten, vorsichtig und kontrolliert natürlich.

Danach war mir aber nicht. Die Sache mit der vorenthaltenen Wäsche hatte ich schon vor Tagen umständlich schriftlich geklärt. Der Pope besaß auch so gar keine kommunikationsfördernde Ausstrahlung. Er erzählte gerade, inzwischen auf dem Stuhl sitzend, von großen und kleinen Dingen und dass Jesus für alle Menschen am Kreuz starb.

Ich überlegte nur noch, ob die Beendigung dieses Auftritts normal, hart oder blasphemisch seien sollte. Es wurde so ein Mittelding.

Ich widmete mich wieder der Zeitung. Er klopfte gegen die Zellentür. Der Schließer, der dahinter wartete, ließ ihn raus. Gesegnet wurde ich nicht.

Kurzbesuch

Rechtsanwalt Thomas Schüttler war am frühen Morgen in Eile. Um 10 Uhr sollte sein Kurdenverfahren in Stuttgart stattfinden. Aber nicht gegenüber vom Knast in Justizbunker, sondern in einem Gerichtssaal in der City. Vorbeikommen wollte er trotzdem.

Auf die Schnelle eben. Große Neuigkeiten konnte er nicht mitteilen. Aber es wäre etwas am Laufen. (Spekulative Mitteilungen machten mir keine Freude.)

Wir plauderten ein wenig.

„Kennst Du eigentlich Achim Boehnisch….Szenenamen Lucky", fragte er mich plötzlich von der anderen Seite der Scheibe.

Mein Gedächtnis versagte. Ich wiegte den Kopf.

„Er ist tot."

Ich runzelte die Stirn.

Mein Anwalt machte eine vielfältig deutbare Handbewegung, ohne die Sache zu vertiefen.

„Sehen uns", war die Verabschiedungsfloskel. Ein Ultrakurzbesuch.

Meinem Anwalt wurde schnell die Tür auf seiner Seite geöffnet. Ich blieb endlos lange in der Zelle. Die unfreundliche Beamtin verkürzte ihre Kaffeepause nicht und brachte mich erst spät wieder nach oben.

Es hat einen Vorfall gegeben

Am frühen Morgen, einige Tage später, geriet die Gefängniswelt kurzzeitig aus dem gewohnten Trott.

Es war schon nach sechs Uhr, die normale Weckzeit, die immer auch den Beginn eines erhöhten Lärmpegels mit sich brachte. Es gab ihn, nur deutlich lauter als gewöhnlich. Insbesondere wurde sehr viel aus den Fenstern gerufen.

Nach dem Klo machte ich mir den ersten Brühkaffee. Das Schreien von Zelle zu Zelle hörte nicht auf. Mit dem Becher ging ich ans Fenster. Unten auf dem Hof parkte ein Notarztwagen mit geöffneten Hecktüren.

Fahrzeuge fuhren oft in den Gefängnisvorhof. Es kamen Handwerker, Gefangenentransporter oder Lieferanten der Küche. In meiner Zeit aber noch nie der Notarzt.

Außer mir blickten auch aus anderen vergitterten Fenstern Gefangene nach unten. „Was ist los?" brüllte ich raus. „Arzt!" wurde aus dem Stockwerk drunter gerufen. „Zweiter Stock" hörte ich auch noch. Dann brüllte einer den Namen „Hasan" und noch was kurzes, das wie türkisch (oder kurdisch) klang.

Die Frühstücksausteilung begann um diese Zeit normalerweise, doch es passierte nichts. Ich beschloss so lange am Fenster zu bleiben, bis der Becher leer war. Danach blieb ich doch neugierig stehen (in einer völlig reiz- und ereignislosen Welt wird der Mensch offenbar schnell zum Voyeur), und glotzte mit der ersten Zigarette weiter.

Kurz danach kamen drei Männer in weißen Hosen und roten Jacken auf den Hof, einer mit Tragbahre unter dem Arm. Gemächlich wurden die offenen Türen geschlossen, sie stiegen ein, der Wagen wendete und fuhr Richtung Haupttor. Kein gutes Zeichen.

Mit Verspätung kam das Frühstück. Ich fragte natürlich gleich, was los gewesen ist. Die unfreundliche Beamtin hatte heute wohl schon zahlreiche Anfragen bekommen, trat in die Zelle und antwortete: „Es hat einen Vorfall gegeben." Mehr nicht. Der schweigsame Russe oder Pole machte dazu eine eindeutige Geste – den Daumen über den Hals gezogen.

Ein finaler Suizid also. Deshalb zog die Notarztwagenbesatzung unverrichteter Dinge wieder ab. Jetzt schloss sich wohl eine Untersuchung an, interne Ermittlungen, Obduktion, das Übliche, wenn einer es gar nicht mehr aushalten konnte.

Wie oft es passierte, keine Ahnung.

Nach meiner Erinnerung geschah es an dem Tag, an dem ein kleiner, blauer Kocher in die Zelle kam. Zwei Tage danach gefolgt von einem TV-Gerät, dessen Inbetriebnahme sich verzögern sollte, weil ich erst einen Antrag auf Bereitstellung einer Anschlussverbindung zwischen Gerät und der Kabelbox des Gefängnisses stellen musste.

Vielleicht lag das aber auch Tage später. Die Zeit verlor ihre Ordnungsfunktion.

Fragil

Am Tag 34 nach meiner Verhaftung, einem Donnerstag, passierte folgendes.

Am frühen Vormittag holte mich der bärtige Schließer aus der Zelle, es ginge zur „AL".

Die Anstaltsleitung residierte in dem Verwaltungstrakt im Erdgeschoß. Der Beamte klopfte an eine Tür, ließ mich als erstes eintreten und blieb hinter mir stehen.

Eine Frau in meinem Alter saß hinter ihrem Schreibtisch, wies mir den Stuhl davor zu und stellte sich als stellvertretende Anstaltsleiterin vor. Gesehen hatte ich sie vorher noch nie. Auf ihrem Tisch lagen zahlreiche Akten, ihr PC war online, eine grüne Hydrokultur stand in der Ecke und ein großes Poster der Niagara-Fälle hing an der Wand.

Sie sei beauftragt, begann das Gespräch, mir etwas zu eröffnen und eine Belehrung vorzunehmen. Meine volle Aufmerksamkeit hatte sie.

Der Ermittlungsrichter in Karlsruhe habe in meiner Sache einen neuen Haftbefehl erlassen, eine Abschrift erhalte ich gleich ausgehändigt. Ob ich eine Lesepause wünschte? Ich machte eine vielfältig deutbare Handbewegung. Es ginge darum, dass mir aktuell, fuhr sie deshalb fort, nur noch die Unterstützung einer terroristischen Vereinigung vorgeworfen wurde.

Es gäbe außerdem noch einen zweiten Beschluss, deshalb ließ sie mich holen.

Es handelte sich um einen Verschonungsbeschluss, mit dem die weitere Untersuchungshaft gegen mich erstmal aufgehoben wurde. Dies aber nur gegen verschiedene Auflagen, die ich alle streng einhalten müsste, sonst würde die Haftaussetzung widerrufen.

Sie schob mir ein Schriftstück über den Tisch und las aus ihrer Abschrift die Details vor. Ich musste mich sofort zu meiner Hamburger Wohnung begeben, mich einmal die Woche, immer Freitag, beim Polizeikommissariat 16 melden, durfte das Land nicht verlassen, mein Pass blieb beschlagnahmt und es galt ein striktes Kontaktverbot, auch über dritte Personen, zu Andrea Sophie Kluge aus Kiel.

Ob ich das verstanden hätte. Ich nickte. Sie ließ mich den Erhalt der Schriftstücke und die Belehrung quittieren und wies darauf hin, dass der morgige Freitag schon der erste Meldetag war.

Ich fragte, ob meine Anwälte auch benachrichtigt wurden. Sie antwortete, nicht von ihr. Das sei nicht die Aufgabe der Justizvollzugsanstalt. Möglicherweise aber direkt vom Gericht.

Den ganzen amtlichen Teil absolvierte sie auf Hochdeutsch, dann ging sie leicht schwäbelnd zu den praktischen Folgen über und stand wieder auf vertrautem Terrain.

Der Entlassungsvorgang begann sofort. Auf meinem Haftkonto standen noch 186 Euro, bei einem Fahrkartenpreis von 133 Euro für eine einfache Bahnreise nach Hamburg, wäre ich mit Geld deshalb ausreichend versorgt. Ich würde für alle Fälle einen Entlassungsschein als Ausweisersatz erhalten, amtliche Papiere befänden sich bei meiner Habe sonst ja nicht.

Ob es noch Fragen gäbe. Ich schüttelte den Kopf.

„Geht heim", sagte der Bärtige auf dem Rückweg. Er diente als Begleitung bei der ganzen Prozedur des Auscheckens. Aus der Zelle nahm ich nur die Schriftstücke, den Kuli, meine Post, die Zigarettenpackung und das Feuerzeug mit. Kocher und Fernseher spendete ich für andere Gefangene, Abnehmer würden sich finden.

Er führte mich dann nach unten und verabschiedete sich mit „adele". Ich sagte nichts, nickte nur.

Es folgte noch etwas Bürokratie. Geldauszahlung und Stempel auf dem Entlassungsschein. Ich musste verschiedene Unterschriften leisten. In der Kammer ging es schnell. Ich trug die Sachen, wie am Einlieferungstag (statt meinen verschwundenen Privatsocken aber Anstaltsstrümpfe).

Ein Beamter brachte mich zum Eingang. Dort passierten wir eine Schleuse mit zwei automatisch geöffneten Türen und ich stand draußen.

Die ersten Eindrücke: Zwei Frauen mit Kopftuch, die ein großes Paket trugen und ein Taxi, das aus dem kleinen Kreisverkehr am Eingang wegfuhr.

Sonst sah ich niemanden.

Ich ging erstmal geradeaus. Emotional ruhig. Das Glückshormon Serotonin blieb passiv. Auf keinen Fall fühlte ich Genugtuung. Es war ja nicht vorbei. Ich sah es realistisch. Meine Handlungsmöglichkeiten hatten sich unerwartet wieder deutlich verbessert.

Auf dem Weg lag eine Haltestelle der Straßenbahn. Die Linie zum Zentrum fuhr alle fünfzehn Minuten.

Das Telefonieren mit Marcus oder Thomas verschob ich auf den Bahnhof. Ihre Büronummern konnte ich über die Auskunft bekommen, mein einziges Telefonverzeichnis steckte im Galaxy. Auch mit den Handynummern von Tom und Martin.

Mein Weg ging an einem Bistro und einem Versicherungsbüro vorbei. Das Schild der Bäckerei lockte.

Was ich zuhause vorhatte?

In meine Wohnung kommen, die Lage sondieren, Leute sehen, Rima suchen, die Wohnung und den Computer säubern oder besser ganz austauschen, mich in die Akten vertiefen, lange draußen sein, in die kurdische Kneipe gehen, offene Türen haben, nachdenken, schreiben, weitermachen, zurückschlagen, leben.

Erstmal guten Kaffee. Es roch angenehm in der Bäckerei. Zwei Männer im Blaumann aßen belegte Brote an einem der Stehtische. Ich bestellte einen doppelten Espresso und zwei Schokocroissant und nahm noch eine Flasche Mineralwasser aus dem kleinen Kühlregal. Dann setzte ich mich an einen freien Tisch in der hinteren Ecke.

Koffein, Süßes und Wasser schmeckten großartig. Ich überflog den neuen Haftbefehl. Jerry und die mir unbekannten Andy und Alex saßen noch. Die notwendigen Drei. Ich stand jetzt im Status eines Nichtmitglieds einer terroristischen Vereinigung, blieb aber verdächtig, ihr Unterstützer durch Beschaffung von Informationen und irgendwas mit Kommunikationswegen zu sein. Zu mehr Lektüre fehlten mir Konzentration und aktuelles Interesse.

Beim Bestellen des zweiten Espressos bat ich um etwas zum Einpacken meiner ganzen Zettelwirtschaft und bekam die größte Brötchentüte. Die Frau hinter dem Tresen sagte mir auch, wie spät es war.

Es blieb noch Zeit und der entbehrte italienische Mokka machte sich im Kreislauf bemerkbar. Das benutzte Geschirr stellte ich dann auf die dafür vorgesehene Abstellfläche. Rau-

chen konnte man draußen, Zeitungen gab es auf dem Bahnhof.

Ich verabschiedete mich freundlich von der Verkäuferin,
hielt einer alten Frau mit Rollator die Tür auf und ging einer
fragilen Freiheit entgegen.

Zweiter Teil
Die schlechten alten Zeiten

Ole, frei

Der Mikrokosmos eines ICE-Großraumwagens ist bekanntermaßen nervig. Über fünf Stunden fuhr er bis Hamburg. Dumpfe Bässe dröhnten aus den massigen Kopfhörern von iPods. Es piepte immer mal wieder und die Mehrzahl der Leute hing am Telefon. Ein Säugling schräg gegenüber quäkte ab und an. Eine Kakophonie, die mich belästigte, aber auch gut tat.

Menschen taten mir gut. Die Bewegung des Zuges auch, vorbei fliegende Landschaft oder gelegentliche Tunnel, die den Kommunikationsirrsinn erstickten. Die wiedergewonnenen einfachen Freiheiten.

Normalität.

Türen, die sich per Lichtschranke öffnen, aufs Klo gehen ohne Türspion, gitterlose Fenster, kleiner Fußmarsch ins Bistro, essen und trinken nach eigenem Gusto, keine Mauern, keine Uniformen.

Aus dem, was vom Stuttgarter Hauptbahnhof noch übrig war, hatte ich vor der Abfahrt bei Marcus Bohm in Hamburg angerufen. Die Nummernauskunft leitete mich gleich weiter und seine Sekretärin meinte, er wäre gegen fünf vom Gericht spätestens wieder da. Noch vor Hannover erschöpfte sich mein Lesevorrat und ich griff noch das Bahnjournal, trotz Till Schweiger auf dem Cover. Dann wurde ich müde und döste.

Die Masse stieg am Hauptbahnhof aus. Minutenlang vor Einfahrt schon dicht an dicht aufgereiht in den Gängen mit Rucksack, Rollkoffer oder Umhängetaschen, viele telefonisch ihre Ankunft bekanntgebend. Ich fuhr weiter bis zum Bahnhof

Dammtor, der dem Büro von Marcus im Universitätsviertel am nächsten lag.

Ole Frei is *back in town.*

Mein Anwalt verspätete sich. Nein, kein abgemachter Termin, ich käme gerade aus dem Knast. Ole Frei, die 129a-Sache. „Ja, klar. Mensch, schön", sagte die Bürofrau im Eingangsbereich darauf. Linke Anwälte haben oft ebensolches Personal. Wie lange ich gesessen hätte und dann noch in Stammheim? „Viel zu lange".

Von Marcus gab es eine lange Umarmung.

Der Gerichtsbeschluss über meine vorläufige Entlassung befand sich noch nicht in der Post. Sein Zimmer in dem Gemeinschaftsbüro entsprach jedem Klischee. Voll mit Akten in einem nicht nachvollziehbarem System, voller Aschenbecher, schlechte Luft, eine kümmerliche Hydrokultur und zwei Juristenkarikaturen an den Wänden. Der PC sah neu aus mit großem Bildschirm. Als Klient saß ich in diesem Raum noch nie.

Er packte Akte, Robe und ein Gesetzbuch aus seiner Tasche. Dann rauchten wir und ich brachte ihn auf den Stand der Ereignisse. Wir spekulierten ein bisschen über die Gründe. Tendenz: Die Beweislage ist dünn, es kann, muss aber nichts mehr kommen. Die Ermittlungsmaschine lief aber weiter. Von den anderen Gefangenen hatte er über die Anwaltsschiene die letzten Tage nichts gehört.

Marcus bot für später die Möglichkeit zu tagelanger Aktenlektüre an. Die Zeit würde kommen, jetzt war mir natürlich nicht danach. Mir ging es um praktische Dinge. Deshalb fragte ich nach Schlüsseln für meine Wohnung.

„Du gehst in die Wohnung?" Ich verneinte, dieser, nicht gerade leichte, Weg sollte erst morgen stattfinden. Mein Plan sah etwas anderes vor.

Mein Anwalt holte ein Schlüsselbund aus der Innentasche meiner Akte heraus. Er stammte vom einzigen Besuch, den

Rima nach der Verhaftung im Büro gemacht hatte. Danach hörte Marcus nichts mehr von ihr, auch besaß er keine Kontaktmöglichkeit. Ich nahm die beiden Schlüssel.

Dann fragte ich als Telefonlistenloser nach den Nummern von Hanna und Kathi, dort wollte ich hin. Marcus musste im Büro rumfragen, allerdings ohne Ergebnis. Das gedruckte Telefonbuch führte auch nicht weiter. Auch kein Netztreffer. Es klappte dann über Kollegen von Kathi in dem Kopierladen, wo sie arbeitete. Ich rief an, löste Freude aus und konnte kommen.

Marcus bot vorher auch einen Schlafplatz an, aber ich lehnte dankend ab. Auch das Angebot, mit Geld zu helfen. Dafür nahm ich eine seiner Visitenkarten und ließ mir auch Thomas Büronummer in Berlin geben. Die Basis meiner neu zu erstellenden Kommunikationsliste stand.

Wir verabschiedeten uns. Ich ging durch die Rentzelstraße Richtung Sternschanzenpark. Im Park viele Kinder, Hunde und Boulespieler. Ich verließ den Weg in Höhe des Polizeisportplatzes, von dem ich vor Wochen mit dem Hubschrauber weggeflogen wurde und ging den begrünten Hügel rauf. Für einen frühen Maiabend wurde es ganz schön kühl.

Von oben auf der Liegewiese hatte ich einen guten Rundblick. Aus meiner Gehrichtung kam nur eine Frau, die mehrere Hunde ausführte. Sonst niemand. Also keine Verfolger. Auch im Zug und auf dem Weg zum Anwaltsbüro fiel mir keine Person auf. Da ich darüber hinaus vollständig offline war, gab es aktuell also keine Überwachung. Kleidung und Schuhe kontrollierte ich auf Minisender schon in der Bahntoilette mit notweniger Gründlichkeit – sicher ist sicher.

Um einen letzten Kontaktversuch zu machen, verließ ich den Park Richtung Schulterblatt. Auf dem Weg zur Wohnung sah ich kein bekanntes Gesicht. Ich klingelte lange. Rima würde aufmachen oder eben nicht. Es hielt sich die Waage, was mir lieber war. Es gab einiges zu fragen. Ein nie genutztes Mobiltelefon besaß sie, aber ich nicht die Nummer. Eine Mailadresse auch, die kannte und benutzte ich nicht, wir sahen uns täglich ja so. Ein zweites Klingeln blieb ohne Erfolg. Noch eine Verbindung, die wieder hergestellt werden musste.

Ich nahm um die Ecke den Bus nach Altona. Leere Feierabendgesichter stiegen zu. Mein Freiheitsgefühl vom Vormittag wurde bedrängt von Anspannung, Ungewissheit und Müdigkeit.

Am nächsten Morgen brachte mich ein anderer Bus zurück ins Schanzenviertel. Nach einer kurzen Nacht, die erst weit nach ein Uhr begonnen hatte.

Hanna und Kathi unterschieden sich in ihren Reaktionen. Hanna mehr die emotional gerührte Schwester, die sich über den ganzen Vorwurf und meine Haftschilderungen empörte. Kathi die coolere Genossin mit vielen Fragen zu den Details des Haftbefehls und wie es weiter gehen sollte. Beide verzichteten glücklicherweise auf ein größeres Empfangskomitee, das wäre für mich zu viel gewesen. Eine Party sollte aber später mal steigen.

Es gab einfache Nudeln und einfachen Wein, den ich trotz erzwungener Abstinenz gut vertrug. Den größeren Teil der Zeit machten meine Antworten auf ihre Fragen aus. Ich erfuhr aber auch so einiges über Sachen von draußen, von denen ich weggesperrt worden war. Sie öffneten für mich *www.die5-soliseite.net*, in der virtuelle Solidarität geleistet wurde. Vertiefen wollte ich mich darin erstmal nicht.

Bereitwillig öffneten beide Frauen die Nummernspeicher ihrer Handys und ich schrieb mir etliche Telefonnummern auf. Gleiches machten wir dann noch mit Emailadressen. Langsam wurde ich wieder onlinefähig.

Ich schlief auf einer bequemen Couch, der Schlaf kam spät, dann aber ohne Probleme. Als ich aufwachte, war Hanna schon im Kinderladen, wo sie als Erzieherin arbeitete. Kathies Job begann etwas später, sie drückte mich beim Abschied lange. Danach gehörte die Küche mir. Ich aß Biobrot, trank fairgehandelten Espresso, rauchte und ließ mir Zeit. Ich fühlte mich ganz gut, aber noch nicht zurück.

Da man unangenehme Dinge sofort erledigen soll, ging ich Freitag als erstes zu meiner Wohnung. Zunächst nicht ins Treppenhaus, sondern daneben in Alis Laden. Er wusste Bescheid, hatte einen Stammkunden wieder, umarmte mich herzlich. Ein selber knasterfahrener iranischer Flüchtling.

Der Wohnungsschlüssel passte. Das Schloss war nicht beschädigt, sie hatten damals also einen Schlüsseldienst mitgebracht oder selbst geöffnet.

Es roch ungelüftet. Ich fing mit der Küche an. Dort fehlte offenbar nichts. In der Spüle stand abgewaschenes Geschirr. Auch das Bad wie immer. Ich putzte mir ausgiebig die Zähne plus Zahnreinigung. Im Flur hingen meine beiden Jacken. In der Lederjacke lag das Portemonnaie mit Geld, Ausweis und Kreditkarte (die hatten sie also nur fotografiert). Im Schlafzimmer kontrollierte ich den Schrank. Das Arbeitszimmer würde nicht so unberührt sein.

Alle Regale waren leer, mein Archiv vollständig beschlagnahmt. Keine Überraschung. Der Laptop stand auf der Arbeitsplatte. Das BKA hatte die Festplatte also zur späteren Auswertung gespiegelt. Mein Smartphone fehlte, ebenso handschriftliche Notizen, die auf der Arbeitsplatte lagen. Dort fand ich zwei Schriftstücke. Ein rosafarbenes Beschlagnahmeprotokoll und einen Zettel.

Beschlagnahmt wurden, durchlaufend nummeriert: 14 Ordner mit schriftlichem Inhalt, 16 Blatt loses Papier mit handschriftlichen Aufzeichnungen (Schreibtisch), großes Konvolut aus Zeitungen, Broschüren und Kopien (Bord hintere Wand), 1 mp3-Player, 1 Mobiltelefon Samsung Galaxy, 29 Bücher mit

Autor und Titel, von Gössner, Menschenrechte in Zeiten des Terrors, bis Marx/Engels, Kommunistisches Manifest, 1 Kontoauszug Postbank, 1 Reisepass, 1 ADAC Reiseatlas Deutschland/Europa.

Auf dem Zettel daneben stand: *Bin in Berlin bei meiner Mutter.* Nach dem Lesen dachte ich, *tolle Wurst*, Rima Stern, kein Datum, keine Kontaktmöglichkeit. Mancher Mensch ist eine Insel. Woher wusstest Du, dass ich zurückkomme?

Ich ging duschen, lange und genussvoll. Die Knastsocken kamen in den Müll. Nach dem Anziehen traf ich drei Entscheidungen.

Ich wollte mich aus der Wohnung nicht vertreiben lassen, sie aber gründlich *cleanen*. Säubern von allem, was nicht mitgenommen, sondern möglicherweise dagelassen worden war. Dazu brauchte ich Hilfe und wusste auch schon, wen ich fragen konnte. Das zweite betraf den jetzt toxischen Rechner. Er musste weg und ich würde ihn nicht noch mal hochfahren, um zum Beispiel die eingegangenen Mails zu checken. Dass mit Rima und die offenen Fragen, würde sich finden. Ein Wiedersehen oder auch nicht.

Ich zog die Lederjacke an, stöpselte der Laptop aus, brachte ihn unten in meinen Kellerraum, fand in meinem Briefkasten nur Müll und ging nach draußen, um Sachen zu erledigen.

Der erste Weg führte zum Geldautomaten. Ohne Probleme zahlte er 900 Euro aus.

Die nächste Station hieß Polizeikommissariat 16.

Am Empfangstresen saß ein älterer Beamter. Als ich sagte „Morten Ole Freiers, ich muss meine Meldeauflage erfüllen", legte sich seine Stirn in Falten. „Heute", fragte er. „Hab ich mir nicht ausgesucht".

„Freiers, Freiers", wiederholte er und suchte auf dem Tresen und dann darunter. „Neu", sagte er und gab einen Befehl in seinen PC. „Neu und unfreiwillig", trug ich zum Gespräch bei. Dazu legte ich den Gerichtsbeschluss vor ihn, den ich in Stammheim bekommen hatte. Er sah ihn kurz an und wiederholte „neu". Dann ging er in den Raum hinter ihm. Ich blieb stehen.

Nach kurzer Zeit kam der Polizist in Begleitung von drei Kollegen zurück. Angespannte Gesichter, fast ängstlich, irgendwo hatten sie die Worte *terroristische Vereinigung* gelesen. „Lichtbildausweis", sagte der erste Beamte nun. Ich schob ihn rüber. Er stempelte ein Schriftstück, trug in eine Spalte die Uhrzeit ein und ließ mich unterschreiben. Dann verließ ich grußlos die Wache.

In der Straße schräg gegenüber ging ich in einen Laden, um ein Prepaid-Handy zu kaufen. Der Inhaber wollte mein Interesse für ein *iPhone* wecken und versprach 10 Prozent Preisnachlass. Ich war an einem Vertrag nicht interessiert. Wie erwartet, verlangte er keinen Ausweis. Ich hatte nun ein Telefon, das erstmal nicht auf mich zurückgeführt werden konnte. Das Startguthaben musste reichen.

Die nächste Station führte mich nach etwas längerem Fußmarsch zu Arthur. Er reparierte Rechner, handelte mit Computerzubehör, verkaufte aber auch Geräte, die natürlich teurer waren als in den Geiz-ist-geil-Supermärkten. Er machte aber auch Dinge mit Rechner, von denen viele gar nicht wussten, dass so was geht. Ein spezieller Einzelhändler aus der Szene.

Es hieß, er würde in seinem Laden auch leben, was stimmen konnte. Jedenfalls mein Stammhändler und Ratgeber für die digitale Welt. Ein kenntnisreicher Praktiker in gemeinsamer Sache, so wie ich eben ein journalistischer Praktiker war. Er freute sich, mich zu sehen.

„Ich dachte, sie haben dich voll am Arsch, Ole. Für eine Nanozeit Netzpromi auf bestimmten Seiten, gab auch Flugblätter im Viertel". Darauf musste ich natürlich antworten: „Männer wie wir, Arthur, haben es nie leicht". Zur weiteren

Erklärung erhielt er eine Ultrakurzfassung der Lage, inklusiv dem Wunsch, meine Wohnung von staatlichem Zubehör zu säubern.

Das sprach seinen professionellen wie politischen Ehrgeiz an, Arthur war vor Jahrzehnten Gründungsmitglied des CCC, des Chaos Computer Club. Er riet mir, die Festplatte des alten Laptop physikalisch zu vernichten, „ist besser"; und versprach nach Geschäftsschluss zu kommen. Ehrlicherweise musste ich ihm sagen, dass ich unter dem Dach wohne und es keinen Fahrstuhl gibt. Arthur ist sehr übergewichtig, aber auch engagiert. Für alle Fälle bekam er als erster meine neue Telefonnummer.

Dann kaufte ich ihm ein überteuertes Toshiba Notebook Satellite C500 nebst Karte ab, mit dem ich gleich an den Start gehen konnte und einen neuen Speedport. Natürlich zahlte ich in bar, wie er es liebte.

Die Onlinewelt hatte mich endgültig wieder. Das war vom kommunikativen Nutzwert her positiv. Die Erkenntnis der Abhängigkeit von Geräten, deren Fehlen einen Teil der Lebensarchitektur in Einsturzgefahr brachte, gehörte nicht dazu. *Online* als lebenserhaltende Körperfunktion.

Vor der großen Säuberung wollte ich nicht in der Wohnung telefonieren und zog mich in eines der Cafes zurück.

Mein Anwaltsfreund Thomas Schüttler verteidigte in Brandenburg, würde mich aber zurückrufen.

Martin hatte laut Auskunft noch eine Festnetznummer in Berlin und ihn und Tom musste ich in jedem Fall Bescheid geben. Mein Handy wollte ich aber nicht benutzen, ich erinnerte mich an eines der Dossiers mit ihnen als meine Kontaktpersonen. Eine mögliche Überwachung hätte die Nummer meines neuen Anschluss gleich bekannt gemacht. Es liefen schließlich Nachermittlungen und Fehler mussten nicht sein.

Deshalb rief ich vom Cafetelefon aus an, machte es kurz, bat Tom auch zu informieren und versprach bald nach Berlin zu kommen. Unser Portal lief weiter. Martin hatte nach der Geburt seiner Tochter vor vier Wochen noch einen Grund zu Freude und wollte die Freilassung bekannt machen.

Ich machte dann eine kleine Tournee. Schon im zweiten Cafe traf ich die erste Bekannte, erntete ein erfreutes Lachen und gab wieder eine Kurzfassung des Standes der Dinge. Gleiches passierte dann im Buchladen. Mesut, der kurdische Wirt, hatte auch schon geöffnet, küsste mich auf beide Wangen und servierte eine Linsensuppe. Sonntag wollte er ein kleines Treffen organisieren. Beim Essen klingelte erstmals mein neues Handy.

„Wie sicher telefonierst du?", fragte Thomas Schüttler grußlos sofort und ich sagte es. Der Standard rechte ihm wohl und er verbreitete sein Wohlfühlgefühl. Der Bundesgerichtshof hatte meine Anwälte jetzt auch offiziell informiert und wir machten eine kurze Einschätzung.

„Kannst du Anfang der Woche nach Berlin kommen, es wäre sehr wichtig. Ich könnte deine Hilfe oder einen Rat gebrauchen. Aber nicht am Telefon."

„Geht bei mir", antwortete ich. „Hab auf der Ecke sowieso Leute zu treffen. Melde mich, wenn ich in der Hauptstadt bin."

Da hätte ich schon wissen können, wenn Anwälte Hilfe brauchen, dann ist das kein gutes Zeichen.

Bei Eurospar kaufte ich danach einige Lebensmittel ein und eine Flasche Baileys für Arthur. Er liebte das süße Zeug. Dann ging ich nach Hause, las auf dem Bett die FAZ, die Junge Welt, das Abendblatt und eine Flugblatt- und Broschürensammlung aus dem Buchladen und wartete auf den Reiniger.

Arthur kam zwanzig nach sechs. Er keuchte und schwitzte vom Treppensteigen so sehr, dass ich ihm ein Handtuch zum

Abwischen des Schweißes holte. Er trank eine halbe Flasche Mineralwasser auf ex und orientierte sich in der Wohnung.

Dann ging er an die Arbeit. Ich leistete nach seinen Anweisungen Hilfsdienste. Raum für Raum. Steckdosen, Lampen, das bisherige WLAN, mögliche Hohlräume, alle Möbel, Wände, Hinterräume der Bilder, alles wurde in Ruhe geprüft. Er zeigte mir mit zwei Fingern, wie klein Wanzen zur Wohnraumüberwachung sind.

Reden mit ihm war möglich, aber auf sein Zentralthema beschränkt. So erfuhr ich von *Naurus-Insight*-Geräten, das Neueste bei der Speicherung von internationalem Email-Verkehr, schon geheimdienstlich erprobt. Ein Gerät konnte 100 Milliarden Mails speichern. Mit 350 davon ließe sich die weltweite Kommunikation speichern und danach auswerten. „350 Teile, Ole, kannst ja mal auf eurer smarten Seite drüber schreiben."

Ein Frequenzscanner kam zur Anwendung. Außerdem hatte er noch ein weiteres Gerät im Rucksack dabei. Ich verstand so viel, dass es irgendwie akustische Impulse von Abhörtechnik nach Aktivierung messen konnte. Mein Part war es, den Testsound zu erzeugen. Ich sang *La Paloma*, bis mir der Text ausging. Arthur blickte auf das Display des Gerätes, das wie eine große Fernbedienung mit Mini-Radar aussah und im freien Handel eher nicht erworben werden konnte.

„Nichts, null, niente", sagte er dann. Darauf konnte ich mich verlassen.

Dann stand Arthur vor dem geöffneten Fenster und inhalierte Luft. Er wies mit der Hand nach unten. „Das System erprobt jetzt Überwachungsmethoden per Straßenlaternen, die Audio- und Videoaufzeichnungen liefern, die von speziellen Apps mit Gesichtsfelderkennungstechnik analysiert werden. Ist im Kommen. Testgelände unter anderem Airport Newark bei New York City."

Ich wusste nie, woher er es wusste, aber es stimmte eigentlich immer.

Wir verabschiedeten uns kurz, er nahm meinen Dank mit der Bemerkung „da *nich* für, immer wieder gern" entgegen und ging mit der Flasche Baileys.

Dann war ich allein. Ich richtete den neuen Laptop ein, verschaffte mir eine Mailadresse und klickte durch die Welt. Erst auf unsere Seite, dann überall mal rein. Surfen als ein Stück Freiheit, kein wirklich befriedigendes Gefühl.

„Stern Berlin" ergab bei Google 50.900.000 Treffer. Bei „Rima" lautete das Ergebnis 13.300.000. „Scheiß Rima" brachte es noch auf 565.000. „Ole Frei ist doof" hatte 9.950.000 Hits. Dann hörte ich mit diesem Blödsinn auf.

Der viele Kaffee hielt wach und ich ging zum Fernsehen über. Den Freitagstatort kannte ich schon. Dann folgten zwei NaturePark-Spiele bis Level 19. Um Mitternacht zog ich neue Bettwäsche auf und legte mich hin, mit *Zeck*, dem Magazin aus der Roten Flora, als langweiliger Nachtlektüre.

Später schaltete ich das Licht aus. Lieber wäre ich nicht allein gewesen. Die rationale Seite blieb klar. Eine zweite Verhaftung mit Hausdurchsuchung stand nicht bevor. Für die Ermittlungen gab es schon genug Material. Ich würde am Morgen nicht von Ledergeruch aufwachen. Meine Wohnung hatte ein Experte wie Arthur überprüft.

Beklemmung spürte ich trotzdem. Wie vorher war es nicht.

Es würde Zeit dauern, meinen Raum zurück zu erobern.

Am Sonnabend putzte ich die Wohnung stundenlang mit ungeahnter Intensität. Teil des Projekts Wiedereroberung von 36 Quadratmetern. Als ich mit Schränken, Dusche, Fenstern und Teppichboden fertig war, hatte die Wohnung ein Allzeithoch an Sauberkeit erreicht. Zwischendurch macht es mir Freude, ab und an die Eingangstür zu öffnen. Einfach nur weil ich es konnte.

Nach einer kurzen Pause ging ich laufen. Eine große Runde über die Kieler Straße rüber und rund um den Union-Sportplatz. Ich hielt die 50 Minuten gut durch, erst das Treppensteigen zur Wohnung zeigte Konditionsmängel. Danach machte ich wenig, aber was ich wollte. Abend und Nacht verliefen normal.

Ein Todesfall

Billige Busse fuhren jetzt auch vermehrt zwischen Hamburg und Berlin, ich entschied mich aber für die schnellere Bahn und startete am Montagmorgen in Altona.

Nach der gründlichen Lektüre des FAZ-Sportteils zog schon die Landschaft Mecklenburgs am Fenster vorbei. Am Berliner Stadtrand hatte ich alles gelesen, Martin und Tom eine Nachricht geschickt und die U-Bahnkarte der Hauptstadt und anderes auf dem Laptop aufgerufen. Die Unterstützungsseite meldete meine Freilassung und forderte dies auch für die noch Inhaftierten.

Kathi hatte die Aktualisierung angekündigt, als wir uns am Sonntag bei ihr zum Frühstück trafen. Diesmal kamen deutlich mehr Leute als am Donnerstagabend. Der engere Kreis, der etwas für mich und die anderen getan hatte. Marcus lud ich selbst ein, auch sonst vertraute Gesichter. Freundinnen und Freunde eben, hochgeschätzt, jetzt besonders, bis auf den manisch-depressiven Wichtigtuer, aber der war eben auch unvermeidlich wegen Hilde. Hannas neue, stille und deutlich jüngere Freundin kannte ich noch gar nicht.

Mit der Frage „Wie geht es dir", konnte ich nichts anfangen und antwortete mit einem Achselzucken. Mit anderen Fragen und Meinungen schon. Ich erzählte einfach wie es war (ohne heldenhafte Attitüde natürlich und ohne verniedlichende Knastanekdoten, mit ein bisschen Ironie und Sarkasmus schon). Wie schnell das gehen kann, war ein Thema mit vielen

Beiträgen, wie wenig Substanz ausreicht, um zuzuschlagen. Wie viel wir eigentlich politisch wissen, darüber schreiben oder früher erlebt haben, aber dann doch von der harten Hand der Gegenseite überrascht sind, wenn es einen von uns trifft.

Ein Gedanke blieb nur kurz in meinem Kopf. Musste ich danken für ihre Hilfe, für Karten, Pakete und eine aus dem Boden gestampfte Kampagne? Ich machte es nicht. Fällt jemand vom Schiff wird ihm ein Rettungsring zugeworfen und alles getan, damit er wieder an Bord kommen kann. Grundsatz der Seefahrt, überall anwendbar.

Am frühen Nachmittag löste sich die Runde auf. Marcus ging als guter linker Anwalt auch am Wochenende ins Büro zum Aktenabarbeiten, einige andere wollten am Abend in der Kurdenkneipe wieder dabei sein. Der VW-Bus von Bernd fuhr den Rest an die Elbe. Vor der Strandperle lungerten schon viele Leute in der Maisonne. Das Stück Strand gegenüber vom Airbuswerk war voll von Spaziergängern und Hunden. Meine Lieblingsecke an Hafen und Fluss. Es roch nach Wind von See und Ölgestank. Hanna erkundigte sich vorsichtig-diplomatisch nach der Blonden von der letzten Sylvesterparty. Meine Antwort blieb vage.

Der lange Spaziergang tat mir sehr gut. Wir nahmen alle noch einen Cappuccino vor dem Aufstieg zur Elbchaussee. Bernd setzte uns bei Hanna und Kathi ab. Eine Stunde später fuhren wir mit dem Bus ins Schanzenviertel. In der Kurdenkneipe war der Kreis anders zusammen gesetzt und nicht mehr besonders groß. Meine Kommunikationslust ging stark zurück. Von einem großen Tablett mit Raki nahm ich auch ein Glas, wir prosteten uns zu. Hier waren solidarische Männer in der Mehrzahl, Schulterklopfen, „Alles klar" wurde gefragt, oder ob ich etwas brauche. Ich ging bald zurück zur Wohnung und schlief weit vor der üblichen Zeit ein.

Zwischenzeitlich erreichte der Zug den Berliner Hauptbahnhof. Von ganz unten musste ich zu den S-Bahn-Gleisen nach ganz oben. Ein allerletztes Mal sicherte ich mich ab und stieg als Letzter aus dem Waggon. Auch auf den Rolltreppen folgte mir niemand. Längere Paranoia wäre ein sehr schlechter Begleiter.

Bis zum Ziel in Kreuzberg blieben nur ein Paar Stationen und ein kurzer Fußweg in die Moritzstraße. Ein Freund der Stadt Berlin und ihrer Insassen bin ich nicht, der Hype um die Metropole blieb mir fremd. Städte haben einen Gebrauchswert, und für mich lag der in Hamburg am höchsten. Berlin bedeutete für mich Freunde und deren Orte. Wie das Büro von Thomas Schüttler. Neben dessen Praxisschild am Eingang hing die große schwarz-rote Hinweistafel auf die *Kampfsportschule Arslan* im Hinterhof.

Eine Begegnung von zwei Personen, ohne eine undurchdringliche Trennscheibe zwischen ihnen, ist die einzige menschliche Form der Begegnung. Immer gewusst, praktisch erfahren durch die Umarmung mit Thomas – inklusive druckvollem Körperkontakt, Wärme sowie Ausdünstungen nach Rasierwasser und Tabak. Seine Freude war nicht sachlich-freundlich wie bei Marcus, nicht glücklich-fürsorglich wie gestern, sie war überschwänglich und selbstbewusst. Du bist draußen, wir haben es denen gezeigt. (Jedenfalls erstmal, dachte ich mir.)

Sein Mobiltelefon beendete die kleine Szene. Er hob entschuldigend die Hand, seine Tochter hatte einen Wunsch, der Papa versprach zu einer bestimmten Zeit irgendwo zu sein. Ganz bestimmt.

Dann stellte er mich, mit dem gerade beendeten Knasthintergrund, den Bürofrauen vor, die machten das Victory-Zeichen. Seine beiden Kolleginnen waren nicht da. In seinem Zimmer tutete das Festnetztelefon. Während des längeren

Gesprächs setzte ich mich und las lustlos die erste und die letzte Seite der *taz*, die auf dem Schreibtisch lag. Thomas sah aus wie immer: schwarzes Sakko, Mehrtagebart und keinesfalls dünner.

„Es gibt Richter…", sagte Rechtsanwalt Schüttler kopfschüttelnd, ohne den Satz zu einem Ende zu bringen. „Lass uns los, ich will essen."

Er war ein Praktiker von Körperkontakt, legte mir kurz den Arm um die Schulter (wie er bei der Begrüßung schon am Ohrläppchen zog) , ließ sich meine Aktivitäten seit der Entlassung schildern und kommentierte sie mit dem Wort „schön" in unterschiedlich langer Betonung.

Wir erreichten die Gitschiner Straße und gingen in den *Imbiss Özgür* gegenüber vom U-Bahnhof Prinzenstraße.

Dort hing noch das Plakat zur revolutionären 1. Mai Demonstration von vor einigen Tagen, es gab eine Tageskarte und einige Gäste an den Tischen. Wir nahmen jeder einen speziellen Dönerteller mit ultrascharfen Peperoni und tranken Tee. Die Unterhaltung streifte die Schlussphase der Bundesliga, er besaß schon Karten für das Pokalfinale in Berlin, wo seine Dortmunder auf die Bayern treffen würden. Dann machte er einen Witz und ich lachte erstmals wieder seit langer Zeit. (Wie heißt Sperrstunde auf Chinesisch? Watt schon zu!)

Er orderte zwei türkische Mokka, zahlte für uns beide und ich erinnerte mich an ein Kommunikationsseminar für Journalisten, dass ich vor Jahren besucht hatte. Im Kopf blieb, was uns die Dozentin als Dreisatz für zielführende Gespräche von zwei Personen mitgab: a) ein Sympathiefeld schaffen, b) den Empfängerhorizont des Gegenübers und sein Interesse beachten und c) die Gesprächsführung nicht abgeben. Thomas wollte etwas von mir, mein Interesse war da und das Sympathiefeld schon vorhanden.

Wir gingen mit den Tassen zu einem Stehtisch draußen auf den Bürgersteig und steckten Zigaretten an. Vorhersehbar begannen Phase b und c.

„Kannst du dich erinnern, dass ich bei meinem letzten Kurzbesuch in Stammheim von einem Todesfall aus der alten Berliner Szene erzählt habe, der war da gerade passiert?"

Ich konnte dunkel.

Thomas erzählte die ganze Geschichte, meine wenigen Nachfragen mit einer Handbewegung abwehrend.

Mitte, Ende April gab es eine Explosion in einer Kleingartensiedlung südlich von Tempelhof. Die ganze Laube flog in die Luft, ein Toter wurde in den Trümmern gefunden. Das Landeskriminalamt übernahm die Ermittlungen, weil keine Gasexplosion vorlag, sondern der Einsatz von Sprengstoff. Sie ermittelten sofort die beiden Pächter der Hütte. Durchsuchten die Wohnung des einen, ein Altlinker der neunziger Jahre und der andere war Joachim Boehnisch, genannt Lucky, zunächst verschwunden. Mit Fingerabdrücken oder DNA und aus den Umständen wurde bald klar, dass er der Tote ist.

Der Datenabgleich des LKA erbrachte schnell, dass ein Boehnisch, Joachim 1998 vom Kammergericht wegen Herbeiführung einer Sprengstoffexplosion zu drei Jahren Haft verurteilt wurde.

Das war Thomas erster großer Fall und Lucky sein Mandant. Es gab drei Angeklagte, sie hatten einen Baucontainer hochgehen lassen, aus Protest gegen das, was damals noch nicht Gentrifizierung hieß, sondern Mietervertreibung durch Luxussanierung.

Die Polizei ermittelte kein Fremdverschulden, fand Reste von Sprengstoff und Zünder, ging von einem Einzeltäter aus und stellte die Ermittlungen gegen den zweiten Pächter ein. Ihre Pressestelle versorgte die Berliner Medien mit der

Schlagzeile „Ex-Terrorist sprengt sich beim Bombenbasteln selbst in die Luft". Die Akte wurde geschlossen.

Thomas kam durch den zweiten Laubenpächter an ein Mandat und damit an die Ermittlungsergebnisse, betrieb für die Schwester des Toten noch Wohnungsauflösung und Freigabe der Leiche und erreichte das Ende seiner Geschichte.

Ich holte uns noch zwei Cola und fragte dann: „Ist das möglich oder was ist passiert?"

„Seine Freunde, nicht nur Andreas, mit dem er die Laube zusammen hatte, sagen: Auf gar keinen Fall. Meine Meinung ist das auch."

„Warum hängst du dich so rein. Was spezielles oder das berühmte Bauchgefühl?"

„Ich kannte ihn eben seit 98, war später im Knast ein paar Mal bei ihm und wir sahen uns auch danach, wo man sich in dieser Stadt so sieht. Es war freundschaftlich, auch wenn er die letzten Jahre leicht esoterisch rüber kam. Manchmal konnte Lucky auch lästig sein, er kam zu unpassenden Zeiten unangemeldet ins Büro, aber mit viel Redefreude."

„Und wie kam er politisch so rüber?", fragte ich beim Entzünden einer neuen Zigarette.

„Nicht mehr so doll. Er muss auch schon über 40 gewesen sein. Auf Demos habe ich ihn gesehen. Lebte eher zurückgezogen in Friedrichshain. Zwei, drei Tage vor dem großen Knall rief er im Büro an und wollte schnell einen Termin, ich habe ihn abgewimmelt und auf nächste Woche vertröstet. Die hat er dann nicht mehr erlebt."

„Du hast deswegen ein schlechtes Gewissen, Advokat?"

„Schlechtes Gewissen auch, sehr schlechtes Bauchgefühl, viele Fragen. Außerdem ist der zuständige Staatsanwalt mein Justizfeind Nr.1, das kommt dazu."

Es trat eine Stille ein, bis auf die vorbeifahrenden Autos, ich rauchte auf und drückte die Kippe aus.

Dann sagte ich, aus Interesse, mehr um der Freundschaft und seiner Besuche in den letzten Wochen wegen: „Wie kann ich helfen?"

Offenbar die richtige Aussage.

„Im Büro liegt ein vollständiger Aktenauszug. Lies ihn bis morgen, es ist nicht so viel. Ich möchte nur deine Meinung hören. Von einem der sich auskennt, aber nichts Persönliches damit verbindet."

Wir gingen zurück. Auf dem Weg erfuhr ich noch, dass er mit Marianne (mal wieder) getrennt lebte und (das war neu) mit einer Wirtschaftsanwältin was am Laufen hatte. Seine Beziehungen waren wie Sonne und Mond – Aufgang und Untergang.

Die Akte befand sich in einem großen, braunen Umschlag, den ich in meine Umhängetasche steckte. Wir verabredeten uns für den kommenden Nachmittag um 15 Uhr.

Den Weg zur Wohnung von Tom legte ich zu Fuß zurück. Am Halleschen Tor kaufte ich noch Vorrat bei einem Nikotin-dealer ein und in einem Backshop Brötchen. Bei „Gebhard" musste ich lange läuten.

Tom ist ein Nachtarbeiter und Tagschläfer. Um halb vier hätte ich ihn aber schon fit für ein Frühstück erwartet. Sicht-lich verschlafen sagte er an der Wohnungstür: „Ole Frei ist ein Klingelterrorist". Wir nahmen uns in den Arm.

Er duschte, im Küchenchaos setzte ich Kaffee auf und spülte drei Becher. Martin würde auch bald kommen.

Zu dritt saßen wir dann im Arbeitszimmer. (Ganz offensiv hatte Martin mir am Anfang Fotos seiner Tochter gezeigt. Vaterglück.)

Wir kamen schnell in einen Arbeitsmodus und besprachen zuerst den Ausgangspunkt, den Inhalt und die Vorgehens-weise bei den Ermittlungen gegen „Net Cut". Was nicht so einfach war, weil ich außer dem Haftbefehl nur mein Gedächtnis und die wenigen schriftlichen Unterlagen besaß, die mir die Anwälte schickten. Es ging darum, das methodische Muster der Vorgehensweise der beteiligten Sicherheitsorgane zu bestimmen – vor und nach den Verhaftungen.

Wir erzielten einen breiten Konsens in der Einschätzung. Ein Gesichtspunkt war, dass rund 90 Prozent der Ermittlungen nach dem Terrorparagrafen 129a am Ende eingestellt wurden. Die Verfahren dienten hauptsächlich der Ausforschung von Personen und politischen Milieus, der Einschüchterung und Verunsicherung. Dafür sprachen meine Freilassung und die der Frau aus Kiel. Ob es gegen die drei noch Inhaftierten (oder uns alle) zu Gerichtsprozessen kam, konnte auf der jetzigen Faktenlage nicht genau beurteilt werden.

Der zweite Punkt betraf die weitere Arbeit mit nogestapo.net. Die Seite war aktiv, stand aber sicherlich unter stärkerer Kontrolle als in der Vergangenheit. Die Zahl der Besucher stieg in den letzten fünf Wochen, die Anzahl von Kommentaren, Kontaktaufnahmen und Artikelangeboten sank jedoch deutlich. Eine gewünschte Folgewirkung meiner Festnahme, nach unserer Einschätzung.

Wir Drei kommunizierten digital untereinander immer verschlüsselt. Bei den sonstigen Kontakten zur Seite machte es aber nur knapp die Hälfte. Es bestand also Nachholbedarf, den wir sofort mit praktisch ausgerichteten Artikeln, wie sicherer Datenverkehr leicht zu machen ist, befriedigen wollten. Um andere Sicherheitsfragen hatte Martin sich schon gekümmert. Am Profil der Seite würde natürlich nichts geändert werden.

Meine Mitarbeit begann mit unserem Gespräch wieder, wie, das würde sich finden. Über das Verfahren selbst wollte ich zunächst aber noch nicht schreiben. Tom übernahm einen Kurzbeitrag.

Wir trafen einige Absprachen zu weiteren Artikeln und ich las die sehr wenigen Mails, die auf der Adresse 0le@nogestapo.net eingegangen waren. Es gab nach dem Bekanntwerden der Verhaftung keine mehr.

Das Gespräch fand ich gut, mit seiner geschäftsmäßigen Ausrichtung. Es verschaffte Boden unter die Füße. Wieder ein Stück Normalität.

Bevor Martin gehen musste, fragte ich die beiden Berliner nach Lucky und seinem Tod, Thomas habe mich gebeten, die Akte mal durchzugehen.

„Komische Sache", sagte Tom. „Stinkt, aber unklar aus welcher Richtung." Martin meinte, er wisse wenig, es gäbe auch kaum Spekulationen in seinen Kreisen. Für unsere Seite sei das tendenziell nichts, es wäre wenig wahrscheinlich, dass der Staat da mit drinstecke.

Martin ging. Tom, der sein Geld auch mit Artikeln als freier Journalist verdiente, besuchte am Abend eine Veranstaltung, über die er schreiben wollte.

Ich aß noch die verbliebenen Brötchen, setzte mich in das Arbeitszimmer und holte die Kopien, 64 Seiten, aus dem braunen Umschlag.

Damit fing es an.

Es fehlt was

Ein leichter Nieselregen fiel am frühen Nachmittag des nächsten Tages.

Wir Metropolenmenschen leben auf dem Planet der Hunde. An den Kothaufen auf der Oranienstraße kam ich ausweichend noch gut vorbei, aber nicht am *Dolce,* einer Gelateria mit grünrotweißem Italiendesign und Straßenverkauf. Ich erstand zwei Eiskugeln, Kirsch und Pistazie, und wurde enttäuscht. Höchstens zwei von fünf Sternen. Den Waffelrest entsorgte ich am Moritzplatz in einen Müllkorb. In der Prinzenstraße erneuerte ich den Rauchvorrat. Es war eine lange Nacht geworden.

Im Büro musste ich warten. Ein neuer Klient sprach vor mir bei seinem Anwalt. Mangels ausgelegter Zeitschriften und weil die beiden Sekretärinnen sehr beschäftigt waren, ging ich noch mal die Kopien und mein Blatt mit den Notizen durch. Es dauerte und aus der Rauchverbotszone ging ich vor das Haus, um mir die Zeit zu vertreiben. Auf dem Weg zurück kam mir ein Mann mit Gesichtstattoos auf der Treppe entgegen. Mit traurigem Gesichtsausdruck, ein Papierbündel in der Faust und dem klagenden Aufschrei *Leck mich fett*.

Thomas Schüttler erteilte im Vorraum Anweisungen, brachte uns Kaffeetassen in sein Zimmer und verbreitete Anwaltsstress.

„Der Gang zum Anwalt ist immer gut, aber er sollte auch *rechtzeitig* erfolgen", sagte Thomas und schloss mit schüttelndem Kopf das Fenster. Gemeint war wohl der Tätowierte.

Dann riss er sein Fenster auf und rauchte, weit nach außen gelehnt. Es gab ihm Kraft und Ruhe. Ich störte ihn nicht und verzichtete auf populistische Sprüche gegen die Antiraucher-Lobby. Dieser Kampf war entschieden.

Abrupt kamen wir dann zum Thema. „Ist dir was aufgefallen, irgendwas, aus der Akte?"

„Als erstes, schon in der Mitte, spätestens nach dem Durchsuchungsprotokoll seiner Wohnung, ist mir aufgefallen, dass vieles, auch wichtiges, fehlt", begann ich und schaute kurz auf meinen Zettel.

„Fehlt", fragte Thomas.

„Weder in der Laubenhütte, noch in Luckys Wohnung gibt es Hinweise auf einen stationären Computer oder einen Laptop. Auch nicht auf Speichermedien, wie Sticks oder meinetwegen noch CDs. Lehnte er aus ideologischen oder kulturellen Gründen ab, digital zu arbeiten?"

Die einzige Antwort bestand in einem Schulterzucken.

„Gefunden wurde auch kein Handy und es gab keinen Festnetzanschluss. Aber Telefonnummern, dazu später".

„Er hatte ein Handy, da bin ich mir sicher."

„Der Wohnungsschlüssel ist weg, während der Laubenschlüssel in der Tür von innen steckte und beschädigt, aber eben vorhanden war."

„Durch die Explosion wurde sein Wohnungsschlüssel zerstört", warf Thomas ein.

„Möglich, aber eher unwahrscheinlich. Der große Knall hat schwere Zerstörungen herbeigeführt. Aber nach dem Gutachten der LKA-Kriminaltechnik sind gefundene Kleinteile jedenfalls noch einem Gegenstand zuzuordnen, zum Beispiel einer Kochplatte. Aber zu einem zweiten Schlüssel oder einem Mobiltelefon oder Rechner gehörte nichts."

„Und", fragte mein Gegenüber mit der Tasse in der Hand, „was denkst du?"

„Noch stelle ich nur fest. Es gibt keine Zeugen. Die Kleingärtner hocken doch alle aufeinander, das sind doch keine Einzelhäuser mit parkgroßen Gärten drum herum. In der Parzelle 11, Kolonie Abendrot in Mariendorf, Bezirk Schöneberg wird es doch in der Nacht vom 24. zum 25. April nicht anders gewesen sein. Erst danach, bei der Befragung, da waren ihnen zwei mittelalte Männer als gemeinsame Pächter suspekt erschienen, allerdings weniger politisch, mehr wegen der sexuellen Orientierung. Aber gesehen oder bemerkt hat keiner der Gartenzwerge etwas."

„Andreas hat mir gesagt, die Saison begann erst einige Tage nach der Sache richtig, wenn das Wasser zentral angestellt wird. Vorher sind nur wenige da. Und es war die Nacht von Dienstag auf Mittwoch, Laubenpieper sind mehr Wochenendmenschen."

Ich trank nun auch den Rest aus der Tasse und fragte nach: „Warum war Lucky denn dort, ohne Wasser, zu ungewöhnlichen Zeiten?"

„Er hat das öfter gemacht, sagt Andreas, kam mal raus, wollte seine Ruhe. Ein Gaskocher und die übliche Infrastruktur waren vorhanden, eine Wasserflasche kannst du dir mitbringen. Natürlich besaßen beide auch einen Schlüssel."

Wir wurden durch den Signalton des Telefons unterbrochen. Danach gingen wir zum geöffneten Fenster zum Rauchen. Thomas Gesicht drückte Erwartung aus, aber soweit war ich noch lange nicht.

„Das letzte, was mir fehlt sind Papiere, politische Ausarbeitungen, Notizzettel, ein Telefonverzeichnis, ein Tagebuch, ein Manifest an die Welt oder ein Abschiedsbrief. Nichts hat das LKA sichergestellt."

„Und, was denkst du?", drängte mich Thomas Schüttler schon wieder. Soweit war ich aber immer noch nicht und sagte es ihm auch. Nach den fehlenden Dingen, kamen erst einmal die offenen Fragen.

„Gab es in Luckys Leben eine Frau oder einen Mann, eine Beziehung, die mehr wissen könnte?"

„Keine Ahnung, wenn, dann eine Frau. Heute Abend ist…"

„Besaß er ein Auto zum Transportieren?"

„Weiß ich nicht. Eher nicht, er war auf Hartz IV, also arm."

Das Telefon tutete wieder. Ein kurzes Anwaltsgespräch, dann die Bitte, nichts mehr durchzustellen.

„Heute Abend findet…", begann Thomas danach. Aber jetzt hatte Ole Frei die Gesprächsführung.

„Zu meinen Fragen gehört auch, wie man sich Zutaten zum Sprengstoffbasteln von einiger Qualität plus Zünder beschaffen kann, ohne aufzufallen. Die Hürde ist nach meiner Erinnerung hoch, bei legalen Käufen mit Ausweiszwang. Es wurde dazu nichts ermittelt. Auch verstehe ich nicht, ob Spuren von

Beruhigungsmitteln und eine Blutalkoholkonzentration von 0,5 Promille laut Obduktionsbefund, für den Bombenbau förderlich oder eher kontraproduktiv sind."

Thomas schwieg.

„Es kommen dann noch die einzigen beiden Telefonnummern dazu, die von der Polizei recherchiert wurden, Fundort Wohnung."

Ich schlug den Vermerk in der Akte auf.

„Die Berliner Rufnummer 37048271 ist zuletzt 1998 vergeben gewesen und das bis heute. Gestern Abend habe ich sie ohne Erfolg gewählt. Und „Robin 434611520"gehört zu einer *Netpower Internetperformance* Werbeagentur auf der Karl-Marx-Allee, wo sie weder einen Joachim Boehnisch als Kunden kennen, noch ein Robin arbeitet, nicht mal als Praktikant."

In das Schweigen hinein blätterte ich zum alten Urteil von 1998, das sich in voller Länge in der Akte befand. „Drei Angeklagte damals, was sagen die denn?"

„Die Frau habe ich seitdem nicht mehr gesehen. Der andere Mann ist tot."

Thomas Angaben machten mich neugierig. „Zwei von drei sind tot. Ein Zusammenhang?"

Ich erntete ein Kopfschütteln. Zwischen einem Explosionstod und einem Krebstod sehe er keinen Zusammenhang.

Wieder das Bürotelefon. Wer durfte durch? Eine der Töchter. Ein glücklicher Vater („tooooll, gaaanz tooooll") lobte erreichte Schulleistungen.

Dann waren wir an den Punkt gelangt, auf den alles zulief.

„Im Moment, trotz offenen Fragen und trotz desinteressierter Ermittlungen, hat die Bullenversion des Unglücksfalls eines klandestinen Bombenbauers immer noch eine Wahrscheinlichkeit von über 51 Prozent, eher mehr. Lucky stirbt durch Sprengstoff, in seiner Laube, jemand Drittes ist nicht zu sehen und es gab doch schon mal so was, vor Jahrzehnten."

Thomas schüttelte den Kopf und sah mich an. „Nein", sagte er nur.

„Du hast mir die Akte doch nicht gegeben, um sie auf den Kopf zu stellen, sondern wegen der Fakten, so wie sie dort drin stehen. Nicht mehr, nicht weniger", lautete meine Antwort und ich fuhr fort.

„Lass uns Alternativen durch gehen, nach dem Ausschlussprinzip, mach mit, du willst doch gequält werden, weil es auch deine Gedankenspiele sind. Also…". Ich blickte auf meine Notizen.

„Ein überinszenierter Selbstmord. War er schwer krank oder depressiv?"

„Keine Ahnung. Aber heute Abend ist eine kleine Gedächtnisfeier, da wissen einige vielleicht mehr. Niemand würde es doch so machen."

„Ein Fememord. Hat er etwas verraten, war er ein Spitzel?"

„Blödsinn."

„Eine Operation der Staatsorgane. Nach dem Motto des Paten: Lasst es wie einen Unfall aussehen."

„Nein, aus welchem Grund."

„Wir nehmen alles mit. Ein aus dem Ruder gelaufenes explosives Beziehungsdrama."

Kopfschütteln.

„Irgendwas mit Drogen, der Kleingarten als Umschlagsplatz?"

Keine merkbare Reaktion.

„Nazis machen es wohl eher mit Brandsätzen von außen, aber der Explosionsort war innerhalb der Hütte. Und die Kleinbürger-Gartenzwerge aus der Nachbarschaft würden im Streitfall nicht so heftig reagieren, vielleicht eine Scheibe einwerfen oder Schädlinge aussetzen."

Keine Reaktion.

„Was bleibt noch. Der große Unbekannte, sonstige Irre, die Triaden, europäische organisierte Kriminalität, Veteranen des Ministeriums für Staatssicherheit, noch aktive Geheimdienste, das kommt doch nicht einmal in die Endausscheidung der Verschwörungstheorien."

Ich legte die Aktenkopien zurück vor Thomas auf den Tisch. Meinen Zettel knüllte ich zu einem kleinen Ball, stand auf und warf ihn in den Papierkorb neben dem Schreibtisch. Er reichte mir die Kopien zurück.

„Offene Fragen haben dich immer interessiert", sagte Thomas Schüttler nach kurzer Zeit und mit einem manipulativem Unterton.

Den hatte ich rausgehört und antwortete; „Schwer, wenn ich jemanden nie kennengelernt habe, seine Vergangenheit unbekannt ist, alles in einer fremden Stadt spielt und ich, was Explosionen betrifft, gerade subjektiv ganz andere Probleme habe."

„Von einer weltexklusiven journalistischen Verwertung der Sache mal ganz abgesehen." Nahm Thomas noch einen Anlauf mit Wohlfühllächeln.

Daran hatte ich überhaupt nicht gedacht und entgegnete: „Es gibt noch nicht einmal eine Story."

Er faltete seine Hände und sagte sanft.

„Ich muss noch eine Stunde arbeiten. Dann könnten wir zu Luckys ehemaliger Wohnung fahren und danach zu der kleinen Feier. Abschluss mit Übernachtung in einer dekadenten Wohnung im Prenzlauer Berg. Habe ich bei Julia, die dich gerne kennen lernen würde, schon organisiert."

Wir blickten uns an.

Ich willigte ein. Halb um der Freundschaft, halb um der offenen Fragen willen.

Frisör

Ich saß noch nie in einem Mini Cooper und staunte über den überraschend großen Platz auf der Beifahrerseite. Ein Schiebedach besaß der Wagen leider nicht. Die Sonne schien noch. Über die Oberbaumbrücke ging es nach Friedrichshain. Wir unterhielten uns über Verschwörungstheorien.

Es hatte sich so ergeben und war ja auch naheliegend. Den Einstieg bildeten die „großen" Theorien und unserer Votum.

Waren Aliens 1947 bei Roswell in New Mexico gelandet? Beide: Nein. Starb Kennedy durch einen Einzeltäter oder eine Verschwörung? Beide: Oswald war es nicht allein, wenn überhaupt. Fand die Mondlandung 1969 wirklich statt? Beide: Ja, aber wozu eigentlich. Hat Bush den 11. September selber inszeniert? Thomas: Eher ja. Ole: Eher nein, nur ausgenutzt.

Seit Jahren gab es einen erfolgreichen Medienmarkt rund um Templer, Geheimgesellschaften und sonstig höheren Blödsinn. Seit längerem sollte der Vorwurf „Verschwörungstheorie" in politischen Debatten aber auch kategorisch bedeuten: Ende der Diskussion, lächerlich und nicht eines Gegenarguments würdig. Mal mit Berechtigung, wenn das jüngste Gerücht aus der reaktionär-religiösen Ecke kam oder vom braunen Rand, aber nicht immer. Dass Geheimdienste Kriegsgründe fabrizieren, Putsche organisieren und politische Morde verüben, waren nicht nur Hirngespinste.

(Heute, wo ich dies aufschreibe, würde man natürlich an die Vollkontrolle der internationalen digitalen Kommunikation durch NSA, BND und andere große Brüder denken. Aber damals war Edward Snowden noch nicht Whistleblower, sondern Systemadministrator in geheimen Diensten).

Thomas musste abrupt bremsen und sagte trocken: „*SUV-Arsch*".

Ich erzählte meine Lieblingsgeschichte aus dem Verschwörungsmilieu. Wie ein Aktivist aus der Glaubensrichtung „Hol-

lywood hat die Mondlandung in der Wüste Nevada inszeniert" sich ultimative Klarheit verschaffen wollte, einem Ast-
ronauten aus der Apollo 11-Crew auf einem Restaurantpark-
platz auflauerte und von ihm verlangte, auf die mitgebrachte
Bibel zu schwören, dass er oben war. Es kam zu einer Schläge-
rei.

Der Mini hielt in einem Wohnviertel des alten Ostens. Hil-
degardstraße stand auf dem Schild. Wir gingen auf ein Haus
aus der Vorkriegszeit zu. Dann aber nicht in den Hausein-
gang, sondern zu einer Tür, die direkt in eine Art Ladenwoh-
nung führte, mit zwei kleinen Treppenstufen davor. Darüber
auf der Hausfassade befand sich ein Schild mit der verbliche-
nen Aufschrift *Frisör*.

Es roch muffig, mit noch einem weiteren unangenehmen
Duft.

„Wer war denn schon hier drin, außer dem Landeskriminalamt", fragte ich. „Bei mir ist es das dritte Mal", erwiderte
Thomas. „Einmal mit Luckys Schwester, davor noch mit dem
Objektverwalter, wegen der Neuvermietung. Bis zum 15.
muss die Wohnung geräumt sein."

„Hat der Objektverwalter auch einen Schlüssel?"

„Ja. Aber vor der Weitervermietung soll erst renoviert werden. Die Schwester hat übrigens nichts mitgenommen, falls
von Interesse."

Es muss ein kleines Friseurgeschäft gewesen sein. Knapp 20
Quadratmeter Fläche, darauf vielleicht ein Stuhl, großer Spiegel, Warteplätze und eine Ablage für Scheren, Umhänge und
so weiter. Damals wohl ein Herrenfriseur in der DDR.

Jetzt stand ein Bett in der Ecke, schräg gegenüber ein Ikea-
Regal und eine Kiste mit Kleidung und Schuhen. Das große
Fenster zur Straße war mit einer verdreckten Jalousie ver-
schlossen. Davor befanden sich ein Stuhl und ein kleiner
Tisch.

Hinter einem grauen Vorhang gab es zwei Türen. Dahinter links ein Klo, rechts eine Dusche, beides auf engstem Raum, in der Mitte ein Kühlschrank mit zwei Kochplatten drauf.

Auf einem Brett darüber befanden sich wenig Geschirr, zwei Töpfe, ein Kocher, Teebeutel in verschiedenen Geschmacksrichtungen, zwei Tüten mit Mehl und Zucker, Instantkaffee, einige Dosensuppen, eine Packung Spagetti mit Fertigsoße sowie Salz und Pfeffer. Einen Herd gab es nicht.

Eine freudlose Haushaltsausstattung auf Sparflamme. Aber alles mit funktionalem Gebrauchswert. Bis auf eines. Ich nahm die Mehltüte in die Hand. Das Verfallsdatum war im vergangenen Jahr abgelaufen. Die Tüte selbst geöffnet und prall gefüllt. Meine Hände stellten von außen nichts fest. Dann goss ich den Inhalt vorsichtig ins Klo und wurde fündig. Unter der weißen Oberfläche kamen Geldscheine zum Vorschein. Eine Menge davon. Ich reichte die Tüte an Thomas weiter.

Ganz am Rand des Brettes standen Medikamente, die auch nicht das nachhaltige Interesse der Polizei fanden. Die kleinere Plastikflasche enthielt *Xalatan* Augentropfen. Die größere trug die Beschriftung *IBU ratiopharm 400*, nach dem Aufdruck ein Schmerzmittel.

Im Kühlschrank vergammelten Schnittkäse und Tomaten.

„770 Euro", sagte Thomas Schüttler und wusch sich die Hände, nachdem die Mehlreste nicht anders abgingen. „Vielleicht sein schwarz verdientes Geld, geht ja nicht aufs Girokonto."

„Vielleicht", antwortete ich.

Unter dem Bett befanden sich ein Schlafsack, zwei Decken, einige Handtücher und ein weiteres Paar Bettzeug. Thomas rauchte und trug in der Hand eine Dose als Aschenbecher. Ich ging zum Regal, dem guten alten *Billy*.

Auf einem Teller verrotteten Äpfel, der süßliche Geruch in der Wohnung. Mich interessierte, was die LKA-Beamten nicht mitgenommen hatten. Ein Schachspiel und die Figuren in einem Kästchen standen auf der zweiten Ebene. Darunter war alles leer.

Oben lag eine Schachtel Zigaretten, Marke *Astra*, selber Name wie mein Hamburger Lieblingsbier. *Kokybiskas Tabakas*, eine ausländische Marke. Ich schüttelte die Packung, sie war nicht leer. Ich nahm eine Zigarette raus, filterlos, sie schmeckte sehr hart.

Dann stand dort eine Skulptur, aus einer verrosteten Fahrradklingel und einer ebenfalls verrosteten Kneifzange, die an einem rotlackierten Kreuz aus Metall hingen.

In einem kleinen Papierstapel lag der Stellenmarkt der Berliner Zeitung vom 14. April. Dazu ein Blatt mit der Überschrift „Die 10 Regeln des Taijiquan", maschinenschriftlich, von „Den Kopf entspannt aufrichten" bis „In der Bewegung ruhig bleiben."

Mehr nicht.

Thomas telefonierte lächelnd und es klang nicht wie eine seiner Töchter. Nein, es würde nicht allzu spät werden. Wohl die neue Freundin mit der dekadenten Luxuswohnung.

Den einzigen Wandschmuck stellte ein Weltraumfoto der Erde dar. Der blaue Planet.

Darunter stand gedruckt: *In seinen geologischen Studien begreift Karl Marx Erde und Menschheit als zwei lebende Organismen, die aufeinander wirken und fragt: Werden sie dauerhaft miteinander auskommen, oder wird die Erde die Menschheit schließlich abschütteln.*

(Mein Lieblingsgedanke von Marx war die Feststellung, das Reich der Freiheit beginnt in der Tat erst da, wo das Arbeiten aufhört.)

Thomas beendete den Telefonflirt und ich machte einen letzten Blick in die Runde. In der Ecke gab es eine Telefonbox mit einem roten Kabel. Es dürfte zu einem DSL-Router gehören.

„Lass uns fahren", sagte ich. „Hier gibt es auf offene Fragen keine Antworten, eher neue."

Das Fahrtziel lag zurück in Kreuzberg. Der Feierabendverkehr staute sich auf. Mir war danach, mal kurz über meinen eigenen Fall zu reden, wie es dort weiter geht. Neue Anwaltsnachrichten gab es keine, alles unverändert. Die Tendenz gehe dahin, meinte Thomas, dass es für eine Anklage gar nicht reichen könnte. Kernfrage sei, die Untersuchungshaft von allen zu beenden. Mir wurde geraten die Akten bei Marcus in Hamburg zu lesen und einen Beitrag zu leisten, die Öffentlichkeitsarbeit aufrecht zu halten. Die bisherigen Freilassungen seien bekannt gemacht, die Aufmerksamkeit sollte nicht einbrechen.

Ein Handy klingelte dazwischen. Ich sah ihn an, er sah mich an. Es klingelte in meiner Jackentasche.

Rimas Stimme fragte: „Wo bist du?"

Abschied

Der Tod spielte in meinen Leben keine Rolle. Oder wie der große amerikanische Laienphilosoph Woody Allen mal meinte: „Meine Einstellung zum Tod – Ich bin strikt dagegen."

Das Sterben meiner Mutter lag schon zwei Jahrzehnte zurück, ich dachte nur noch selten an sie. Auf einer Trauerfeier war ich seit der Morsumer Kirche mit anschließender Kaffeetafel nicht mehr gewesen. Mir selbst gab ich noch so weitere 40 Jahre. Über das Verfassen eines Testaments hatte ich wegen dem Geld mal nachgedacht, es aber wieder verdrängt.

Keine Ahnung also, was mich erwartete, als Thomas durch einen Hinterhof voranging, eine Außentreppe hoch und in ein Stadtteilzentrum, mit Aushängern im Vorraum für PC-Kurse und sonstige Interessengebiete von Sozialarbeitern.

Um 19 Uhr sollte die Gedenkfeier beginnen. Aber wohl kaum in dem großen Raum, dessen Lärmpegel aus Geschirrgeklapper, unterlegt mit Latino-Musik bestand. An einem Tresen wurden Suppe und Getränke ausgegeben. Ein gutes Dutzend Menschen saß verteilt an verschiedenen Tischen. Kantinenatmosphäre.

Thomas sah meinen skeptischen Blick. „Es gibt noch ein Obergeschoß mit Veranstaltungsräumen, da findet es statt. Noch einen kleinen Imbiss vorher?"

Wir kauften Linsensuppe und Wasser. Die deutschtürkische Frau aus der Küche teilte dazu großzügig Fladenbrotstücke aus. Wir setzten uns mit Blick auf den Eingang. Ein bekanntes Gesicht erkannte Thomas offenbar noch nicht. Es war auch erst viertel vor sieben.

Beim Wegbringen der Teller sagte die Frau hinter dem Tresen. „Chai, gerade frisch fertig." Ich kaufte zwei Tee in kleinen Gläsern und balancierte sie an unseren Tisch. Dort saßen jetzt auch ein weiterer Mann und eine Frau. „Hätte gern was mitgebracht", sagte ich beim Abstellen der Teegläser. „Kein Ding", entgegnete die Frau. Thomas stellte uns wechselseitig vor. Namen und Gesichter kannte ich nicht. „Wir sind oben im Raum 03, lass uns möglichst pünktlich anfangen", sagte der Mann dann und ging die Treppe ins Obergeschoß.

„Kann wer einer alten Frau mit überstandener Knie-OP einen Kaffee holen", fragte Karin mit hellrot gefärbten Haaren und dunkelrotem Brillengestell. Die Gehhilfe von der Krankenkasse sah ich jetzt auch und ging los.

Meine Bestellung löste hinter dem Tresen Unverständnis aus. „Ik glob et nich, ist mein Chai nicht frisch." Ich lobte den Tee und gab mich als reiner Überbringer des Kaffee zu erkennen. Die Gesichtszüge entspannten sich bis zu einem Lächeln.

Ich lieferte das Getränk ab. Thomas und Karin redeten über Berliner Angelegenheiten. Dann ging ich auf die Toilette.

Wieder zurück sah ich Karin mühevoll die Treppe hinaufgehen. Auf mein Hilfsangebot meinte sie nur, „warum wollen mich heute alle auf Händen tragen."

Ich suchte den Raum Nr. 3, dessen Tür stand auf. Leichtes Stimmengewirr. Drinnen waren Stühle in einen großen Halbkreis gestellt worden und größtenteils besetzt. An der offenen Seite standen ein Blumenstrauß und eine Kerze, auf einem mit einem roten Tuch bedeckten Tisch.

Mit einigen anderen Leuten sah ich mir die beiden Stellwände an, innen, rechts und links von der Eingangstür. Rechts gab es eine politische Zeitreise in das Leben des Toten. Angegilbte Flugblätter, noch ohne Layoutsoftware, Stadtteilzeitungscover und einige Ausgaben eines Prozessinfos, Schlagzeile „Zerstörung und Vertreibung ist Terrorismus". Auf einem Zettel stand: *Jeder Stein der abgerissen, wird von uns zurückgeschmissen.*

Auf der anderen Seite hingen Fotos. „Achim 1969–2012" mittendrin. Nur wenige Bilder. Party, Fußball, übernächtigt am Frühstückstisch, Campingplatz im Süden. Politisch nur Lucky, Tor, Mauer und lachende Menschen, seine Haftentlassung. Wahrscheinlich auch das aktuellste Foto, alles andere stammte aus dem letzten Jahrhundert.

Auch in seiner Wohnung gab es keine persönlichen Bilder, keine Kamera. Unserer Generation fehlte vielleicht das *Ich, Ich, Ich* plus Handyfotofunktion. Oder fehlte uns bloß lange Zeit die Handyfotofunktion?

Ich setzte mich als einer der Letzten, Thomas hielt einen Platz frei. Neugierige Blicke auf mich, ich gehörte nicht zur Großfamilie, die hier aus mehr Frauen als Männern bestand. 11 Stühle waren besetzt. Es wurde still. Im Raum blieben nur die Deckenstrahler an.

„Ein Freund und Genosse ist tot", begann Andreas, der Mann von unten, Luckys Laubenpartner.

Über Achim Boehnisch (der Name Lucky spielte offenbar nur in der Zeit bis zur Haft eine Rolle und fiel kaum) erfuhr ich, dass er aus einem Dorf im Weserbergland stammte und nach der Schule nach West-Berlin ging, um nicht von der Bundeswehr eingezogen zu werden. Rein in die Häuserkämpfe in Kreuzbergs SO 36 kam, Besetzer wurde, aber auch die große Linie von profitorientierter Stadtplanung und kapitalistischer Umstrukturierung bekämpfte. Mit allen selbstbestimmten Mitteln und allen Konsequenzen.

„Einige von euch können über den Teil seines Lebens besser berichten als ich, mein Weg mit Achim kreuzte sich erst später." Sagte Andreas mit einer kleinen Pause. Überhaupt gefiel mir, dass er eine normale Sprache benutzte und keinesfalls die professionelle Rhetorik eines Trauerredners verströmte. Wie auch niemand im Kreis traditionelle schwarze Kleidung trug.

Unversöhnt mit den Zuständen sei Achim gewesen, ungebrochen durch mehrere Knastjahre. Eine Zähigkeit zeichnete ihn aus, im Alltag, im Überlebenskampf in der Haft und in den Jahren bis heute. Er hat sich nicht unterkriegen lassen, nicht vom Staat, nicht von seinem Körper und auch nicht von den ganzen Verhältnissen. „Der Scheiße eben die seit langem läuft", sagte der Redner. Er wurde kein Anpasser, auch wenn er sich neugierig für neue Erfahrungen zeigte. Ein Schrebergarten sei keine Flucht aus der Realität, sondern ein Ort zum Nachdenken und Krafttanken. Allgemeines Geschmunzel machte die Runde. Es gäbe noch viel zu erzählen, aber das könnte heute Abend jeder und jede machen, oder einfach dran denken.

„Achims Traum war, ist und bleibt auch unser Traum. Der wird in der ganzen Welt geträumt, auch in Lateinamerika, wo er immer so gerne mal hinwollte, Kuba, Uruguay, Venezuela. Es geht ja nicht nur rückwärts. Und zum Schluss noch eins…". Es folgten eine Pause und ein Blick in die Runde.

„Betroffen macht uns alle nicht nur Achims Tod, sondern auch die Art wie er gestorben ist, gestorben sein soll, gestorben wurde…Ich weiß es nicht, will aber Antworten auf meine Fragen. Es ist schön, dass auch Thomas Schüttler da ist, seit langem Achims Anwalt, vielleicht können welche aus unserem Kreis helfen, Licht ins Dunkel zu bringen. Ich bin dabei und für mich bleibt solange klar: Ich glaube ihren Lügen über seinen Tod nicht."

Die einsetzende Ruhe dauerte lange. Dann nahm eine Frau mit schwarzem Hut das Wort, erzählte ein gemeinsames Erlebnis mit Lucky in einem besetzten Haus, früher Morgen, der Sturm der Polizei steht bevor. Wie er seelenruhig vom Dach auf die Beamten pinkelte. „Klingt jetzt komisch und pubertär, es war aber echt cool, ist doch fast 20 Jahre her." Sie lächelt nicht als einzige. „Lucky war immer so ruhig, dass er mit einem lauten Knall sterben muss, macht mich richtig traurig und wütend."

Ein weitere Frau rezitierte aus einem Brecht-Gedicht: *Ich vermochte wenig, doch ohne mich saßen die Herrschenden sicherer. So hoffte ich. So verging die Zeit, die auf Erden mir gegeben war.*

Die anwesenden Männer sagten bisher noch gar nichts und das kleine Zitat hätte ein Schlusswort seien können (auch nützlich bei einer ähnlichen Zusammenkunft zum Ableben von Ole Frei um 2040).

Aber dann nestelte Karin aus ihrem Rucksack ein Kombigerät Radio/CD heraus, richtete die rote Brille und erzählte, dass von den vielen Jobs, die er machte, der Bühnenaufbau für Musikgruppen Achims liebste Beschäftigung war. In kleinen Clubs, aber auch mehrmals große Sachen in der Waldbühne. „Ich spiele eines seiner Lieblingslieder aus den letzten Jahren von *2Raumwohnung*. Der Song heißt „Ich weiß warum". Für die machte er auch mal die Bühne."

Deutscher Pop, nicht unbedingt meine Musik, aber alle lauschten andächtig. Das Stichwort Musik öffnete die Erinnerung zu nostalgischen Geschichten. Wie 94,95 am 1.Mai – auch mit Achim – der Angriff der Polizei auf einen der Lautsprecherwagen zurückgeschlagen wurde, als sie versuchten, das Abspielen von „Deutschland muss sterben" von *Slime* zu verhindern.

Andere waren beteiligt, als auf einer Infoladen-Party eine Karaoke-Version des Neue Deutsche Welle Hits *Codo* eingesungen wurde und Lucky und einer der Männer für die Zeilen „ätzend, ich bin so ätzend…" zuständig waren.

Ein altes Stück von T*on, Steine, Scherben* hätte gepasst, wurde aber nicht gespielt.

In diese gelöste, sentimentale und erinnerungsselige Stimmung hinein meldete sich Thomas Schüssler. Er habe seine erste Begegnung an einem schlimmen Ort gehabt, im Untersuchungsgefängnis Moabit. Daraus habe sich eine Freundschaft ergeben. „Wir schließen die Akte nicht", sagte er in die Runde blickend. „Das sind wir Lucky, Achim schuldig." Wer aus diesem Kreis etwas beitragen könnte, sollte das gleich anschließend unten tun. Nicht hier oben, hier ginge es um die Erinnerung.

An den Recherchen mitarbeiten könnten alle, er wäre dabei und auch Ole Frei neben ihm, den einige vielleicht als Journalisten kennen, mindestens seine Seite nogestapo.net. Selbst von einer ganz anderen Kriminalisierung betroffen und gerade erst aus der U-Haft raus.

Meine geplante Beteiligung an irgendwelchen Recherchen war eine glatte Lüge, kam bei den Anwesenden aber gut an.

Ich verhielt mich still und so richtig böse wurde ich über den kleinen Anwaltstrick nicht. Recherchen anzukündigen diente offensichtlich dazu, die vorhandene Betroffenheit, Unsicherheit, bei einigen auch Qual, über Achims Ende zu mildern und zukünftig vielleicht eine hinnehmbare Erklärung zu finden. Thomas eigene Unsicherheit eingeschlossen.

Die Versammlung löste sich bald auf. Einige blieben vor den Tafeln stehen, zeigten auf Bilder und altes Papier und hatten Geschichten dazu. Nostalgie. Die Stühle wurden an der Wand gestapelt. Ich beteiligte mich daran. Der Blumenstrauß sollte im großen Raum unten in eine Vase kommen.

Zwei der Männer sprachen mit Thomas. Sie hatten den Toten seit Jahren nicht mehr gesehen, „hat sich so ergeben, früher natürlich wesentlich öfter". Wenn konkret was zu tun ist, sind sie dabei „jederzeit.". Sie gaben dem Anwalt einen Zettel, „Handy und Email."

Die meisten umarmten sich bei der Verabschiedung. Karin humpelte auf Thomas und mich zu. „Die letzten Jahre traf ich Lucky gelegentlich auf dem Kreuzberger Maifest, an unserm Stand vom Stadtteilarchiv, oder zufällig auf einer Demo. Wir haben uns über Musik unterhalten, die alten Zeiten, Szeneklatsch auch. Vom Ende – keine Ahnung. Will auch nicht spekulieren. Hat niemand was von."

Sie grüße zum Abschied mit der erhobenen Gehhilfe.

„Das waren mehr die politischen Freundinnen und Freunde", meinte ich auf der Treppe zu Andreas. „Das war Polit-Nostalgie pur, die neunziger Jahre", entgegnete er. „Die eine ruft den anderen an, hast du schon gehört. So ist die Idee entstanden, das wir uns treffen."

Wir beide nahmen einen Tisch ganz in der Ecke des großen Raums. Thomas kam dazu und die Frau mit dem Brecht-Gedicht. „Käffchen?", fragte Andreas in die Runde. „Rotweinchen", antwortete die Frau. „Feierabendbier, aber kein Schultheiss", orderte Thomas und ich schloss mich an.

„Es dauerte etwas, aber am Gesicht habe ich dich doch schnell erkannt, nach all den Jahren", sagte die Frau, dunkel gekleidet, rotes Halstuch, kurze schwarze, schon deutlich ergraute Haare.

„Dauerte bei mir auch etwas, die Haare waren damals viel länger, aber die Stimme erkannte ich wieder", lautete Thomas Antwort. „Oh Gott ja, solange wie bei der Prozesserklärung habe ich bestimmt nie wieder am Stück gesprochen."

Bei uns saß Constanze Lang, eine der Mitangeklagten im Prozess von 1998. Seit langen Jahren lebte sie im baskischen Donostia, „das die Spanier San Sebastian nennen", mit ihrem Mann, einem Tischler, und ihrer Tochter. Jobbte in einer Pension und auch wieder als Deutschlehrerin. „Die Krise mit Armutsauswanderung ist bei uns angekommen, viele wollen hierher." Vom Tod erfuhr sie durch eine traurige Mail. Sie buchte einen günstigen Flug und würde noch eine der selten gewordenen „Deutschlandtourneen" machen, zur Mutter und Schwester.

Andreas stellte die Getränke von einem Tablett auf den Tisch. Mit ihm kam auch eine Frau, die die Blumen am Tresen abgegeben hatte. Sie setzte sich nicht, sondern blieb stehen. „ Ist o.k., dass ihr einen Mini-Ermittlungsausschuss gründen wollt. Ich blicke aber nicht auf das Ende. Ich hoffe nur, er hat alles selbstbestimmt gemacht. *Ciao*."

Bis das Stadtteilzentrum um 22 Uhr geschlossen wurde, ging es am Tisch um Leben und Tod von Achim Boehnisch.

Andreas kannte ihn schon vor Verhaftung und Prozess, aber nicht wirklich gut. Er war in der Solidaritätsgruppe, schrieb Briefe und machte auch Knastbesuche. Nach der Entlassung 2000 half er ihm bei der Suche nach einem WG-Zimmer und Behördengängen. Sie gingen zusammen auf ein Stadtteilplenum, auf Demonstrationen und gelegentlich in die Alte Försterei, zu den Heimspielen von Union Berlin. Aber nicht mehr nach dem Aufstieg in die 2. Liga.

Achim bekam nach den Schröderschen Reformen Hartz IV und arbeitete schwarz, wo sich was bot. Umzüge, Wohnungsauflösungen, Bühnenbau und im Versandlager eines Antiquariats. Andreas arbeitete als Altenpfleger und fragte, ob Achim was Festes wollte. Aber ein Praktikum scheiterte. „ Verständlich bei dem Nerv, am wenigsten mit den Alten, aber mit Verwandten, Behörden und Dienstplänen, mit Wochenend- und Schichtarbeit. Mit der Kohle geht es so gerade."

Mitte des Jahrzehnts änderte sich einiges. Achim wollte allein wohnen und zog in den preiswerteren Osten. „Kleine und im Winter kalte Wohnung, aber er fühlte sich wohl." Auch hatte er Tai Chi entdeckt, das praktizierte er nahezu täglich, in einer festen Gruppe. „Er stand auch auf diesen Sachen, innere Harmonie, seinen Punkt finden", sagte Andreas mit skeptischem Blick.

Dann kam das Gartenprojekt. Beide wollten es zur Erholung, als Rückzugsraum aus dem Alltag, Andreas Freundin war begeistert. Die Suche dauerte lange, bis 2008, es gab Wartelisten und die Abstandszahlung betrug 2.500 Euro, 500 davon brachte Lucky zusammen.

Zeit für meine erste Frage: „Gab es dort Probleme, Spannungen."

„Auf keinen Fall als Motiv für eine Bombe. Von den Kleingärtner, völlig ausgeschlossen. Im Gegenteil. Achim war der Hauptnutzer. Wir kamen seltener. Meine Freundin ist nicht mehr…so beweglich. Das ganze Drumherum ist natürlich spießig. Niemals darf man zu Skatturnieren oder dem Sylvesterball gehen. Aber sie lassen dich in Ruhe, wenn du die Gartenregeln einhältst, deine Gemeinschaftsarbeit leistest und die Jahrespacht bezahlst. Das hat er für uns beide gemacht, bei der Pacht die Hälfte. Er half auch beim Kinderfest, erntete die wenigen Äpfel, redete gern mit jedem und bot Tai Chi an, auf unserem Rasen. Ein paar Neugierige haben sogar mal vorbeigeschaut. Wir waren gut integriert. Die Schwierigkeiten begannen erst danach. Fristlose Kündigung, Schadensersatzansprüche. Terroristennest-Schlagzeilen. Ganz übel."

Thomas nahm noch mal neue Bestellungen entgegen, ich wollte nur ein Mineralwasser und nicht den Faden verlieren.

„Es wurde nirgendwo ein Telefon gefunden. Besaß er eins?".

Andreas nahm sein Handy aus der Jackentasche und drückte einige Male. „Die Nummer drei in meinem Kurzwahlspeicher." Er hielt den Apparat hoch. Eine Frauenstimme sagte: „Es ist zu dem Teilnehmer keine Verbindung möglich."

Computer? Andreas wusste es nicht genau. Im Garten waren sie nicht online. In der Friedrichshainer Wohnung hielt er sich selten auf. „Hast du eine Email-Adresse?" Nein, die hatte er nicht.

Gab es ein Auto oder Zugang zu einem? Kopfschütteln. Andreas konnte beruflich einen Wagen benutzen, aber nur für Fahrten zu den Patienten, nicht privat. Zum Garten musste die U-Bahn Ullsteinstraße genommen werden, dann der Bus, den Rest zu Fuß.

„War er auch mal weg?" „Wovon" lautete die Antwort. Es gab eine Schwester in Westdeutschland, vielleicht noch andere Familienangehörige. Aber keine Anhaltspunkte für das Verlassen des Berliner Stadtgebiets in der letzten Zeit vor seinem Tod.

„Wie oft habt ihr euch gesehen", wollte Thomas wissen.

„Richtig gesehen, alle zwei, drei Wochen. Telefoniert natürlich öfter."

Dann fragte ich nach seinem Gesundheitszustand. Normal, lautete die Antwort. Er rauchte filterlose Zigaretten, trank aber wenig, konsumierte kein Gras oder so was, war groß und dünn, eher schon mager. Das sei schon immer so gewesen, hörten wir von Constanze, die sonst schwieg. Andreas über-

148

nahm wieder. Vor rund zwei Jahren brach er sich kompliziert den linken Arm bei der Schwarzarbeit, danach konnte er keine schweren Lasten mehr tragen. Entschädigung gab es natürlich auch nicht.

Ich musste es fragen: „War Lucky ernstlich krank oder depressiv? In seinem Körper wurden Beruhigungsmittel gefunden."

Andreas erkannte natürlich den Kern der Frage, schwieg erstmal und sah mich dann an.

„Nein, er hat keinen Selbstmord begangen. Achim hat über die Knastjahre wenig erzählt, sie aber gut weggesteckt. Keine Symptome einer Posttraumatischen Belastungsstörung oder andere Psychosachen. Wir haben sie auf der Altenpflegeschule durchgenommen. Er war nicht vereinsamt, sondern nur etwas zurückgezogen in seiner Welt. Er hatte Leute und eine Beziehung, ernährte sich nicht von Tabletten und gefestigt war er auch. Ich stehe nicht auf diese fernöstliche Weisheiten, aber ihm gab das Lebensfreude und so was wie Glück."

Jetzt trank er aus seinem Weinglas. Am Tisch wurde geschwiegen.

„Und um auch zum anderen Punkt zu kommen. Er hat keine Bombe gebaut. Achim ist ein politischer Mensch geblieben. In diesem großen Dingen. Nie wieder Krieg, nie wieder Faschismus. Nicht nur in Worten, auch in Taten. Demos eben, unsere Feste, was praktisch für Flüchtlinge tun. Stadtteilarbeit. Reden. Er war aber nicht mehr organisiert. Es gab keinen Zugang mehr zu Bewegungen und ihren Strukturen. Das heute niemand unter 40 da war, ist dafür ein Zeichen. Sein letzter Kontakt zur Militanz lag 15 Jahre zurück."

„Mit wem war er zusammen?", fragte Thomas.

Andreas redete jetzt entspannter. „Eine schöne Frau, Barbara, Barbara Newton. Eine Künstlerin oder Künstlerin als Spielbein und Kunstlehrerin als Standbein. Wir waren mal alle

149

auf einer Vernissage von ihr, in Zehlendorf. Sie macht Objekte aus völlig verrosteten Gegenständen. Witzig, muss man aber mögen."

„Warum ist sie heute nicht gekommen?"

„Die beiden waren ein ungewöhnliches Paar. In jeder Hinsicht. Beim Tai Chi haben sie sich kennen gelernt. Achim liebte sie richtig. Politisch war die Beziehung nicht. Ich hatte gar keine Nummer von ihr, sie aber eine Webseite. Ich habe ihren Anrufbeantworter angerufen und sie später eingeladen. Sie ist eben nicht gekommen."

Mein Wunsch nach Nikotin wurde fast übermächtig, eine Pause wäre aber nicht gut. Deshalb sagte ich in die Runde. „Zwei Gründe sind ausgeschlossen. Was bleibt?"

Andreas schwieg. Constanze sagte: „Der Wein ist schlecht, aber notwendig. Außerdem brauche ich frische Luft. Pause?"

Mit ihr gingen wir Raucher vor die Tür. Eine neue Runde stand danach auf dem Tisch. Wir waren fast die letzten Gäste.

„Die Frage von eben kann ich nicht beantworten. Lucky habe ich nach der Knastzeit nur noch einmal gesehen, ich glaube 2001. Dann bin ich weggegangen. Danach gab es keinen Kontakt. Zum Lucky von damals kann ich aber was beisteuern, Stichwort Bombenbau", begann sie danach.

„Heute ist alles verjährt und ich muss nicht mehr die Aussage verweigern. In unserer Gruppe waren wir damals eigentlich zu fünft. Lucky, ich und Paul, also Benjamin Preuss flogen auf, mit den bekannten Folgen. Anna und Robin sind weggekommen und wurden natürlich nicht verraten. Bei der ganzen Aktion, das ist mein Punkt, war Lucky nicht für Technik zuständig, er hatte zwei linke Hände, heißt es doch. Er beteiligte sich an der Planung und auch als Ideologe, unsere Erklärung schreiben, theoretischer Kram lag ihm mehr. Glaube nicht, dass sich das geändert hat."

„Er war gar nicht dabei?", fragte Thomas ungläubig.

„Doch Herr Anwalt, kein Fehlurteil, Paul und Anna sorgten für das Feuerwerk, Lucky, Robin und ich sicherten."

Ich setzte die Bierflasche ab. „In der Wohnung ist eine Berliner Telefonnummer gefunden worden, von einer Werbeagentur, mit dem Zusatz Robin."

Zwei Augenpaare, die die Akte nicht kannten, blickten mich erstaunt an.

„Robin war der jüngste, ein Student damals, kam spät zur Gruppe. Michael…ja, Michael, keine Ahnung wie weiter. Irgendwas mit K. Aus Berlin und aus gutem Hause." Mehr hatte Constanze nicht zu sagen.

Aus meiner Tasche zog ich die Akte, blätterte zum Ermittlungsbericht und ging zum Tresen. „Gleich Feierabend", sagte die Deutschtürkin, die die Küche schon gemacht hatte, ließ mich im Büro dahinter aber den Computer hochfahren.

Netpower Internetperformance hatte eine Startseite in Blau und Rot, sehr dynamisch. Unter Profil stand, dass die Geschäftsführer Jule Breckenkamp und Michael von Rechlin hießen. Dann drückte ich auf „Team" und rund 10 jüngere, hippe, kreativ frisierte und gekleidete Menschen lächelten mich an. Ich rief Constanze.

„Das Lächeln ist typisch, die Haarfarbe auch, nur trug er damals eine runde Brille, und immer einen Kapuzenpulli. Er ist es."

„Michael von Rechlin aus der Kreativwirtschaft, in den alten Zeiten Robin. Immer einen Besuch wert", sagte Thomas süffisant.

Wir setzten uns doch noch mal kurz.

„Und Anna, wo finden wir die? Wenn wir auch die alte Gruppe in die Recherchen einbeziehen?"

„*Die* findet ihr nie. Anna lautete der Codename von einem Mann, nicht von einer Frau. Ganz schlau. Das war Hagen Belz. Der einzige von uns, der schon mal gesessen hatte, im

Jugendknast. Ich habe nie wieder von ihm gehört. Vielleicht ist er auch Geschäftsmann oder sitzt im Bundestag", lachte die Frau aus dem Baskenland.

„Oder in einer großen Medienredaktion", trug Andreas noch bei.

„Aufsichtsrat von Hertha BSC", schlug Thomas vor, der ein großer Hertha BSC-Hasser war.

„Habt ihr kein Zuhause, Feierabend" rief es fröhlich hinter dem Tresen. Die meisten Lampen wurden zentral ausgeschaltet.

Freundlich grüßend standen wir auf und gingen raus in die dunkle Nacht.

Familientragödie

Gegen Mittag am nächsten Tag kam ich wieder in Hamburg an.

Bunte Reklame im Postkasten. Papierbriefe bekam ich schon lange keine mehr, nur noch vom Finanzamt alljährlich eine Lohnsteuerkarte oder diesen Wahlbenachrichtigungskram. Ich schmiss die Werbung in den Eimer unten im Hausflur.

Rima würde da sein. Sie hatte meinen Zettel mit der neuen Nummer gefunden und bisher zweimal angerufen. Vorfreude und Ungewissheit, selbst für ihre Verhältnisse verhielt sie sich merkwürdig.

Sie saß im Arbeitszimmer, die Füße auf den zweiten Stuhl gelegt. Süßlicher Geruch und dicke Rauchentwicklung. Auf deutschem Boden soll nie wieder ein Joint ausgehen. Ihr Ding auf der Arbeitsplatte war dunkel. Ein alarmierendes Zeichen.

Sie hatte was mit den Haaren gemacht, An der einen Seite kurz geschnitten, auf der anderen Seite fielen sie lang ins Gesicht. Meine allererste Wahrnehmung. Beglückt war ihr Blick nicht, eher traurig und eine Prise vorwurfsvoll dazu. Sie nahm einen tiefen Zug und machte keine Anstalten aufzustehen.

Ich ging in die Hocke, legte die Hand auf ihre Schulter, küsste sie auf den Mund und unsere Backen berührten sich einige Sekunden. Jetzt stand sie doch auf, legte die Haschtüte weg und ihre Hände auf meine Schultern.

Liebe, erzwungene Enthaltsamkeit, Wiedersehensfreude und steigende Begierde auf meiner Seite. Wir küssten uns und meine Hände gingen unter ihren brauen Pullover langsam nach oben. Kamen aber nicht bis ans Ziel, sie schüttelte mich ab und sagte etwas kurzes, scharfes auf Russisch. Auch ein alarmierendes Zeichen.

„Mein Vater ist gestorben", kam dann. Die ersten Worte. Keine Frage an mich, nichts was Empathie für meine jüngste Vergangenheit ausdrückte, es ging nur um sie. Rima eben. Sie redete so viel, wie sonst nie. Ich saß auf dem zweiten Stuhl, rauchte, unterbrach selten und hoffte auf später. Liebe macht manchmal blind, aber auch geduldig.

Nana Stern starb nach dem Bericht seines einzigen Kindes nicht direkt in der Alkoholabteilung, dem „Säuferregal", im Supermarkt *Rossia* in Charlottenburg, sondern wenige Straßen davon entfernt, offenbar an einem Herzinfarkt. In den Worten seiner Tochter: „Herzkasper, das letzte, was er noch sieht sind Straßendreck, Kaugummireste und Hundescheiße. Passend zu seinem Leben."

Eine längere Geschichte.

1990 wollte der Tote seinem Leben neuen Schub verleihen. Von einem untergehenden in ein gelobtes Land, von Orjol nach Berlin, vom Mathematikprofessor an der Technischen Hochschule an eine der großen Universitäten, Max-Plank oder Fraunhofer Institute. Nur der Ortswechsel klappte.

Die Diplome zu sowjetisch, die Aufsätze überwiegend in entlegenen Fachzeitschriften, die Deutschkenntnisse zu begrenzt, die englischen zu schlecht, der Wissenschaftsbetrieb zu fremd, die Konkurrenz gnadenlos, die Möglichkeiten vollkommen falsch eingeschätzt. Der Plan scheiterte grandios.

Der Weg führte nach unten. Ein Lehrauftrag an der TU Berlin. Wodka. Mathematikstunden an einer deutsch-russischen Schule. Mehr Wodka. Nachhilfeunterricht. Ganz viel Wodka.

Eine kleine Wohnung in Charlottenburg, Charlotten*grad* mit großer landsmannschaftlicher *Community*. Die Kleinfamilie zerbrach. Die Frau promovierte Philosophin, also gar nichts. Das Kind *Russki* auf dem Schulhof mit Anpassungsproblemen und bald in einer aggressiven Mädchengang.

In Rimas Verhalten wurde mir so einiges klarer, insbesondere was Alkohol betraf, aber die Geschichte hatte den Tiefpunkt natürlich noch vor sich.

Das Krankenhaus erreichte Rimas Mutter. Sie rief ihre Tochter an. (Gab es dafür das offenbar nie genutzte Telefon?)

Die Beisetzung fand schnell statt. Die Beteiligung der russischen Gemeinde blieb überschaubar. Die Witwe war nicht die letzte Frau im Leben des Professors. Das ergab eine unschöne Szene am offenen Grab.

Danach saßen sich Mutter und Tochter irgendwann am Abend in der alten Wohnung gegenüber. Was seit langer Zeit nicht mehr der Fall gewesen war. Mit Alkohol und Dope zur Beruhigung, aber auch als Katalysator der folgenden Ereignisse. (Eine Familie mit Suchtproblem und Suchtverlagerung.)

Nadeshda Stern hatte vom gelobten Land ihres Mannes lange Jahre nur frühmorgens zu putzende Büros kennengelernt, oder die Kassenzonen von Supermärkten, wo sie die Waren am Scanner vorbeizog und Wechselgeld herausgab. Aktuell war sie Kellnerin in einem russischen Restaurant. „Dort lebt sie vom Trinkgeld und schläft sie sich nach unten, vom Chef zum Koch", erfuhr ich in aller Härte.

An dem Beerdigungsabend erweiterte Rimas Mutter ihre Wut (vielleicht auch gemischt mit Trauer) auf den egoistischen Mann, den demütigende Alltag, das fremde Land und das verlorene eigene Leben, auf ihre Tochter. Rima machte die deutsch-russische Sprache nach, es ging um ihren frühen Auszug, das fehlende Kümmern, Undankbarkeit, Egoismus, die Persönlichkeits-Parallelen zum Vater. Dann fiel ein russisches Wort, das auf Deutsch mit *Missgeburt* übersetzt werden muss. Es folgten bis zum Morgen zunächst eine kurze körperliche Auseinandersetzung, Geschrei, längeres gemeinsames Schweigen, Tränen, zweisprachige Gespräche und (für mich überraschend) eine Wiederannährung mit Tendenz zur Versöhnung.

Wenn das dumme Wort „Betroffenheit" mal zutraf, ich fühlte sie.

Meine Freundin hatte den Kopf auf die Brust gesenkt, konnte mich aber doch noch anschauen. Mit Trauer und Verunsicherung im Blick. Aber ohne Tränen. Ich stand auf und kniete vor dem Stuhl, die Hände auf ihren Knien. Ihre lagen auf meinen Schultern, der Kopf auf meinem Kopf. Dann gab es Küsse von den Haaren, über die Stirn, die Nase bis auf den Mund, dort Zungenspiele.

Ihre Verletztheit machte mich wahnsinnig. Die Gefühle waren noch stärker als an dem Abend, als sie mit dem Blut an der Jacke kam.

Dann sagte sie: „Ich will erst ein Glas Wasser und dann einen Espresso."

Ich brachte ein Glas Leitungswasser, setzte die Kanne auf und stellte Becher auf das Tablett. Rima hatte sich das Gesicht gewaschen und die Haare feucht nach hinten gekämmt.

Als die Maschine aufkochte kam sie in die Küche. Ihr Blick war nicht traurig (wie kurz davor) und nicht sachlich (wie so oft), sondern vielversprechend. Ich stellte die Herdplatte aus, sie umarmte mich. Meine Hände glitten bis zu ihrem BH. Sie flüsterte mir ins Ohr, was ihre Mutter – möglicherweise nicht in genau diesen Worten – gesagt hatte. („Du bist blass und mager, mehr vögeln, mehr essen.")

Es wurde richtig guter Nachmittagssex.

Als danach der neue Espresso fertig war, lag sie auf der Seite und weinte. Ich brachte einige Lagen Toilettenpapier und legte mich dazu. Ich trank, sie nicht.

Als ich vorschlug, abends zu einem der Asiaten zu gehen, antwortete sie nur mit nach oben gezogenen Rotz und schlief bald ein.

Das Koffein weckte meine Lebensgeister. Ich duschte und ging dann online. Keine neuen Mails, unsere Seite mit unverändertem Angebot, die digitale Restwelt wie eh und je.

Die Tage in Berlin hatten zwei Aufträge ergeben. Nach der Arbeitsteilung mit Thomas Schüttler sollte ich der Spur des Sprengstoffs folgen. Kein Problem, allerdings befand sie die Kontaktperson auf Geschäftsreise. Thomas selbst war für Besuche und Nachforschungen zuständig. Danach hoffte ich, die Akte Lucky wird geschlossen.

Meine Redaktionsfreunde drängten nicht, ich selbst beauftragte mich damit, neue Artikel zu schreiben, wieder in den Tritt zu kommen. Vor der Verhaftung schrieb ich etwas über den Bundesnachrichtendienst. Jetzt gab es den gespeicherten Artikeltext nicht mehr, die Aufzeichnungen dazu waren beschlagnahmt und der ganze Ordner BND/MAD/VS auch weg. Leere Regale sind Motivationskiller, offene Wunden.

Ich hatte kein Thema und wenig Lust mir sofort eins zu suchen. Die Seite stand ja, redigieren und Autorenkontakte liefen über Martin und Tom. Ein Projekt zum Geldverdienen gab es auch nicht. Der Drang, journalistisch jetzt schon wegen der Verhaftung zurück zu schlagen war nicht da, später mal konnte das gehen.

Stammheim lag erst sechs Tage zurück und steckte in den Knochen. Gleich wieder *Action* zeigen, die Fassade von Normalität errichten – geht, hilft aber nicht wirklich. Ich verordnete mir ein nur langsam steigendes Tempo. Rima schlief immer noch. Ich ging spazieren und erledigte auf dem Rückweg einen kleinen Einkauf.

Am frühen Abend wollte ich essen, aber Rima auch nicht aufwecken. Ich legte einen Zettel neben das Bett und ging. Erst in den deutschen Imbiss in der Max-Brauer-Allee auf eine Currywurst (musste sein), dann in den *Dschungel* , wo ich niemand bekanntes traf und später in die kurdische Kneipe (wo ich zwei Leute kannte und der Wirt seinen Ruhetag hatte). Zuhause schlief Rima offenbar rund um die Uhr.

Der kommende Morgen begann ganz angenehm. Wir tranken im Bett den ersten Kaffee, ich las in der Zeitung, sie aß die gestern gekauften Waffeln von Hanuta.

Die Stimmung war gut, was sich schnell änderte.

Erzählerisch sollte heute mein Tag werden. Ich begann mit den Umständen von Verhaftung und Durchsuchung und wollte mit den Vorwürfen im Haftbefehl anfangen.

Rima meinte nur, sie wisse schon. Als sie aus Berlin zurückkam, waren die Spuren in der Wohnung nicht zu übersehen. Von meinen Freunden kannte sie nur Mesut, den Wirt, und über den wurde sie nach einigen Tagen an Marcus weiterverwiesen. Sie ging in sein Büro und erfuhr worum es ging, wo ich saß, die Adresse und wohin sie Geld schicken konnte. An den Treffen nahm sie aber nicht teil. Von einem Besuch im Gefängnis hatte mein Anwalt abgeraten. Als sie dann plötzlich nach Berlin musste, legte sie einen Zettel auf den Schreibtisch. Für alle Fälle.

So lief das also. „Hast Du dir Sorgen gemacht", fragte ich hoffnungsvoll und wollte Schmeicheleinheiten.

Sie stöhnte leicht auf. „Es gab Narodniki, die haben Bomben gegen den Zaren, für ein besseres Leben geworfen. Es gab Bolschewiki, die haben eine Revolution für eine neue Welt gemacht…", belehrte mich Rima, „und es gibt Journaliki, die schreiben nur kritisch. Du bist ein Journaliki, kein Verschwörer und deshalb auch wieder zurück."

Der Exkurs, mit Anleihen aus der russischen Geschichte, ernüchterte, besaß aber auch Realitätsgehalt.

Ich erklärte, dass es weiter eine Ermittlung gegen mich gab und ich nur mit einem Bein aus dem Gefängnis bin, deshalb müsse ich mich auch einmal die Woche bei der Polizei melden. Sie wollten mir und den anderen einen Anschlag auf eine Softwarefirma anhängen.

„Ja, ja", begann sie. „Die Firma irgendwo in NRW. Davon haben die Männer gesprochen."

„Welche Männer?"

„Zwei Männer, hier in Hamburg. BKA. Deutsches KGB, oder?"

„Du hattest Kontakt mit dem BKA." Ich war fassungslos und richtete mich im Bett auf. „Hast du etwa mit denen geredet. Hast du eigentlich ein politisches Spatzenhirn oder was betreibst du noch so?"

Rima hatte diesen herablassenden Blick, den ich in anderen Situationen ganz anziehend fand. Sie legte mir den Zeigefinger auf die Lippen.

Tage nach dem ich weg war, wurde sie von zwei Männern, einer mit Glatze, im Viertel auf der Straße mit ihrem Namen angesprochen. Auf den Ausweisen stand Bundeskriminalamt. Die Männer machten nachdrücklich ihren Gesprächswunsch deutlich – in meiner Wohnung, bei der Polizei oder in einem Cafe. Rima entschied sich für die letzte Alternative. Sie gingen in ein Cafe am Rande des Schanzenparks.

Die Beamten zogen die Sache möglichst locker auf. Keine Drohungen, erstmal keine formelle Zeugensache, nur ein Gespräch. Den Einstieg bildeten Fragen nach unserem Verhältnis, was ich so mache, was sie so macht (und wo, die letzte Meldeadresse sei doch nicht mehr aktuell). Rimas reagierte mit ihrem typischen Achselzucken. Dann doch eine Belehrung über Zeugenpflichten, ganz unbürokratisch mit handschriftlichem Protokoll.

Fotos und Namen (die Kieler, wer sonst), Datafloor und Kabelendpunkte, was in Sylt so gemacht worden ist. Dass das alles Angaben von mir sind, zur Überprüfung, ob ich die Wahrheit gesagt habe, logen sie Rima vor. Sie wusste nichts, auf Sylt gab es nur Spaziergänge und schlafen.

Dann kam die Nacht vom 7. zum 8. Januar, wo war ich? Antwort: In Hamburg. Das provozierte Nachfragen. Woher rührte die Erinnerung nach vielen Monaten, ist das nur eine Gefälligkeit, gar abgesprochen. So etwas wäre strafbar, mit sehr unangenehmen Folgen.

Jetzt kam Rima. Der 7. Januar ist immer das Datum des russischen Weihnachtsfestes. Am 6. Januar ist schon *Sotschelnik*, der Heilige Abend. Das Hauptfest wird am folgenden Tag gefeiert. Sie habe für uns spezielles Essen zubereitet, mit ihren Eltern telefoniert und auch von mir Grüße bestellt. So war das 100 Prozent, die Wahrheit, unter Eid. An Weihnachten erinnert sich doch jeder. So wurde es aufgeschrieben und unterzeichnet.

„So war es wirklich?", fragte ich, der sich nur an das westliche Weihnachten mit den Hugh-Grant-Filmen erinnern konnte.

„Ich habe bestimmt bei meiner Mutter angerufen. Sie lallte schon und Papa war gar nicht zuhause. Früher haben wir als Familie kein Weihnachten gefeiert. Erst in Berlin. Keine Ah-

nung, was wir beide eigentlich gemacht haben, arbeiten, weggehen. Du warst aber da. Es stimmt also."

Ich musste nachdenken. Dass wir zusammen in Hamburg
lebten, konnten sie von der Überwachung wissen, spätestens
von unserem Sylt-Aufenthalt. Von dort hatten das BKA auch
Bilder von Rima und mit etwas Aufwand ihren Namen, von
der Pension oder wie immer. Aber wie konnte ihre Spur nach
meiner Verhaftung aufgenommen werden? Hatten sie meine
Wohnung observiert? Es funktionierte offenbar.

Ich hatte mich ein wenig beruhigt und musste Gehörtes
verarbeiten.

Es gab viel Verwirrung.

Rima öffnete die letzte Hanuta-Packung.

Das Leben der Anderen

Am Freitag verlief die Anwesenheitskontrolle auf dem Poli-
zeirevier diesmal schnell und unangespannt.

Für die Mittagszeit war ich zum Aktenlesen im Büro von
Marcus angemeldet. Der Anwalt verteidigte bis in den Nachmittag. Ich konnte das Besprechungszimmer mit kleiner Bibli-
othek benutzen und nach einiger Zeit auch mit dem Bearbei-
tungsprogramm umgehen. Denn die Akten unseres Verfahrens gab es alle digital.

Interessantes kam nur wenig auf den Bildschirm. Die
Sammlungen zu den Personalprofilen der vier anderen blieben farblos wie bei mir.

Die Aussage von Andrea Kluge las sich wie ein Beispiel, wie
man oder frau es nicht machen soll. Sie belastete zwar niemanden ganz direkt, kam aber arg ins Schwimmen, als es um
den Grund für die Fahrt in das Städtchen Norden im März
und die Fotos an dem Seekabelzentrum ging. Für Hagen gab
sie an, zuhause in Kiel gewesen zu sein. Und zwar, trotz großem Drängen der Vernehmer, zusammen mit Jerry. (Zumin-

dest ihr Handy war in Schleswig-Holstein eingeloggt gewesen und hatte zwei SMS versandt.)

Zu meinem unorthodoxen-orthodoxen Weihnachts-Alibi fand sich noch nichts. Mein Handystandort lautete Hamburg, ohne Aktivität. Was für sich ja keine Entlastung darstellte.

Die Suchfunktion des Programms ergab für „Rima Stern" keinen Treffer. Ganz amüsant fand ich den Vermerk über den Spontanbesuch des BKA bei mir im Gefängnis, „arrogant" sei ich gewesen.

Geklärt war nach Aktenlage, dass das angebliche Ausspähen der Objekte an der Nordsee nur „straflose Vorbereitungshandlungen" darstellten, es ging also nur um die Explosion in Hagen.

Die Durchsuchungen fanden nicht nur zeitgleich statt, sondern erstreckten sich bei Alexander Storch und Rüdiger Haltermann auch auf ihre Arbeitsplätze. So wurde zumindest bei der Uni in Kiel eine fristlose Kündigung provoziert. Der andere arbeitete in einem Theater, offenbar ließen die die Unschuldsvermutung gelten. Genauere Infos las ich aber nicht.

Auswertungen zu den gefundenen Objekten gab es noch nicht. Oder die diesbezüglichen Unterakten wurden noch nicht geschickt. Vor Abschluss der Ermittlungen lag das im Ermessen der Staatsanwaltschaft.

Im Ordner „Haft" fanden sich die Haftbefehle, Protokolle aus Karlsruhe und Haftstatute, also welche Sonderbedingungen im Gefängnis gelten sollten. Die beiden Entlassungen beruhten auf Anträgen der Bundesanwaltschaft, umschrieben als „Neufassung des Haftbefehls" plus Antrag, welche Auflagen angeordnet werden sollten.

Das Wesentliche zum „Komplex Hagen" las ich schon im Knast, nur in einer komprimierten Version. Die Langfassung blieb auch ohne Substanz.

Eine Überwachung von nogestapo.net gab vor den Verhaftungen nicht, zwei Kommissare verbrachten aber viel Zeit damit, aktuelle Artikel und das Archiv zusammenzufassen und zum Gesamturteil „in weiten Teilen linksextremistisch und tendenziös" zu kommen.

Ich las und klickte durch die Ordner bis ich Hunger verspürte. Draußen gab es eine Suppe und auf dem Rückweg kaufte ich Kuchen, was bei den Bürofrauen gut ankam. Drinnen rauchen ließen sie mich aber trotzdem nicht. (Obwohl Marcus in seinem Raum rauchte. Egal. Ihr Büro, ihre Regeln.)

Marcus kam am Nachmittag und sah wie fast immer geschafft aus. Er hatte schon gleich wieder Besprechungen. Alle Anwälte hatten vor kurzem Kontakt. Die Aussage, „das Ganze bröckelt" kannte ich in fast den gleichen Worten von meinem Berliner Rechtsbeistand. Haftprüfungen standen wohl bevor.

„Kommt ja einiges ins Laufen, wieder ins Laufen", sagte er und gab mir ein Flugblatt. Es kündigte Informationsveranstaltungen an, hier, in Kiel, Berlin, Göttingen und Frankfurt. *Freiheit für die 5!*

Das wusste ich noch gar nicht und hatte die Unterstützungsseite seit Tagen nicht angeklickt. Die Anwälte oder nur örtliche Gruppen würden Veranstalter und Redner sein. Ich begrüßte die Offensive, aber ohne mich als Teilnehmer, so war es auch mit Thomas abgesprochen.

Bevor er es in den Akten las, erzählte ich Marcus, wie mein mögliches Alibi zustande gekommen war. Er nahm es aufmerksam und kommentarlos auf. Dann verabschiedete ich mich.

Rima hatte Wäsche gewaschen und sie zum Trocknen vor die Tür gestellt. Unsere Wohnung lag ganz oben, die andere Tür auf der Ebene ging zu selten genutzten Bodenräumen.

Drinnen erfuhr ich, dass sie nächste Woche nach Berlin wollte. Vorgespräch für einen neuen Auftrag bei ihrer IT-Sicherheitsfirma und Besuch bei der Mutter. Es gab bürokratische Dinge zu regeln und 3.800 Euro an Begräbniskosten zu zahlen.

BAM-GN-054

Außer der Tatsache, dass wir alle rund 20 Jahre älter wurden, hatte sich unsere alte Szene aus den 90er Jahren auch sonst in vielfacher Hinsicht ausdifferenziert.

Einige verschwanden völlig von der Bildfläche. Manche betrieben allerlei Dienstleistungen und schafften sich Kinder an, andere eröffneten Bauunternehmen, Bars oder Klamottenläden. Ich wurde ein Journaliki, Marcus Anwalt. Der alte Sound aus Politik, Kultur und Aktion war nur noch unterschiedlich laut hörbar.

Einige fanden ganz gute Marktlücken. Arthur lebte sein digitales Leben. Eddis Ding wurde das Sprengen.

Wir kannten uns, wie man sich damals eben kannte. Er lebte in einem Bauwagen an der Hafenstraße und spielte im offensiven Mittelfeld einer alternativen Fußballelf, deren Tor ich hütete. Als noch kaum jemand daran dachte, trug er ein großes Tattoo am Oberarm. Als eng würde ich das Verhältnis nicht bezeichnen, aber wir sahen uns, auch noch gelegentlich bei politischen Sachen, Partys oder auf der Südtribüne des FC St. Pauli. Zwischen uns stand nichts ungeklärtes, schon gar kein ideologischer Dissens und auch kein Mann (Frauen waren nicht seine Welt).

Bei einem Fest trat Eddi mal als Feuerschlucker auf und Feuer und Zünden und etwas Hochgehen lassen wurde seine Geschäftsidee.

Bei einem der frühen Filme von Detlef Buck machte er zum ersten Mal auf einem Dreh eine Explosion für Geld und kam ins Geschäft. Heute ist er Inhaber der Firma „PYROissimo – pyrotechnische Effekte für Film, TV, Werbung und Musikvideos". Gar nicht schlecht bezahlt, für ein zerlegtes Auto bekommt er 5.000 Euro und Mehrwertsteuer. Der Ruhm des Kleinunternehmens wuchs noch, als es vor Jahren Effekte für die Hamburger Aufnahmen eines James-Bond-Films beisteuerte.

Seine Nummer hatte ich nicht mehr, fand sie aber auf der Internetpräsenz und guckte gleich das dort angebotene „Best off" seiner Arbeit auf Clips, die auch das Hochgehen von Booten umfasste oder die Sprengung einer Hausfassade.

Womit wir beim Thema waren. Ich ließ ihm die Wahl, wo wir uns treffen. Eddi lebte mit seinem Freund – hatte ich aufgeschnappt – in einem Loft, eine Kneipe aus alten Zeiten hätte ich auch akzeptiert, er lud aber in sein Büro.

Es lag in einem Hochhaus an der Osterstraße, nur ein karger Raum, zwei Schreibtische, dahinter eine volle Pinnwand. Hier wurde offenkundig gearbeitet und nicht repräsentiert. Ein bisschen Anfangsgeplänkel. (Auch Konversation war nicht seine Sache.)

Von meiner Haft hatte er gehört und ich erklärte ihm, wie ich ins Visier geriet. „Jetzt willst du professionelle Hilfe für nächste Mal", versuchte er einen Witz. Ich lächelte pflichtbewusst. Ein Sympathiefeld aufbauen.

Ich erzählte von Lucky und der Laube. Könnte eine journalistische Geschichte für mich sein, bin bei den Fakten und brauche Hilfe bei der Sprengstoffspur.

„Cola", fragte Eddi. Sein Lieblingsgetränk, er trank es sogar in den Halbzeitpausen unserer Spiele. Dafür war er aber ziemlich schlank geblieben. Auch Frisur und Pullover -Hose - Kombination besaßen chic. Auf der Internetseite lautete sein Vorname korrekt Edmund. Dieser Mann stand unter Einfluss.

„Original, light oder zero", rief er aus dem Küchenraum und brachte nach meiner Antwort zwei mittelgroße Klassiker.

Ich legte das kriminaltechnische Gutachten vor ihn und wartete.

„Sprengen ist Druck, Temperatur, Geschwindigkeit, gute Technik und Vorsicht", wurde ich belehrt.

„Und hier?"

„Ist was schiefgegangen."

„Und was?"

Eddi leerte das Colaglas in einem Zug. „Der Sprengstoff ist sehr professionell. Das Umgehen damit idiotisch."

Fachmenschen können nicht anders. Er geriet in die Welt von C4, TNT, Nitroglycerin und Oktogen („Um nur mal einige zu nennen"). Sprengstoffe mit hohem R.E.-Faktor, (auf Nachfrage) mit einem hohen Wirkungsgrad.

Dann wurde der PC bearbeitet. Früher rauchte Eddi selbstgedrehte Zigaretten und ich fragte hoffnungsvoll nach einer Raucherlaubnis. „Soll nicht mehr so viel rauchen", hörte ich. Durfte dann aber aus der Küche eine Untertasse holen und bot aus meiner Schachtel an. Er nahm sich, riss den Filter ab und wir rauchten.

„Hier", Eddi drehte den Bildschirm so, dass wir beide sehen konnten. „BAM-GN-054, *Poladyn 30*. Nach dem Gutachten soll dieser Sprengstoff verwandt worden sein. Nach der Liste der BAM ist er schwarzpulverhaltig und stammt von der Nitron S.A. in soundso in Polen."

Ich förderte meine Konzentration durch eine neue Zigarette.

„Langsam", sagte ich dann. „Dies BAM-Dings bedeutet…?".

„Dass der Sprengstoff auf der Liste der Bundesanstalt für Materialprüfung klassifiziert ist. Ehrlicher Stoff, wird meistens für Gesteinssprengungen verwendet."

Als guter Journalist hatte ich Kugelschreiber und Block dabei und machte mir Notizen.

„Von einer polnischen Firma. Wie kommt man da ran?"

„Wenn du eine Genehmigung hast, Unbedenklichkeitsbescheinigung, Sachkundeprüfungen und eine Million anderer bürokratischer Dinge, plus Geld, kannst du das bestellen."

„Sonst illegal."

Eddi griff noch nach einer weiteren Zigarette, kastrierte sie und sagte: „In Europa gibt es einen schwarzen Markt für alles, außer Atomsprengköpfen. Aber da bin ich mir auch nicht sicher."

„Und selber bauen", fragte ich.

„Das war keine schmutzige Bombe, nach Anleitung aus dem Internet, so mit Düngemitteln und sonst was, Ole. Das war professioneller Sprengstoff."

„Und diese Sachen, Genehmigungen und so weiter, müssen immer vorliegen?"

„Nur wenn der Tag 24 Stunden hat und solange das Sprengstoffgesetz gilt."

Ich nahm das Gutachten vom Tisch, las mich kurz noch einmal ein und deutete mit dem Kuli auf eine Unterstreichung von mir. „Was bedeutet: Initialzünder nicht identifizierbar?"

„Das Prinzip verstehst du. Hier Sprengstoff, da etwas um ihn hochgehen zu lassen. Streichhölzer, Feuerzeug sind möglich, aber sehr unpraktisch. Hier gab es einen offenbar zerstörten technischen Zünder. Sonst keinen Knall."

Auf der Sprengstoffspur ging es gut voran, nur keinen Schritt auslassen. „Der Zünder ist also in seine Einzelteile aufgelöst?"

„Ich arbeite immer mit Sprengkapseln von einer Dortmunder Firma und manchmal, bei großen Sachen, mit Zündverstärkern. Beide sind klein und sitzen ja nun auch im Herzen des Hurrikans. Da bleibt wenig."

„Gibt es nicht auch Wecker als Zünder, Mobiltelefon, Schaltuhren?"

Eddi lachte und ich wusste schon, was kommen würde. „Du musst das ja wissen." Er konnte sich gar nicht wieder beruhigen, antwortete dann aber doch.

„Ein Zünder kann vieles sein. Vereinfacht gesagt, geht es ja nur um einen Funken. *Bumm*. Aber das ist gar nicht der Punkt."

„Sondern."

„Der Punkt ist das Verhalten von dem Typ. Er musste doch nicht mehr experimentieren, Sachen in das richtige Mischverhältnis bringen oder verdünnen. Das war doch schon astreiner Sprengstoff."

Ich nickte.

„Und so blöd, einen Zündmechanismus zu installieren, quasi am eigenen Tisch, also alles scharf zu machen, so blöd ist doch niemand. Der Zündmechanismus kommt ganz zuletzt, am Objekt. Dann wird elektronisch aus Entfernung ausgelöst, auch per Laser oder mit programmierter Zeitverzögerung. Alles andere ist irre."

Das wurde mir auch klar. Professioneller Stoff, unprofessionelle Handhabung. Und auch: Professioneller Stoff plus Zündvorrichtung kann von außen ferngezündet werden.

Ich machte Notizen und fragte, was mir damals in der Zelle so unglaublich vorkam, dass ich es jetzt wissen wollte. Es gab in Deutschland eine Sprengschule? Bei Dresden, erklärte Eddi. Gute, aber nicht billige Kurse. Für Leute, die auf einer Musicalbühne ein bisschen Feuerzauber erzeugen, Feuerwerker, aber auch für Sprengmeister oder Leute mit Geschäftsideen wie ihn.

Ich trank die Cola aus. Bedankte mich. Es gab eine lockere Verabredung sich mal wieder zu treffen. Etwas Geplaudere über die Fußball-Europameisterschaft in vier Wochen.

Ernsthaft und unerwartet offen erfuhr ich dann noch von seiner seit einigen Jahren praktizierten Lebensphilosophie. Es zu machen wie ein Hobbit, den niedlichen Lebewesen aus *Herr der Ringe*. Lebe ein gutes Leben! Tue nichts Unerwartetes! Lass dich nicht in Abenteuer verstricken! Das Glaubensbekenntnis eines kleinbürgerlichen Spießers. (War ich auch bei manchen Verhaltensweisen ein linker Spießer? Nicht dran rühren.)

Bei der Verabschiedung sagte Eddi: „Bin viel unterwegs, Drehorte in ganz Deutschland. Auch privat läuft viel. Bin nicht mehr so auf dem Laufenden, wie früher. Wenn aber was ist, Ole, Geld, Anwaltskosten, so weiter, bin ich da. Kein Thema."

Wir gingen mit Schulterklopfen, wie zwei gute alte Buddies, auseinander, um der alten Zeiten willen.

Autismus und 5 Sterne

Tage danach erneut unterwegs Richtung Berlin. Gut, dass ich eine Bahncard besaß.

Dass Rima dort was regeln wollte, wusste ich schon seit Tagen. Bei mir kam die Sprengstoffspur dazu und Thomas anwaltliche Nachforschungen hatten angeblich etwas gebracht, was er als bedeutsam einschätzte und mit mir unbedingt besprechen wollte. Bei der Lucky-Sache war meine Motivation leicht gestiegen. Die letzten Tage in Hamburg verliefen ereignisarm und lustlos, ein Zusatzgrund für eine Ortsveränderung.

Vor der Abfahrt holte Rima ihren ganzen Bargeldbestand aus dem Schrank. (Ein Bankkonto besaß sie also tatsächlich nicht.) Der Großteil würde für die Beerdigungskosten draufgehen, außerdem hatte oder wollte sie der Mutter Geld anbieten für eine Reise nach Russland. (Mit oder ohne Rückkehr, fragte ich lieber nicht. Die ganze Perspektive der Mutter-Tochter-Beziehung lag für mich im Dunkeln.)

Es könne geldmäßig bei ihr vorübergehend etwas knapp werden, kündigte sie an. (Sie gab mir regelmäßig Geld, weil ich unsere Einkäufe erledigte und die Wohnung zahlte.) Ich tat das mit einer Handbewegung ab, um bloß nicht den Großzügigen raushängen zu lassen. Sie ging nicht weiter darauf ein.

Jetzt saßen wir auf Plätzen mit einem Tisch in der Mitte. Rima arbeitete an ihrem Ding, vor mir lagen noch nicht gelesene Zeitungen. Auf der anderen Seite des Ganges saß eine junge Familie. Mutter, Vater, Sohn und Tochter.

Familie im allerweitesten Sinne, Kleinfamilie im Besonderen, ist mir bei meiner Biografie fremd. Eine gewisse Aversion ist unleugbar. Mit einem Anflug von Masochismus wartete ich ein, zwei Minuten und fühlte dann wohlig Aggression aufsteigen, als die Mutter mit der Floskel „Magst Du das auch probieren, Jan-Ole", den Jungen zum Verzehr eines – sicherlich gesunden – Gelees aus einem Glas aufforderte.

Magst Du hat auf mich diese agressionsfördernde Wirkung. Wie auch überwiegend von Männern benutzter Sprachmüll wie *generieren* und *Alleinstellungsmerkmal*, mit dem sie ihre untere Mittelmäßigkeit verbal nach außen trugen. In diese Rubrik fiel natürlich auch aus anderen Ecken kommendes wie „Du musst dein Ändern leben" oder das ironisierende Zeichnen von Gänsefüßchen in die Luft. (Probleme mit Anglizismen, wie bei den Sprachspießern, bestanden nicht.)

In der Hamburger Lokalzeitung gefiel mir der heutige Tagesspruch aus dem Neuen Testament: „Halte geheim, was die sieben Donner gesprochen haben; schreibe es nicht auf!"

Die *junge Welt* las ich schnell durch und blieb in der Frankfurter Allgemeinen bei einem Artikel über das Asperger-Syndrom hängen, einer milderen Form von Autismus.

Die davon Betroffenen wurden als geradeaus im Umgang und unzugänglich für die Bedeutung von Höflichkeitsfloskeln geschildert. Sie achten sehr auf Details, können sich lange konzentrieren und zeichnen sich durch ausgeprägt logisches Denken aus. Oft hätten sie ein besonderes Interesse, dem sie sich mit Hingabe widmen. Mit den Menschen in ihrer Umgebung wüssten die Erkrankten meist aber nichts anzufangen und könnten deren Emotionen nicht deuten. Der Bericht stellte dann eine Frau vor, die schon in der Schule ein Programm zu Lösung von Mathematikaufgaben schrieb und heute in einer Softwarefirma Programme auf Nutzerfreundlichkeit prüft und Fehler im Quellcode sucht.

Etwa 80 Zentimeter entfernt blickte Rima auf den Bildschirm und drückte mit einem Finger in kurzen Abständen auf eine Taste.

Was kam mir nicht bekannt vor? Andererseits: Kiffen Autisten? Wie reagieren sie in Extremsituationen, wen ein Elternteil stirbt und sie von ihrer Familiengeschichte eingeholt werden? Können Autisten eine Liebesbeziehung oder überhaupt eine haben? Warum suchen sie manchmal Nähe und Sexualität? Gibt es Veränderungen, sogar Verbesserungen im Verhalten? Gibt es das Asperger Syndroms light?

Der FAZ-Artikel stand im Wirtschaftsteil und handelte von der schwierigen Eingliederung auf dem Arbeitsmarkt. Keine Quelle von Antworten. Ich riss die Seite trotzdem raus und steckte sie in meine Tasche. Bei passender Gelegenheit würde ich mich darüber gerne mal unterhalten.

Niemand kümmerte es, dass mein Handy klingelte. Thomas Schüttler wollte wissen, wo ich bin. Und ob ich heute oder morgen mitwolle zu Barbara Newton, in ihr Atelier. Die Gehirnregion, die für Namen zuständig ist, arbeitete. Luckys letzte Beziehung, erklärte Thomas, sie rief ihn gerade an. Ich wollte natürlich mit.

Auf dem Hauptbahnhof fuhren wir mit der S-Bahn von verschiedenen Gleisen nach Charlottenburg und Kreuzberg. Sie würde bei ihrer Mutter übernachten, ich bei meinem Anwalt. Wegen der Rückfahrt wollten wir telefonieren. Schon im Zug hatte Rima überraschend vorgeschlagen, dass wir uns mit ihrer Mutter treffen könnten. Familie hin oder her, ich zeigte leichtes Interesse.

Auf der Ebene vor den Treppen zum Bahnsteig versuchte ich eine Umarmung, der ihr Rucksack und meine *Eastpak*-Tasche im Weg waren. Ich boxte sanft auf ihren Arm und wurde glücklich, weil sie zurück boxte.

Keine Überraschung dann später im Anwaltsbüro.

Thomas trug zum schwarzen Sakko einen schwarzgelben Schal in den Vereinsfarben von Borussia Dortmund. Sein Verein gewann am Sonnabend den deutschen Fußballpokal. Zusätzlich zur Meisterschaft, was in der Fußballsprache das *Double* genannt wird und selten vorkam. Mir gefielen Spiel und Sieg auch, zumal das geschlagene Team Bayern München hieß, also quasi die Deutsche Bank des Fußballs.

Ich gab ihm einige Minuten, um die wichtigsten Impressionen zu schildern, er war ja persönlich im Stadion gewesen. Aus Freundlichkeit warf ich noch einige Spielernamen in den Raum, er verband sie mit Geschichten, harte Fans sind eben so.

Dann gingen wir zu anderen Berichten über. Er fing an.

Ende der vergangenen Woche machte Thomas einen Termin bei dem Geschäftsführer der Firma Netpower. Dann begann er es nach meiner Einschätzung aber nicht richtig.

Er sprach Michael von Rechlin gleich als „Robin" an, stellte sich als Anwalt der Hinterbliebenen von Lucky Boehnisch vor, streifte das Jahr 1998 und wollte etwas über mögliche jüngere Kontakte beider wissen. Also auf die harte Tour. Rechlin wurde nervös, brach aber natürlich nicht zusammen. Die Ermittlungen seien eingestellt und seine Agentur kooperativ gewesen. Kein Interesse an der Fortsetzung des Gesprächs. Er machte völlig dicht und schaltete dann auf Aggressivität um.

Es ging um Lügen, mögliche Geschäftsschädigung und seine 5-Sterne-Anwälte mit einstweilien Verfügungen und Strafanzeigen. Das abrupte Ende kam schnell. Da weiß einer also sehr wahrscheinlich mehr, will aber um jeden Preis seine Fassade wahren, lautete unsere gemeinsame Auswertung.

Dann berichtete ich über mein ergiebigeres Gespräch mit einem anderen Geschäftsführer. Ein Telefongespräch kam dazwischen. Als es länger zu dauern schien, holte ich aus der Büroküche zwei Tassen Kaffee.

Thomas war nun aufnahmefähig für einen Bericht über das Treffen mit Eddi. Meiner Meinung stimmte er zu: Gegen einen Unglücksfall beim Basteln sprachen zu 95 Prozent der schwer beschaffbare Sprengstoff aus Polen und die Grundintelligenz eines Menschen, der sich nicht unnötig in Gefahr begibt. Plus der Abschied von Militanz in der Politik. Gegen eine Selbsttötung sprachen erneut der Sprengstoff als Werkzeug und das fehlende Motiv für einen Suizid.

Denkbar wäre aber, dass in der Hütte deponierter Sprengstoff mit finalen Folgen aus sicherer Entfernung zu Explosion gebracht wurde. (Wie er da hinkam, von wem und aus welchem Motiv mal offen gelassen.)

Thomas setzte den „Hab-ich-dir-doch-gesagt-Blick" auf.

Dabei hatte sich alles doch nur noch zugespitzt und war unbegreifbarer geworden. Wenn unsere Annahmen denn zutrafen, was wir vermuteten, aber nicht beweisen konnten.

Rust Art

Die Zufahrt lag etwas verdeckt, in einer Lücke zwischen zwei Häusern. Nicht direkt mit Schild an der Straße, sondern erst an einer Hauswand stand *Gewerbehof Graefestraße 41a*. Der

Mini musste deshalb zurücksetzen und Thomas fuhr langsam über Kopfsteinpflaster in den Hinterhof und parkte.

Der ganze Gewerbehof sah aus wie eine Reihe von Autogaragen mit Fenstern und Türen. Unter dem Firmenschild *Bikes forever* stand das Tor auf, drinnen wurde zu Heavy Metall Sound geschraubt. Daneben lag eine Druckerei, in der auch gearbeitet wurde. Thomas führte uns zu dem Tor ganz links und klopfte an die Scheibe daneben.

Das Rolltor öffnete sich. Eine Frau in einem blauen Arbeitsanzug mit einer roten Basecap ließ uns eintreten. Sie nahm die Kopfbedeckung ab und lange, blondierte Haare fielen auf ihre Schulter. „Barbara Newton", stellte sie sich vor. Mit englischem Familiennamen.

Ich könnte das nicht. Aber Thomas Schüttler besaß diese Fähigkeit. Er sagte erst seinen und meinen Namen. Dann griff er ihre Hand, sprach sein Beileid aus und streifte kurz, woher er den Toten kannte und wie er zu ihm stand. Das alles nicht förmlich, nicht aufgesetzt und schon gar nicht schwülstig, es passte genau zur Situation. Dazu kam der körperliche Kontakt, er hielt ihre Hand nicht zu kurz, nicht zu lang und fand Augenkontakt. Es hatte Stil und Würde, um mal dies wenig genutzte Wort zu gebrauchen. Möglicherweise hatte er aber auch taktisch motivierte Hintergedanken.

Ich sah mich um. Dass wir einen Atelierbesuch machten, wusste ich ja schon. Es gab zwei Räume. In dem größeren standen wir. In der Ecke auf der Torseite befand sich eine Staffelei mit einem halbfertigen Ölbild, das unter einer Plastikplane zu sehen war. Ein menschliches Gesicht in unterschiedlichen Gelbtönen gemalt, die Augen nur zwei große, graue Kreise.

Sonst lagen auf dem Boden und in einem Stahlregal viele verrostete Gegenstände. Handwerkszeuge, ein Pflug und andere landwirtschaftliche Geräte, Stacheldraht, ein Baugitter und dazu ein Schweißgerät.

Der kleinere Raum hatte ein Fenster nach innen. Von dort holten die beiden Anderen drei Stühle, Gläser und Wasserflaschen.

Als wir saßen fragte Barbara Newton sofort: „Warum hat er das getan?"

Thomas antwortete nicht direkt auf die Frage. Er berichtete stattdessen von den polizeilichen Ermittlungen und deren Ergebnis. Dann gleich von den Zweifeln von Achims Freunden (der Name Lucky fiel überhaupt nicht bei unserem Besuch). Kurz auch von der Sprengstoffspur, die die Sache nur noch mysteriöser machte.

Das staatliche Ende der Untersuchung sei also nicht das Ende der offenen Fragen. Die Wahrheit sollte ans Licht. Es habe sich eine kleine Gruppe gebildet, die weiter forscht und mehr, viel mehr Informationen braucht. „Deshalb sind wir gekommen, Frau Newton."

„Barbara, bitte. Das ist schön zu hören, aber ich…ich zermartere mir seit Wochen den Kopf, ohne Lösung. Es gibt soviel, was mit meinen Erfahrungen nicht überein stimmt. Hatte Achim auch noch ein ganz anderes Leben?"

Sie bekam feuchte Augen und war ganz auf Thomas fixiert. Eine Frau mit großer Ausstrahlung, um die 50 und damit 10 Jahre älter als ihr Freund. Ein hübsches Gesicht und auch in Overall und ohne jede Aufbrezelung attraktiv.

Thomas forderte sie auf, zu erzählen.

Achim und sie kannten sich vom Qigong, was hier bei vielen irreführend unter dem Label Tai Chi bekannt sei, aber vielmehr beinhaltete. „Qi ist das, was lebendig macht. Es ist in unseren Körpern, es ist in der Luft, in den Bäumen und im Wasser. Qigong ist die Pflege dieser Lebensenergie und die

Mobilisierung von Abwehrkräften." Ihre Hände begleiteten die Worte.

Thomas Schüttler lauschte und nickte aufmunternd. Ole Frei war innerlich ganz bei sich, um nicht provokant loszulachen. Ganz und gar nicht seine Welt.

Es gab eine feste Gruppe, die Treffen waren regelmäßig, aber nur die wenigsten Teilnehmer konnten jeden Tag die Übungen gemeinsam absolvieren. Es ließ sich aber immer ein Ort finden, wo selber mit Atem, Konzentration, Bewegung, Entspannung und Ton gearbeitet werden konnte. Im Winter im *Dojo* der Lehrerin.

Seit Anfang des Jahres, seit einem gemeinsamen Essen der Gruppe, waren Achim und sie zusammen. Wir erfuhren von einer wunderbare Zeit mit großen Erfahrungen. Er war liebevoll, zuverlässig und von einer großen Ruhe, die ihr gut tat.

„Ganz prosaisch verbanden uns im Alltag auch die Tugenden des Lernens nach Konfuzius, Ausdauer, Fleiß, aber auch *chi ku*, was ja wörtlich „Bitterkeit essen" bedeutet und für Anstrengung steht."

Thomas nickte schon wieder opportunistisch und fragte vorsichtig nach gemeinsamen Freunden, besonders von Achims Seite.

Da gab es die Mitglieder der Gruppe, obwohl nicht mit größeren privaten Kontakten. Ihre Künstlerfreundin, mit der sie diesen Raum teilte und deren Frau. Gelegentlich ging sie mit Achim auch zu Kolleginnen und Kollegen aus ihrer Schule, aber doch nur selten. Von Achims Seite gab es wenig Kontakte und keine Überschneidungen, nur Andreas kannte sie, aus dem kleinen Garten, den Achim liebte, der mit der Frau, mit der schrecklichen MS-Erkrankung.

Barbara Newton stand plötzlich auf, ging in den anderen Raum und kam mit einem Smartphone wieder. Ihre Daumen

175

arbeiteten und sie zeigte dann ein Foto von Lucky und Andreas. Dann Lucky und sie. Dann er allein.

Die mutmaßlich letzten Aufnahmen zeigten Achim Boehnisch alle lächelnd, ein entspanntes Gesicht mit großer Nase, bartlos, schwarze Haare, leichte Geheimratsecken. Auf dem einen lag seine Hand auf der Schulter seiner Freundin.

Wie sie von dem schrecklichen Ereignis erfuhr?

Nach der Rückkehr von der Klassenfahrt nach Norditalien gab es auf dem AB ihres Festnetztelefons eine Bitte von Andreas ihn schnell zurück zu rufen. Achim versuchte sie schon nach ihrer Rückkehr in Berlin zu erreichen, ohne Erfolg, aber im Garten stellte er sein Handy meistens sofort ab. Deshalb war sie zunächst nicht beunruhigt.

„Dann rief ich Andreas zurück. Dieser Schock, diese Traurigkeit und dann die Schlagzeilen. *„Was war das Anschlagsziel des Feierabend-Terroristen*?". All dieser Schmutz."

„Wusstest Du von seiner alten Verurteilung?"

„Ja, seine wilde Vergangenheit. Von seinem heutigen Leben, seiner Lebensenergie, schwer zu verstehen. Gewalt ist keine Lösung. Sie hat ja auch damals nichts gebracht. Das neue Kreuzberg, das neue Mitte, das neue Prenzlberg sind gekommen."

Die Gewalt von Markt, Profit, Mietenexplosion und Vertreibung, meinte Thomas.

„Ja, destruktive Energie. Achim hatte sie überwunden. Um am Ende von Menschen, die ihn nicht kannten, als Terrorist bezeichnet zu werden."

Ich trank währenddessen mein Wasserglas aus und holte meine Notizen nebst Kugelschreiber demonstrativ heraus. Es gab viele Fragen konkreter Art.

Aber Thomas nahm einen Umweg über die Kunst.

„War Achim auch beteiligt an deinem Kunstprojekt?"

Möglicherweise doch eine richtige Entscheidung, denn die Künstlerin strahlte, richtete sich wieder auf und unterbrach das nervöse Spiel mit dem Telefon.

„Oh, ja, er war sehr kreativ und hilfreich. Meine Kunst nenne ich *rust art*, alle Objekte, die ich herstelle, basieren auf verrosteten Gegenständen, die ungewöhnlich präsentiert werden. Eine kleine Auswahl ist hier zu sehen."

Sie zeigte nach hinten.

„Rost als Symbol von Vergänglichkeit, aber auch, dass selbst tote Materie in gewisser Weise arbeitet, den Zustand verändert und eine Dynamik besitzt. Die Jagd nach geeigneten Sachen ist natürlich existenziell. Wir waren Tage mit meinem VW-Bus unterwegs, fuhren zu Schrottplätzen oder noch ungewöhnlicheren Orten, auf der Suche nach Eisenbahnschienen, Motoren oder Teilen von Stahlträgern, was wir finden und transportieren konnten."

Billiges Grundmaterial, aber schwer in der Beschaffung, Mit Alltagsgegenständen lief es natürlich einfacherer, aber sie waren weniger spektakulär.

Es gab schon Ausstellungen in Berlin, Potsdam und im Wendland. Eine der Berliner Präsentationen hatte Achim mit aufgebaut. Galeristenkontakte bestanden und auch zu einer Kommilitonin der Kunsthochschule, die arbeitete jetzt als Kuratorin in Wien. Verkäufe gebe es gelegentlich, meist um die 250 Euro, ein Objekt aber für 1500.

Thomas verbreitete jetzt offensiv Wohlfühlstimmung. Mir blieb unklar, in welche Richtung das ging.

Barbara Newton und Achim Boehnisch hatten in den letzten Monaten auch häufig in diesem Atelier zusammen gearbeitet. Ideen ausgetauscht und er legte mit Hand an, um kleinere Objekte an einem Kreuz, einer großen Kette oder in einem Behältnis zu präsentieren. Er half andere Sachen zu zerlegen, zu schweißen oder zu besprühen.

Dazu kam die Popularisierung der Marke „*Barbara Newton-Rust Art*". Eine Internetpräsenz bestand schon. Mit Achims Hilfe kam eine Facebookseite dazu, mit vielen Objektfotos, Terminen und Kritiken. Um die ganze Breite sozialer Netzwerke auszuschöpfen, wurde das Finden, die Bearbeitung und das Präsentieren der Objekte auf Video festgehalten und auf *You Tube* gestellt.

(Dinge, auf die die Marke Ole Frei in diesem Leben verzichten wird.)

Das Tor zum Hof blieb bisher ein Stück weit geöffnet. Jetzt wurde es jedoch kühl und ich schloss es ganz. Eine notwenige Zäsur. Wir machten eine Pause. Noch mehr Wasser, auch Wein und Kaffee kamen auf einen mit Farbklecksen versehenen Hocker. Thomas leitete zu konkreten Fragen über, ich schrieb mit und intervenierte gelegentlich. Barbara antwortete konzentriert.

Achim hatte ein Handy, das sei schon bekannt, besaß er vielleicht mehrere? Nein, nur eins. Ein älteres Modell, kein Smartphone. Er telefonierte nicht viel, Verabredungen bestätigen, so Sachen.

Und wie sah es in der Onlinewelt aus? Die Mediendinge wurden aus Barbaras Wohnung erledigt. Ein älterer PC stand aber auch in seiner Wohnung. Nein, ein iPad, so ein tragbares Tablett zusätzlich, besaß er auf keinen Fall. Sie erinnerte sich daran, auch wenn sie seine Wohnung – „recht klein und einfach" – nur selten besuchte.

Ob Achim ohne sie Reisen gemacht hat? Nicht, dass sie wüsste. Nach Wien wollten sie gemeinsam fahren, vielleicht im Spätsommer. Und Polen? Gemeinsam fuhren sie einmal auf die andere Seite der Oder, aber nur, um in den Dörfern nach Rostgegenständen zu suchen.

War Achim mal unerreichbar? Manchmal ging er tagelang in den Garten, ohne Handy, wie gesagt. Aber das war normal, sie hatte ja auch Tage, wo die Schule Priorität besaß. Es kamen Tage vor ohne direkten Kontakt.

Wann überhaupt der letzte Kontakt zwischen ihnen stattfand? Von der Klassenfahrt schickte sie eine SMS nach der Ankunft und eine Postkarte. Und persönlich? Drei, nein zwei Tage vor Reisebeginn, hier im Atelier.

Die ersten Fragen betrafen mehr technische Dinge. Die Antworten kamen schnell. Mit der letzten Frage gingen wir in den persönlichen Bereich. Ihr Gesicht und die Körpersprache änderten sich. Thomas beugte sich nach vorn und berührte ihren Arm einige Sekunden.

Gab es in Achims Verhalten Veränderungen, in den letzten Wochen vor der Italienfahrt? Sie überlegte einige Zeit, schüttelte dann den Kopf und sagte: „Nein… nein."

In meiner ersten Frage ging es um Geld, ob ihm davon zu einem Zeitpunkt mehr zu Verfügung stand. Die Frage wurde verneint. Er bekam nur, was früher Sozialhilfe hieß. Aushilfsjobs nahm er nur noch selten an. Achim hatte aber kein Problem damit, dass sie für beide zahlte, bei ihren Fahrten oder beim Essengehen. Er tat doch auch so viel für sie, das Gehalt als Oberstudienrätin reichte gut. (Von seinem Geld im Mehl wusste sie also nicht.)

Fühlte er sich bedroht, wollte ich wissen, von einer Person, einer Gruppe oder einem kommenden Ereignis? Nein, so was hätte er ihr bestimmt mitgeteilt. Einmal sagte er den Satz: „Sei nahe bei deinen Freunden. Aber noch näher bei deinen Feinden." Eine chinesische Weisheit.

Thomas ging zu Namen über. Sprach er mal von einem Robin oder von Michael von Rechlin? Überhaupt namentlich von Freunden von früher? Nein, nur Andreas spielte eine Rolle, eine Frau trafen sie mal auf einem Fest in Kreuzberg, aber nur kurz und niemand wurde vorgestellt.

„Gibt es Sachen von ihm hier oder in deiner Wohnung?", wollte Thomas wissen. Ich aber erstmal noch etwas anderes.

„Das mit den Freunden und den Feinden, in welcher Situation fiel das?"

Barbara Newton dachte nach.

„Vor ein paar Wochen saßen wir im „Kraut und Rüben", einem vegetarischen Restaurant bei mir in Neukölln. Ich redete viel, wie meistens. Es ging um Lehrerstress, Fraktionen im Kollegium, die üblichen Probleme eben."

„Kampfplatz Schule", warf der Vater zweier schulpflichtiger Töchter ein.

„Ja, um nicht eingehaltene Regeln, die eigentlich für alle verbindlich sind. Dazu kam noch eine Intrige, anders kann ich es nicht nennen, aus meiner kleinen Kunstszene. Es ging um ein weit fortgeschrittenes Ausstellungsprojekt, gemeinsam mit einem Maler, eigentlich einem guten Freund, dem Vormieter dieses Ateliers, der apokalyptische Bilder malt. Der Arbeitstitel lautete „Vergänglichkeit". Bilder und Objekte gemeinsam gezeigt in der Galerie 21, hier in Berlin, die einem wichtigen Kunsthändler gehört. Sehr gut für den ersten Schritt in den Markt. Eine einmalige Chance. Dieser angebliche Freund hat mich aber, wie auch immer, raus gekickt. Hinter meinem Rücken, ohne Rücksicht. Für mich natürlich eine große Enttäuschung. Dann sagte Achim diesen Satz. Vielleicht wollte er mich aufmuntern. Im Kopf blieb es mir, weil das harte Wort „Feind" sonst nicht seine Sprache war."

„Hatte er selbst denn einen Feind?"

„Nein", lautete die schnelle und bestimmte Antwort.

„Noch mal zurück zu Sachen von Achim", übernahm Thomas wieder.

Es gäbe hier im Atelier vielleicht Kleidungsstücke. In ihrer Wohnung auch noch andere Dinge, Bücher, vielleicht CDs, Waschzeug und Kleinigkeiten. Ist das wichtig für uns?

Wir nickten beide.

Ich trank Kaffee. Thomas beugte sich wieder zu Barbara, fuhr seine rechte Hand aus und legte sie kurz auf ihr Knie.

„Es gibt sehr viele Gründe, nicht nur reine Vermutungen, die gegen einen Tod beim Bombenbauen sprechen. Können wir auch einen, entschuldige die Frage, aber sie ist wichtig, …können wir auch einen Suizid ausschließen?"

Überraschend lächelte sie, strahlte fast.

„Selbstzerstörung, nein, auf keinen Fall. Achim war kreativ, lebensbejahend, wir hatten uns gerade gefunden, er war doch glücklich."

„Nahm er irgendwelche Tabletten, wegen seiner Armverletzung oder aus anderen Gründen, es wurden Beruhigungsmittel in seinem Körper gefunden", musste ich fragen.

Ich hatte nicht annähernd das gute *Standing* wie Thomas und ihr Blick sagte das aus. „Achim war nicht krank. Die Armverletzung machte sich im Alltag überhaupt nicht bemerkbar. Er nahm vielleicht mal ein Aspirin, aber bestimmt keine sedierenden Mittel. Das wüsste ich."

Thomas Schüttler übernahm. „Wenn Bombenunfall und Selbstmord ausgeschlossen werden können, dann wurde Achim ermordet. Als logische Konsequenz."

Barbara schlug erst die linke Hand vor den Mund, senkte dann den Kopf und lege beide Hände vor das Gesicht. Sie sagte erstmal nichts mehr.

Dann doch noch: „Und warum, warum…?"

Darauf erfolgte keine Antwort.

(Eigentlich hätte ich vielleicht noch fragen müssen, ob es einen von Achim verdrängten Mann in ihren vorherigen Leben gab, mit Zorn, militanten Verhaltensweisen und Zugang zu polnischen Explosivstoffen. Das erschien mir aber absurd und ich war schließlich auch kein auf Routinefragen gedrillter Kripomann.)

Stattdessen wurde unsere Runde aufgehoben und wir gingen zu dritt in den Nebenraum, in einer Werkstatt so etwas wie das Büro. In einer Ecke stand ein Stuhl mit einem Arbeitsanzug mit vielen Farbflecken drauf und bekleckerten Halbschuhen davor. Das gehörte der Malerin. Dann gab es einen Kühlschrank und eine Art Teeküchen-Ecke. Auf einem weiteren Stuhl lag der Kleidungsstapel der Objektkünstler. Sie hob ihn auf, fand aber nichts, was ihrem toten Freund zuzuordnen war, im ganzen Raum nicht.

Bei der Verabschiedung steckte Thomas ihr seine Visitenkarte zu. Außerdem die Telefonnummer von Luckys Schwester. Es folgte eine lange Umarmung. (In überwiegend von menschlicher Empathie bestimmter, teils auch situativ notweniger taktischer Verhaltensweise, konnte niemand Herrn Schüttler das Wasser reichen, ich bestimmt nicht.)

Meine Verabschiedung erfolgte höflich und sachlich.

Morgen Nachmittag nach der Schule konnten Achims Sachen aus ihrer Wohnung abgeholt werden. Einer von uns würde kommen.

Auf dem Weg zum Auto winkten wir Barbara am Tor zu. Die Motorradschrauber arbeiteten noch. Der Mini fuhr Richtung Prenzlauer Berg.

Ich steckte für uns beide Zigaretten an.

Der Beutel

Die zu erwartende Enttäuschung machte mir nichts aus, als ich in den zweiten Stock ging. Das Haus Rollberg 7 machte einen modernisierten Eindruck, die Fassade hellblau gestrichen und graffitifrei. Im Treppenhaus lag dunkler Teppichboden. Ein aufgehübschter Neuköllner Altbau, vielleicht Eigentumswohnungen, jedenfalls geeignetes Quartier für eine verbeamtete Pädagogin.

Die Enttäuschung blitzte dann auch kurz auf, ich arbeitete mit herzlichen Grüßen von Thomas lustlos dagegen an, er sie beruflich stark am Nachmittag eingebunden, ich als Journalist freier in der Zeitgestaltung. Meinen Beruf nahm Barbara Newton sichtbar wohlwollend zur Kenntnis. Gestern im Atelier war er gar nicht zur Sprache gekommen und ich mehr das Anhängsel eines mitfühlenden und engagierten Anwalts gewesen.

Wir gingen durch einen schmalen Flur, in dem ein großer Spiegel hing, in ein Zimmer, das von einer jetzt geöffneten Flügeltür geteilt wurde. In ein Arbeitszimmer und ein Wohnzimmer. An der Wand hing ein abstraktes Ölbild, in der Zimmerecke zur Fensterfront stand ein echter Newton, ein hohes verrostetes Rohr von kleinem Durchmesser mit mehrfarbigen Punkten.

Luckys, nun ja, Hinterbliebene trug offenbar ihre Schulkleidung: Schwarzer Hosenanzug, schwarzes Top, hochgesteckte Haare und Make-up für den Alltag. Mir wurde der Höflichkeit halber ein Getränk angeboten und ich bat um ein Glas Wasser. Eher nicht die erwartete Antwort, aber ich hatte Durst und mindestens eine Frage.

Mit Flasche und zwei Gläsern kam sie wieder und wir setzen wir uns in eine Couchkombination aus hellem Leder. Auf dem kleinen Beistelltisch lag ein nicht sehr großer, alter, brauner Lederbeutel, der oben mit einer Schnur geschlossen werden konnte. Ich erfuhr, dass sich darin alles befand, was Achim in ihrer Wohnung gehörte, inklusive des Beutels selbst. Ihr blieben nur die Fotos, das Zusammensuchen gestern wurde noch mal als ein schwerer Abschied erlebt, als etwas Endgültiges. Wie zugesagt, hatte Thomas die aktuellen Fotos geschickt bekommen.

Ich schwieg angemessen lang, trank einen großen Schluck und kam ohne Umschweife zum Punkt. Unter den zu prüfenden Hypothesen auf einen Täter und sein Motiv gehörte auch, ob es sich um etwas Persönliches gehandelt haben konnte, ein brutaler Racheakt, etwas aus dem Umfeld der Beziehung.

Meine Wortwahl klang im Nachhinein ziemlich technokratisch, traf die Sache aber offenbar. Irgendwelche Motive in diese Richtung verneinte sie ausdrücklich. Für Achim wurde keine frühere Verbindung gelöst, ihre Scheidung lag schon Jahre zurück. Einen Stalker hatte sie, Gott sei Dank, noch nie gehabt. Eine ihrer Kolleginnen sei davon betroffen, eine schreckliche Sache.

Negativ fiel auch meine Nachfrage nach anderen Orten aus, wo es deponierte Unterlagen des Toten geben könnten, außerhalb von hier, der Friedrichshainer Wohnung, dem Atelier und der Gartenlaube. Auch führte Achim nach ihrem Wissen kein Tagebuch, nicht schriftlich und nicht in digitaler Form.

Glücklicherweise, kam mir im Treppenhaus in den Sinn, stellte sie keine Frage nach dem Ziel der alternativen Ermittlungen. Das wäre schwer zu beantworten. Wo ging das hin? Zu einem Täter und einem Motiv, die der Staatsanwaltschaft auf dem sprichwörtlichen Tablett serviert werden konnten? Zu gefestigten Zweifeln, die nicht gelöst, aber an Tischen von Szenekneipen oder im Netz eine kurze Zeit für Gesprächsstoff sorgten, bis alles in Vergessenheit geriet? Zu einem innenpolitischen Skandal, der die Republik erbeben lässt? Zu gar nichts?

Auf der Straße dachte ich spontan, eine Frau wie Barbara Newton bleibt nicht lange allein. Im nächsten Moment fand ich das zynisch und gefühlskalt. Mit Rima war ich auch nicht viel länger zusammen als sie mit ihrem Achim. Was würde ihr Tod für mich bedeuten? Oder umgekehrt?

Mit der lebendigen Rima telefonierte ich schon am frühen Vormittag. Sie rief an, was ich schon mal positiv fand, und wir koordinierten unsere Fahrt zurück nach Hamburg morgen

Mittag. Heute wollte sie einen neuen Arbeitsauftrag klar machen und ich musste noch mal zu Thomas ins Büro. Dann überraschte sie mich noch mit einer Einladung zu ihrer Mutter. Sie nannte Uhrzeit und Adresse, Oleg würde kochen. Dann unterbrach sie die Verbindung abrupt. Rima eben.

Ganz früher auf Sylt ergaben sich Familienkontakte bei meinen Freundinnen auf natürliche Weise. Wird lebten ja in einem größeren Dorf. Ich war der Sohn der Freiers-Familie, der Tischler aus Westerland. Viele kannten meine Mutter, die Großeltern oder meinen Onkel persönlich und bei Besuchen bei uns verlief es ganz genauso. Mit manchen Eltern ging meine Mutter zur Schule. In Hamburg lief das ganz anders. Manche Beziehungen waren nur kurz. Andere Frauen wären gar nicht auf die Idee gekommen, den Schritt zu gehen, mich ihren Eltern vorzustellen. Einmal musste ich, wir beide lernten uns beim Jurastudium kennen, mit auf die andere Elbseite nach Niedersachsen, wo Papa als Anwalt in einer Kleinstadt praktizierte. Er arbeitete an mir einen Fragenkatalog zur beruflichen Perspektive ab und es war nicht nur mir peinlich.

Das würde mit einer russischen Familie hoffentlich nicht passieren. Trinkfestigkeit besaß ich ausreichend und Oleg dürfte der Freund der Mutter sein, also stand auch keine große Trauer zu erwarten. Konventionen bedeuteten mir im Prinzip wenig, nur schlecht konnte Rima nicht von mir gesprochen haben. Neugier bestand.

Ich hatte mich zu einem Spaziergang in die Moritzstraße entschlossen. Eine genaue Zeit, um Thomas zu treffen, gab es nicht. Der Bahnhof Boddinstraße lag schon hinter mir. In der Urbahnstraße in Höhe des Stadtbads suchte ich nach einem Straßencafe. Mit einem Cappuccino ging ich an einen der Stehtische, verbrannte mir fast die Zunge und machte eine Zigarette an. Den Lederbeutel stellte ich auf den Tisch. Er war leicht, ich sah einmal rein, auspacken wollte ich aber erst im Büro.

Dann konnte ich Thomas auch wegen des Schlafplatzes absagen. Normal wäre natürlich jetzt eine Übernachtung mit Rima, aber was war bei ihr schon normal. Ich musste es auf mich zukommen lassen. Bei Tom konnte ich als Alternative mitten in der Nacht klingeln – seine Hauptarbeitszeit.

Er würde auch an neuem Material für unsere Seite arbeiten. Die Anzahl der Artikel aus unserem Netzwerk von Autorinnen und Autoren ging seit geraumer Zeit, nicht erst seit meinem Ausfall, zurück. Martin kürzten Vaterschaft und ein neuen Job seine Möglichkeiten und ich lieferte seit mittlerweile sechs, sieben Wochen nicht mehr. Natürlich gab es bei *nogestapo.net* keine Tagesaktualität, wir waren ein Hintergrundmedium. Unser Anspruch stand aber momentan in Widerspruch zu dem produzierten Angebot. Ein Problem von Projekten im selbstausbeuterischen Sektor.

Eine ganz kleine Frau unbestimmten Alters, mit ihrem Hausstand in einem Einkaufswagen, fragte nach einer Zigarette. Ich gab ihr auch noch zwei Euro für ein Heißgetränk und sie zeigte mir den gereckten Daumen.

Für Artikel gab es einige Ideen, ich musste aber Disziplin anwenden, um wieder in den Arbeitsmodus zu kommen. Das ganze Net Cut-Ding schwebte weiter über dem ganzen, jeden Meldefreitag wurde ich daran erinnert.

Mit dem Abgeben von Luckys Sachen würde auf jeden Fall meine Mission beendet sein. Team Berlin durfte gern allein übernehmen. Ich war raus, Thomas sagte ich es schon. Eine gewisse Neugier über den Inhalt der Sachen gab es zum Ende aber natürlich noch.

Rechtsanwalt Schüttler befand sich in Besprechungen, gerade mit neuen Mandanten ohne Termin. Ich lernte eine seiner Kolleginnen kennen, die mir gut gefiel. Die Sekretärinnen boten mir einen freien Schreibtisch zum Arbeiten in ihrem Bereich an. Thomas hatte sie darum gebeten. Ich sollte schon mal vorsichten.

Ich kippte den Inhalt des Lederbeutels auf die Schreibtischplatte.

Eine Zahnbürste, ein Elektrorasierer, ein Kamm, Unterwäsche und ein T-Shirt mit dem Aufdruck „Eisern Union", eine Tüte *Drum* Drehtabak, darin Blättchen und ein Einwegfeuerzeug, das Buch *Oblomow* von Iwan Gortscharow, eine Arzneipackung, ein Kugelschreiber und ein Notizbuch mit rotem Einband.

Als erstes googelte ich *Valocordin – Doxylamin* und notierte, dass es ein Mittel gegen Schlafstörungen ist, viele Nebenwirkungen auftreten können und nach Tagen ohne Besserung ein Arzt konsultiert werden sollte.

Im Notizbuch gab es ganz überwiegend Eintragungen in einer Handschrift, aber nicht nur. Sie waren mit verschiedenen Kugelschreibern, aber auch mit Bleistift gemacht.

Es begann mit Zahlenreihen ohne erkennbaren Sinn. Wie Sudoko ohne Kästchen. Seitenlang.

Die nächsten Seiten listeten Altmetallhändler auf, im Berliner Stadtgebiet sowie in Klein-Machnow und in Henningsdorf. Drei der sechs Anschriften und Telefonnummern wurden durchgestrichen.

Weiter ging es mit einer abweichenden Handschrift, die groß und gegenüber den übrigen Eintragungen auf dem Kopf geschrieben hatte: „Chaim 0152 46457632".

Dann folgte – wieder in der überwiegenden Schrift – die Zahlenfolge 7620018 mit dem Zusatz *Music Hands*.

Dann kamen Additionen wie

243.70

111

203.14

557,84
Zum Schluss folgten weitere Eintragungen.
Anna 1.4
Petras
Klaipeda Bustravel 13 tiltu gatve
0037048271
LZG 241
LOG 702
Sassnitz-Klaip. 150 – 180
Host. Butku Juzes 7 für 10
0037042651 Dalia
H+R 20 bzw 19 2 Grenz.
Kurpiai Club Altst. Hafen
Treff H nach 22.4 ??
20.4.
Bericht schreiben
Robin
RA Tommi
Tommi 36
Kitty/Karin/Dolf/Monz/Abel?
46640
Ich kopierte alle beschriebenen Seiten einmal für mich.

Die Tür zum Anwaltsraum ging auf. Ein Mann und eine Frau verließen das Büro. „Schon da, alles bekommen", fragte Thomas. Ich bejahte und zeigte auf die Auslagen auf dem Schreibtisch.

„Ich muss leider dringend zu einer Vernehmung ins Präsidium. Sehen wir uns noch, kann aber später werden."

„Ich bin bei meiner Freundin in Charlottenburg eingeladen und versuche auch dort zu übernachten. Luckys Sachen lege ich auf deinen Schreibtisch. Möge es nützen. Morgen fahre ich dann."

„Wir telefonieren", rief Thomas von der Tür. Ein eiliger Anwalt.

„Gibt so Tage", meinte die eine Bürofrau mit einem Schulterzucken und bot einen Kaffee an. Ich kannte dessen Qualität und verzichtete.

Dann verstaute ich alle Sachen wieder im Lederbeutel, stellte ihn direkt auf den von Akten überquellenden Schreibtisch im anderen Raum und verabschiedete mich.

Es war noch etwas früh, aber ich ging schon mal in den russisch bewohnten Sektor von Berlin.

Der Koch, meine Freundin, ihre Mutter und ich

Am Klingelschild stand „POLUBOTOK", handschriftlich und in Druckbuchstaben.

Hieß Rimas Mutter nicht anders? Die Adresse stimmte aber. Zwei weitere Mietparteien hatten auch osteuropäische Namen. Nach einiger Zeit ertönte der Summer und ich betrat das Mehrfamilienhaus aus den sechziger Jahren. Es roch nach Essig und im Flur standen ein Kinderfahrrad und ein Kinderwagen, beide an das Treppengeländer gekettet.

Ich hätte Hilfe gebrauchen können.

Irgendwo tief in mir drinnen gab es noch einen andressierten Zugang zu bürgerlichen Konventionen, weniger der Drang, Menschen beim ersten Kontakt zu gefallen, mehr der Wunsch, nichts verkehrt zu machen. Souverän zu sein, nicht zu provozieren und auf keinen Fall peinlich zu wirken.

Musste ich ein Geschenk mitbringen? Wie tickten russische Menschen, deren prägende Jahrzehnte nicht in Berlin stattfanden (wie bei Rima selbst)? Was erwartete mich genau (außer einem Essen und hoffentlich kein Fischgericht, erwähnte ich schon meine strikte Abneigung gegen alle Meeresfrüchte)?

Gab es Tabuthemen? Als lockere Beispiele: das heutige Russland oder die Sowjetunion plus einer politischen Bewertung beider Systeme? Die drastisch gesunkene Lebenserwartung von russischen Männern infolge von Alkohol? Den Großen Vaterländischen Krieg kannten wir alle nur aus den Geschichtsbüchern (so alt stellte ich mir Oleg, den Koch, dann doch nicht vor) und mit seinem Ausgang im Mai 45 waren wir alle einverstanden. Konnte aber der jüngst verstorbene Ehemann und Vater erwähnt, musste gar – in Anwesenheit ihres Liebhabers – der Witwe kondoliert werden?

Welche Informationen gab Rima über mich weiter? Was waren Themen, die einen Abend füllen konnten? Ich wollte keinesfalls in ein Frage- und Antwortspiel über Berufstätigkeit, Besitz, Heiratsabsichten, Kinderwunsch, Automarken oder Urlaubspläne verstrickt werden.

Einem Dresscode entsprach ich nur, wenn er eine schwarze Jeans, ein dunkelblaues Hemd, eine schwarze Jeansjacke, schwarze Turmschuhe, gewaschene Haare und einen Zweitagebart beinhaltete. Meine ganzen Kenntnisse der russischen Sprache bestanden in einem Begrüßungswort. Ein Alkoholproblem bestand hingegen für mich nicht, Wodka trank ich ganz gern, meistens aber als Zugabe zu einem Longdrink, vielleicht wurde es aber – durch Rimas Einfluss – auch ein alkoholabstinenter Tag (eine Illusion, wie ich bald merken sollte).

Ich kannte gar keine Russen. (Selbst der in Stammheim so genannte, konnte, musste aber ja keiner gewesen sein.) Auf Sylt oder in den frühen Hamburger Jahren traf ich nie einen oder eine von ihnen. Die Geschichte des Landes im 20. Jahrhundert war im Groben natürlich präsent, von Lenins Oktoberrevolution bis Wodka Gorbatschow. Politisch beschäftigte ich mich damit wenig. Auch Musik oder ein Buch oder einen Film hatte ich nicht im Gedächtnis (und Dr.Schiwago, auf der

Couch neben meiner mitweinenden Mutter im Fernsehen, zählte wirklich nicht).

Und die Bilder im 21.Jahrhundert? Die Superreichen mit Fußballclubs, nebst Yachten mit Hubschrauberlandeplatz, Moskauer Rentner, die in Mülltonnen Nahrung suchen, Putin und Pussy Riot, Tschetschenienkrieg und Neonazis, die im Land demonstrieren durften, mehr blieb nicht hängen. Russland war in jeder Hinsicht weit.

Ich hätte Hilfe gebrauchen können. Von Rima kam aber vorher nichts.

Sie öffnete im vierten Stock die Tür. Ihre Haare trug sie zurückgekämmt und mit etwas Gel. Ihr Dresscode bestand aus einer beigen Cargohose und meinem blauen Pullover. Sie sagte in ihrer üblich ausschweifenden Art „Hi" und wir küssten uns auf den Mund.

Die Wohnung bestand aus zwei Zimmern, Bad und Küche. Jetzt roch es nach Essen. An beiden Wänden des kleinen Flures hingen Fotos, in schwarz-weiß und farbig. Manche in einem Rahmen, einige nur mit einer Heftzwecke befestigt. Das überwiegende Motiv war ein Mann in verschiedenen Lebensabschnitten, viele Sportmotive. Manchmal allein zu sehen, manchmal mit anderen Menschen.

Wir gingen in die Küche.

Ich sagte „sdrawstwujte" und mühte mich um die richtige Betonung. Der Gruß kam von einem Mann zurück, der zu schwarzer Bügelfaltenhose ein langärmeliges, aufgekrempeltes, weißes Hemd trug und ein Küchentuch vor dem Bauch hatte. Etwas kleiner als ich und stämmig, aber mit muskulösen Armen.

Er schüttelte mir die Hand, sagte „Oleg" und ich „Ole", was dazu führte, dass er auf sich zeigte und seinen Namen wiederholte, dann auf mich zeigte und meinen Namen wiederholte, dann beide Vornamen noch mal aussprach und an der phonetischen Ähnlichkeit großen Spaß hatte.

Dann teilte er mit, das Essen sei „gleich perfekt". Rima saß inzwischen auf der Eckbank mit einem kleinen Tisch davor. Ihre Mutter drückte eine Zigarette im Aschenbecher aus. Ich bedankte mich für die Einladung und wurde den Blumen-strauß (vom Laden, nicht von der Tankstelle) los. „Herzlich willkommen" sagte ihre Stimme mit leichtem Akzent.

Sie stand auf, sagte „Nadeshda", kam näher und gab mir – zweimal rechts, einmal links – drei Begrüßungsküsschen. Ihr Parfüm duftete stärker als das Nikotin. Noch im Stehen erfolg-te auf Russisch eine Anweisung an ihre Tochter und eine Frage an Oleg. Rima holte eine Vase aus dem Küchenschrank und füllte Wasser ein, der Koch antwortete *„da, da."*

Dann machte sie eine auffordernde Handbewegung, die Küche zu verlassen, hakte sich bei mir mit ihrem Arm ein und wir gingen in das Wohnzimmer.

In der Mitte des Raums stand ein Tisch, gedeckt mit weißem Tischtuch, darauf neben den Tellern auch Weingläser und eine Weißweinflasche.

Rima und Oleg kamen kurz danach, er mit einem gefüllten Tablett, das auf einen Seitentisch platziert wurde. Wir setzten uns.

Auf einer Platte in der Tischmitte standen kleine Schüsseln mit aufgeschnittenen Tomaten, Salzgurken und Roten Beeten, dazu ein Korb mit dunklem Brot. Russische Antipasti.

Wir griffen zu. Nadeshda schenkte sehr kühlen Wein aus, zugeprostet wurde aber nicht. Rima rührte das Glas nicht an, ihre Mutter schon. Sie musterte mich.

„Warum warst Du im Gefängnis gewesen?", begann Rimas Mutter mit einem unverhofften Thema die Konversation am Tisch. „*Mein Täubchen* sagt wegen Politik."

„Merkel sperrt dich ein", trug Oleg lachend bei.

Wie ließ sich die Net Cut-Sache kurz erklären? Ein kritischer Journalist, der mit Freunden zusammen eine Internetseite gegen staatliche Überwachung betreibt, eine Gegenaktion von Polizei und Justiz, eine terroristische Zelle wird erfunden und die Beteiligung an einem Anschlag behauptet, Festnahme, Haft, dann ein Zurückrudern, erste Entlassungen, einige sind aber immer noch nicht frei.

Das System schlage zurück, meinte Nadeshada, in der *freien Welt* (letztes mit Ironie gesprochen). Ich nickte. In Russland wäre ich nicht raus gekommen, Lager oder tot, witzelte Oleg, der Spaßvogel.

„Hat *mein Täubchen* bei dir gestanden", wollte Rimas Mutter wissen (an der sich häufenden Benutzung dieses deutlich provokanten Kosewortes merkte ich, dass sie familienintern auf Krawall gebürstet war).

Rima aß schweigend.

Ich erwiderte: „Es haben sich viele für die Verhafteten engagiert, Rima war auch sehr gut und kaltblütig."

Dann wurden russische Sätze gewechselt, Oleg ging aus dem Zimmer, Nadeshda räumte die Schüsseln ab und stellte das Tablett auf den Tisch. Der Koch brachte einen Suppentopf.

Ich blickte zu meiner Freundin, die etwas angespannt wirkte, aber nicht wie kurz vor einem Wutausbruch. Dann zu ihrer Mutter, die (in einem grünen Kleid, mit zusammengesteckten rötlich blonden Haar, Schmuck und sorgfältigem Make-up) zufrieden auf dem Stuhl saß. Viele Unterschiede. Eine Spröde und eine mit leicht derber Sinnlichkeit.

Oleg füllte Suppe auf (wir benutzten weiter die tiefen Teller) und erklärte die Speisen. Die gefüllten Teigtaschen hießen *Wareniki*, innen mit Wurst oder Gurken, drum herum einige Lagen Eierteig (wie bei Pfannkuchen, dachte ich, nur dünner und nicht süßlich).

Den Suppennamen verstand ich als *Tschi*. Ein Weißkohlein-topf mit Fleischbrühe und Fleischstücken drin. (Sehr angenehm säuerlich für meinen Geschmack.)

Die Suppe habe ihren Ursprung in der Ukraine erfuhr ich, die Russen hätten ihr Rezept nur usurpiert, wie sehr viel, nicht nur kulinarisch. In Deutschland, fuhr Oleg fort, seien alle immer nur Russen, aber wir sind sehr verschieden, er ist Ukrainer. „Und wir sind alles Menschen", begegnete Nadeshda nationalen Sonderwegen und bekam einen strahlenden Blick ihres Freundes.

Dann wurde konzentriert und in großer Ruhe gegessen.

Aus vollem Herzen und mit leicht vollem Mund konnte ich sagen: „Es schmeckt mir sehr gut. Ich habe vorher noch nie russisch… also aus der Region gegessen. Kochst du auch so auf deiner Arbeit im Restaurant?"

Oleg stellte eine zweite Flasche auf den Tisch und schenkte nach. „Im Restaurant Wolga gibt es auch viele deutsche Gäste. Die Küche ist deshalb etwas germanisiert. Und es ist teuer, nix für einfache Russen. Wir haben viele Geschäftsleute, machen *Biziness*, auch dunkle Geschäfte bestimmt und flirten mit schönste Kellnerin, *Pani* Nadja." Er beugte sich lächelnd zu Nadeshda.

Musste Liebe in der Lebensmitte schön sein.

„Wo hast du *mein Täubchen* eigentlich kennengelernt", fragte sie mich dann.

„Wir hatten denselben Drogendealer", antwortete überraschend ihre Tochter mit hartem Blick.

„Bestimmt Liebe mit Computer", mischte sich Oleg ein und musste schon wieder kichern.

Mir blieb das sachliche Schlusswort. „Wir haben uns auf einem Straßenfest kennengelernt, in meinem Stadtteil in Hamburg."

Wegen des getrunkenen Weins, Olegs erwartbaren Lachens, dem Interesse an der Reaktion von Mutter und Tochter fügte ich schmalzig hinzu: „Es war der schönste Tag meines Lebens."

Es lachten diesmal alle, außer Rimas Mutter.

Dann hielt Oleg einen Trinkspruch auf die Liebe, das Leben, das Essen, auf die Kinder und auf die neuen Freunde. *Nastrowje.*

Alle tranken, diesmal sogar Rima.

Es folgten wieder russische Sätze und dann auf Deutsch: „Komm, Nadja, wir alten Leute nehmen Geschirr in die Küche und lassen die Jugend allein, sie haben sich doch lange nicht gesehen."

Da ich die Rauchregeln noch nicht kannte, bat ich Rima mit auf den kleinen Balkon zu kommen. Als der erste Rauch ausgeblasen war fragte ich: „Alles soweit in Ordnung bei dir?"

Sie zuckte mit den Schultern.

„Hast du den Job bekommen?"

„Ja, ein schweres Projekt."

„Wo pennen wir?"

„In der Wohnung von meiner Mutter, um die Ecke."

Ich schnippte die Zigarette in den Abgrund. Charlottenburg erstrahlte im Lichterglanz unter uns.

„Ein klein bisschen was von deiner Mutter wäre bei dir nicht schlecht", und etwas alkoholisch enthemmt fügte ich hinzu, „*mein Täubchen.*"

Mit einer Reaktion war zu rechnen, aber sie überrumpelte mich mit einem massiven Stoß mit der Schulter, ich stieß an die Balkongitter, sie setzte sofort nach, drückte mir den Arm auf den Brustkorb und ich befand mich mit dem Oberkörper schon über Charlottenburg. Dann flüsterte sie: „Willst du sterben?"

Ich mochte diese latente Gewaltbereitschaft und den harten Blick, sehr erregend. Wir küssten uns.

Es kam zu weiteren einseitigen Liebkosungen und wir gingen wieder rein. Vom Flur ertönten Stimmen.

Sie sagte noch: „Wenn du auf diese Russen-Folklore stehst, muss du unbedingt auch einen Trinkspruch machen."

Auf dem Tisch standen dann kleine Gläser, zwei Aschenbecher und eine Schale mit Süßigkeiten. Dazu eine Flasche ohne Etikett. Wodka. Offenbar eine Hausmarke.

„200 Gramm", sagte Oleg beim Einschenken. „Diesen gibt es nicht in Kaufhalle."

Ich versaute die Szene fast, wegen meines Lobes für den Wodka mit dem Grashalm in der Flasche, den ich schon mal gekauft und gern getrunken hatte. „Polski *Wasser*" bemerkte Oleg abfällig dazu.

Dann wurden die Gläser erhoben, sich zugeprostet und mir rann zunächst neutrale Flüssigkeit durch Mund, Gaumen und Speiseröhre, die im Magen eine Reaktion hervorrief und in Sekundenschnelle wieder meine Geschmacksnerven erreichte, jetzt bitter schmeckte und gleichzeitig auf angenehme Weise auf meinen Rücken und den Brustkorb ausstrahlte.

Rimas Glas blieb unberührt, sie ging und kam mit einer Tüte voll von ihrem Genussmittel wieder.

Die zweite Runde wurde eingeschenkt.

Ich sprach die Flur-Fotos an, besonders die mit dem Sportler Oleg. Sein Stichwort.

Er holte zwei gerahmte Fotografien.

Zu der einen gab es eine auch nach Jahrzehnten unversöhnt – bittere Geschichte. Sowjetische Militärmeisterschaft im Boxen 1982. Im Halbfinale des Weltergewichts lieferte Oleg einen engagierten Fight, erzielte Treffer und gab nur eine Runde ab. Eine höchst umstrittene 2:1-Entscheidung der Kampfrichter zu seinen Lasten verhinderte den Finaleinzug. Die Bronzemedaille blieb kein wirklicher Trost. Zum einzigen Mal an diesem Abend wich aus ihm die wuselige Freundlichkeit – jedenfalls für Sekunden.

„Größte Boxen von Ukraine: Klitschko, Klitschko und Polubotok", kommentierte Nadeschda, berührte seine Hand und das Lächeln ging wieder an.

Die dritte Runde wurde eingeschenkt.

Das zweite Bild zeigte ein Portrait von Juri Gagarin, dem ersten Menschen im Weltall. (War Oleg etwas auch Astronaut gewesen?) „12. April 61. Gagarin ganz oben mit Wostok 1. Selber Tag, ganz unten, ist Oleg 1 gekommen." Ein großer Schritt für die Menschheit, ein kleiner Schritt für die Daheimgebliebenen.

Dann kommt das Gespräch auf Hamburg, unser dortiges Leben und ohne Umwege auch auf das Geld, das eine Computerspezialistin und ein Journalist so verdienen.

Nicht mein Thema und ich wiegelte ab. Rima hingegen trumpfte aus dem Nichts ziemlich auf, nennt Zahlen und meinte, sie arbeitet nicht nur für – kunstvolle Pause – *Trinkgeld*. Ihre Antwort auf die Mein Täubchen-Sprüche. (Klarer Treffer, Gesamtstand unentschieden.) Oleg dämpfte die Spannung, bietet der Tochter Süßigkeiten und der Mutter eine neue Billigzigarette an.

Ich fühlte mich in der Stimmung für einen Trinkspruch. Der Anfang fiel leicht, mit einem Dank für Einladung, Essen und Gastfreundschaft, im Mittelteil schwächelte ich. Um dann mit einer Gegeneinladung und einem Bekenntnis zu neuer Freundschaft und allseitigem Glück zu schließen.

Über die Anzahl der leer getrunkenen Gläser breitete sich fortschreitend Nebel aus.

Es ging später noch um die Schwierigkeiten ein eigenes Restaurant zu eröffnen. Oleg ließ seinen Daumen auf dem Zeigefinger kreisen. Er leistete monatliche Zahlungen an seine Mutter „in der Heimat", die ihn einmal, die er noch nie besucht hatte seit 1998. (Seinen Aufenthalt verdankte er offenbar einer nicht billigen Heirat mit einer Deutschen.)

Nadeshda sprach von einem bevorstehenden Besuch im Geburtsort, nahe „Leningrad, auch wenn sie es heute anders nennen", den ihre „schöne, kluge, *reiche* Tochter" spendiert habe. (Rima hatte also die Auflösung ihrer Ersparnisse tatsächlich dafür verwendet.)

Auf der Toilette wusch ich mir das Gesicht mit kaltem Wasser. Der Alkohol zeigte sein bestes Gesicht. Ein positives Glücksgefühl mit Geborgenheit, Leichtigkeit und der Kraft, das Leben in seine Schranken zu verweisen.

Gut, dass ich Rimas Vater nicht angesprochen hatte. Das wäre sehr deplaziert gewesen.

Im Wohnzimmer stand die Balkontür auf, es wurde russisch geredet und es herrschte Aufbruchstimmung.

Ich umarmte Oleg wie einen alten Freund. Tauchte die drei Küsschen mit Nadeshda, die mich mit viel Körperkontakt umarmte. An der Wohnungstür zickten Mutter und Tochter sich noch kurz ein letztes Mal auf Russisch an.

Eine sehr spezielle Patchwork -Familie. Ein rein deutscher Abend wäre nicht so angenehm verlaufen.

Den weiteren Weg gingen wir schweigsam. Rima nahm meine Hand. Eine ungewohnte Geste.

Meine Neugierde hinsichtlich geflossener Gelder und ihres ganz aktuellen Verhältnisses zu Mutter Russland zügelte ich bis auf weiteres.

In der Straße der Wohnung ihrer Mutter führte eine ältere Frau, trotz der fortgeschrittenen Zeit, ihren Pudel spazieren und redete auf ihn ein.

Lange Wochen

Das wichtigste der folgenden Wochen ereignete sich erst am Ende dieser Zeit. Aber der Reihe nach.

Die Routine des Alltags in Hamburg hatte uns wieder. Die Arbeitszeit blieb unorthodox und umfasste bei Rima größere Teile der Nacht. Deshalb schliefen wir lange und kamen mit Espresso und einem kleinen Frühstück langsam in den Tag.

Danach saß sie, in einem Kordon aus Unnahbarkeit und Konzentration, vor ihrem Bildschirm und dem Quelltext. Blickte, überlegte, tippte, fluchte, korrigierte, wartete und ging gelegentlich aufs Klo oder trank aus einer Wasserflasche.

Ich saß daneben, aus dem geöffneten Dachlukenfenster kam gedämpfter Straßenlärm, und recherchierte online, machte mir Notizen auf Papier, ließ mich von meinen einschlägigen Seiten ablenken oder belohnte mich mit Rauchen. Jetzt, wo ich meine Freiheit wieder hatte, war das beschlagnahmte Archiv der größte Eingriff in mein Leben. Das wollte ich zurück. Das war materiell, was sonst noch passieren konnte blieb Spekulation und vorerst keine reale Bedrohung.

Stundenlange Bildschirmarbeit, dieses Verschmelzen, war meine Sache bekanntlich nicht. Manchmal ging ich, immer wortlos, nach draußen zum Einkaufen oder aufs Schulterblatt auf einen portugiesischen *Galao,* mit der Hoffnung jemanden zu treffen. Gelegentlich joggte ich. Das Gefängnisessen hinterließ merkliche Spuren an meinem Bauch und die einfallslose Ernährung trug zu meinen diesbezüglichen gewichtigen Sorgen bei. Manchmal zog ich einen Telefonanruf einer Mail vor, einfach um mich mit Worten auszutauschen. Manchmal machte ich auch sauber (nicht groß, nur den Teppichboden saugen und Bad und Küche putzen) weil es mir Freude bereitete. Alle Türen innerhalb der Wohnung hielt ich offen.

Rima lebte weiter absolut bedürfnislos. Gab es nichts zu essen, verzichtete sie. Brachte ich Schokoriegel mit, reichten die als Nahrung, kochte ich Spagetti oder andere Kleinigkeiten, aß sie schweigend, den Teller neben dem Rechner. (Ihr Rauchen kam erst spät und brachte sie durch die Nachtstunden.) Es wurde Zeit, ihr den FAZ-Artikel über Asperger-Betroffene?, -Kranke?, -Gestörte? zu geben. Auf die Reaktion durfte mit Interesse gewartet werden.

Ich wollte wieder in meinen Arbeitsrhythmus kommen. Seit fast zwei Monaten war ich gehindert zu schreiben und konnte natürlich auch keinen Artikel verkaufen. So eine Art Schreibverbot mit späterer Schreibblockade.

Meine Konzentration war wieder besser als in den ersten Wochen nach der Haft. Der letzte unvollendete Artikel ging über die technischen Operationen des Bundesnachrichtendienstes zur Ortung von Mobiltelefonen im Raum Afghanistan und Pakistan. Vor der Verhaftung hatte ich Material zusammen und auch schon einen Teil geschrieben. Aber Aufzeichnungen, Material und Text lagen bekanntlich beim BKA. Es dauerte Tage, wieder in die Sache rein zu kommen. Mein Gedächtnis funktionierte, erfasste aber nicht mehr alle Details. Es kostete mich langes Nachdenken und einen Besuch im Laden von Arthur, um auch die Methode der Laufzeitpeilung darzustellen, mit dem ältere Geräte ohne GPS oder neuere mit abgeschalteter Navigationsfunktion festgestellt werden konnten.

Heraus kamen keine dramatischen Enthüllungen auf 3.000 Zeichen, nur ein Informationsbeitrag. Ich mailte die Datei nach Berlin. Martin würde sich weiter kümmern, er hatte gerade unter der Überschrift „Hidden Services" einen Beitrag auf unsere Seite gestellt, in dem es um Techniken zur sicheren Kommunikation im Internet ging. Das *TOR* genannte System, bei dem der Datenverkehr über eine Kette von Knoten verschlüsselt weitergeleitet wird, sodass die eigene IP-Adresse unbekannt bleibt und der Serverstandort nicht zu ermitteln ist, kannte ich noch nicht. Der Beitrag war wie immer anonym. Ich dachte spontan an Jerry, der aber als Autor durch seinen zwangsweisen Aufenthaltsort ausschied. Gab eben viele wie ihn.

Mein nächstes Arbeitsthema sollte ein Überblick zu modernen biometrischen Erkennungsmöglichkeiten sein und deren Überwachungseignung. Gesicht, Fingerabdrücke, DNA, Stimme, Körpervermessung. Mit einem Ausblick auf neue Formen wie Gangeigenschaften, Sprachmuster oder Körperanalysen.

Nicht so erfolgreich blieben meine Anrufe bei den Redaktionen, mit denen gelegentlich eine kommerzielle Kooperation stattfand. Angebote meinerseits gab es für Geschichten nicht, es war mehr Kontaktpflege. Wobei Klarheit darin bestand, dass freie Journalisten in der Nahrungskette ganz unten stehen. Meine Telefonpartner ließen das aber nur wenig durchblicken. Hierarchisch lag ihre interne eigene Position im unteren Mittelfeld, den Kollegen von Spiegel-Online kannte ich aus seiner Zeit als Freier mit Drang nach oben und nach festen Bezügen.

Da etwas Opportunismus dazugehörte und es auf kleine Effekte ankommt, wählte ich als Einstand meine „Zurückmeldung" aus der Haft. Das führte – vorhersehbar – zu einer freundlichen Erstreaktion, verbunden mit verbalem Kopfschütteln und einem unausgesprochenem Bekenntnis zur Pressefreiheit im Allgemeinen. (Natürlich rührte keiner von ihnen einen Finger für mich, ob ihre Blätter oder Portale etwas zur Verhaftung veröffentlichten, wusste ich nicht mehr.) Das weitere taktische Vorgehen blieb wie immer: Die Basis einer Geschichte interessant machen, aber nicht so viel zu verraten, dass es eigene journalistische Aktivitäten auslöste, unter Ausschluss des Tippgebers.

Das Storyhäppchen „Kritischer Journalist unschuldig in Haft" wurde dankbar genossen. Alle Zutaten konnten gereicht werden – Dokumente, Bilder, persönlicher Hintergrund, gelegentliche Zuarbeit für das eigene Medium. Die Story schien aber noch nicht „rund". Die weiße Fahne musste von der Justiz geschwenkt werden, irgendein Schriftstück, das mindestens die Unschuld, besser noch eine Entschuldigung beinhaltete. Für diesen Fall machte mir das untere Mittelfeld beim *Stern* Hoffnung.

Weil wir schon mal telefonierten, ging ich auch noch mit dem ungeklärten Todesfall von Achim Boehnisch hausieren. Diese Geschichte war noch sehr unrund und stieß nur bei SPON auf hörbares Interesse mit der Frage: „Wo läuft das denn hin?" Das bliebe abzuwarten, musste ich antworten und draufsetzen „Da tut sich was, sein Notizbuch ist gefunden worden." Wir vereinbarten, im Kontakt zu bleiben.

Zu den erfreulichen Tätigkeiten gehörten solche Gespräche nicht. Und damit ist nicht nur die Frustration gemeint, wenn die etwas höhere Stufe der Redaktion nach solchen Erstkontakten den Daumen senkt und ein Interesse ganz plötzlich erkaltet. Aber eine Notwendigkeit bestand, als Beitrag zur Sicherung meiner Lebensgrundlage. (Von der Möglichkeit, mit einem eigenen Thema eine potentielle Millionenleserschaft zu erreichen, mal ganz abgesehen.) Meine Basis stand: Selbstausbeutung und Existenzsicherung unter einen Hut zu bringen.

Im Großen und Ganzen auch Rimas Thema. Aber darüber versuchte ich erst gar kein Gespräch.

Es hätte so wenig erfolgreich sein können wie der Versuch, ihre Familiensituation genau zu verstehen. War es dann aber doch nicht. Eines Morgens, beim Frühstück im Bett, fragte ich nach ihrem jetzigen Verhältnis zu Nadeshda. Als erwartbaren Antwort standen zur Auswahl: „Wofür ist das wichtig?", oder „Was geht dich das an" oder auch „Du verstehst das nicht".

Sie sagte aber: „Ich will ihr nichts mehr schuldig sein." Im erklärtem Sinne von: Jede geht ihren eigenen Weg, das Leben mit Ehemann und Vater wird beiderseits negativ bewertet und ist endgültig Vergangenheit, die Tochter wird auf Dauer hier leben und die Mutter kann sich das heutige Russland ansehen und sich dann entscheiden.

So erfuhr ich auch noch: Das gemeinsame Essen erfolgte auf Wunsch ihrer Mutter, Rima wollte es in Hamburg auf gar keinen Fall wiederholen. Oleg sei gut für ihre Mutter, beide zusammen aber unerträglich für sie. Ich hätte ihrer Mutter gut gefallen, denn ich sei für die schwierige Partnerschaft zur Tochter besser geeignet als ein russischer Mann.

„Ist das so, *mein Täubchen*", fragte ich natürlich sofort nach. Aber sie ließ sich diesmal nicht provozieren, sondern schickte mich in die Küche, um ein Glas Leitungswasser zu bringen.

(Dass Rima für mich partnerschaftstauglich war, erwähnte ich ja schon. Mit Luft nach oben.)

Anfang Juni begann eine neue Zeitrechnung.

Die Fußballeuropameisterschaft strukturierte für Wochen die Abende, an denen die Spiele stattfanden, hatte Auswirkung auf meinen Lebensrhythmus, ließ andere Dinge in den Hintergrund treten und führte mich fest zusammen mit einer kleinen Gemeinschaft anderer Menschen.

Die Begeisterung für Fußball kann nicht erklärt werden. Sie ist da oder eben nicht. (Wie bei meiner Freundin.)

Wer eine Annäherung sucht, sollte folgendes bedenken: Fußball ist ein Spiel mit einfachen Regeln, das die volle Bandbreite von Emotionen hervorrufen kann. Milliarden Menschen haben Zugang zu diesem Spiel (der Weltfußballverband organisiert nicht ohne Grund mehr Länder als die Vereinten Nationen). Jeder Zuschauer im Stadion oder am Fernsehen spielte früher oder noch aktuell selber – weiß also alles und meistens besser. Fußball führt in die Steinzeit eines Menschen zurück.

In das archaische Gefühl von Kampf, Sieg, Niederlage, Horde, Schweiß, Schmerz, Jubel und Zusammengehörigkeit. So wie das Leben selbst, aber doch irgendwie mehr. Manche wollen Fußball und Sex vergleichen. Aber er ist regelmäßiger und bezieht auch die 8jährigen und die 88jährigen mit ein.

Eine Fußballeuropameisterschaft wird als Turnier mit zahlreichen Mannschaften verschiedener Länder ausgetragen. Zunächst wird in Gruppen gegeneinander gespielt. Die danach Besten jeder Gruppe treffen dann in einem einzigen Spiel aufeinander, bis nur noch zwei Teams übrig sind. Sie bestreiten das Finale.

Es gibt also eine Menge an Begegnungen, deren Übertragungsrechte sich TV-Sender für viel Geld einkaufen und über Wochen ausstrahlen. Der Fußballfreund unterscheidet dabei zwischen normalen Spielen (deren Unterhaltungswert begrenzt ist und die bei laufendem Gerät noch gleichzeitige Handlungen wie Nahrungszubereitung oder Telefonieren erlauben); und wichtigen Spielen (die eine hohe und störungsfreie Daueraufmerksamkeit erforderlich machen). Bei beiden Kategorien ist der Verzehr alkoholischer Getränke nicht zwingend, aber üblich.

So verbrachte ich rund 70 Prozent des Fernsehfußballs mit laufendem Gerät in meiner Wohnung, ging noch Tätigkeiten nach und widmete mich dem Spiel je nach Interesse und Spielstand. Den Rest sah ich in einem angemessenen Rahmen mit immer den gleichen Bezugspersonen.

Große Spiele im Kollektiv anzusehen ist ebenfalls nicht zwingend, aber ratsam. Zu meiner Gruppe gehörten Kathi und drei weitere Männer. Unser Konsens lautete: Großer Bildschirm, kein Nationalismus, keine Nichtraucher, kleines Catering. Ein weiterer Punkt blieb umstritten (dazu gleich).

Organisatorisch führte uns dies immer zu Jörn, der das Fernsehbild über einen Beamer auf die mit einem weißen

Laken bedeckte Wand seines Wohnzimmers vergrößern konnte. Das Beschaffen von Speisen und Getränken erfolgte umschichtig. Mit Einsätzen im unteren zweistelligen Eurobereich wurden Wetten auf den Ausgang und das genaue Ergebnis abgeschlossen.

Der spannungsmäßige Höhepunkt des Turniers fand an einem Donnerstagabend statt. Die deutsche Nationalmannschaft traf im Halbfinale auf Italiens Auswahl. Beim Abschluss der Wetten und den üblichen Vordiskussionen vor Spielbeginn zeigten sich Fraktionen. Die eine wollte einen italienischen Sieg gegen die deutsche Nation. Die andere (mich eingeschlossen) liebäugelte mit einem deutschen Finaleinzug, zumal der gesellschaftspolitische Widerstand gegen die deutschen Verhältnisse wohl kaum auf junge italienische Multimillionäre auf dem Rasen delegiert werden konnte. Italien siegte verdient mit 2 zu 1.

Anfang Juli fand dies alles ein Ende, als Spanien im Finale hoch und damit langweilig mit 4 zu 0 gegen Italien gewann.

Die beste Nachricht erhielt ich einige Tage später per Telefon.

Marcus Bohm rief an und fragte, ob ich es schon gehört hätte? Ich schenke ihm meine volle Aufmerksamkeit. Alle Haftbefehle wurden aufgehoben, die letzten Drei kamen auch frei. Einstellung der Ermittlungen sei damit aber vorerst noch nicht verbunden.

Ob ich das alles verstanden hätte, mit allen praktischen Konsequenzen, wollte mein Anwalt wissen.

„Ist doch klar und das Optimale erstmal, oder?"

„Das bedeutet auch, dass mit der Aufhebung *aller* Haftbefehle deine Meldeauflage entfällt."

Das war mir spontan nicht so klar gewesen, juristischer Beistand ist wichtig.

Die andere Konsequenz verstand ich aber. Es war noch nicht vorbei. Unsere Bewegungen, Kontakte und Kommunikation konnten überwacht werden, um neue Belastungspunkte zu ergeben. Die Organe hatten in der Hand, wann sie es beenden wollten.

Eine Begegnung mit Jerry und den Anderen blieb also aufgeschoben. Unsere Anwälte würden sich aber demnächst treffen. Ich bestellte Grüße.

Ob mehr Akten geschickt worden sind, wollte ich von Marcus noch wissen. (Die Umstände und Folgen von Rimas Aussage interessierte mich weiterhin.) Das war aber nicht der Fall.

Zum Abschluss ließen wir noch mal die Fußball-Euro Revue passieren und mein Anwalt würde im August zwei Wochen in Norwegen wandern.

Ich erreicht danach Kathi nicht, konnte Hanna aber das gute Zwischenergebnis mitteilen. Sie würde sich um dessen Verbreitung kümmern. Ich riet ihr, das Projekt einer Freilassungsparty noch herauszuzögern.

Einen Brief des Ermittlungsrichters vom Bundesgerichtshof mit denselben Informationen im Juristendeutsch fand ich neben Postmüll in meinem Briefkasten.

Der folgende 16. Juli blieb mir im Gedächtnis.

Er begann mit Vormittagssex, was selten vorkam, mich aber verständlicherweise nicht beunruhigte.

Bald herrschte auch wieder alltägliche Normalität an der Arbeitsplatte. Bemerkenswert nur ein kurzer, aber heftiger Sommerschauer, der gegen das Dachlukenfenster prasselte.

Ungefähr eine Stunde später fragte Rima, ob wir heute Abend zum Chinesen essen gehen wollten. Wenn ich ihr Geld leihe, würde sie mich sogar einladen. Wir könnten danach auch einen Film runterladen, vielleicht den neuen Sherlock Holmes.

Jetzt wurde ich hellhörig, stimmte dem Essen zu und dachte nach. Als einziger Grund fiel mir ein, dass Rima ihren Auftrag zu Ende gebracht und deshalb kurz vor einer größeren Summe Bargeld stand. So war es vor einigen Monaten ja schon einmal gewesen.

Gleich wieder verworfen hatte ich den Gedanken, sie würde auf schonende Weise ein Gespräch über eine Schwangerschaft, Trennung oder Krankheit führen wollen. Einfach mal so, nach einem langen Arbeitstag, Spaß mit einem lieben Menschen an einem Sommerabend zu haben, das wäre etwas für normale Menschen gewesen. Für den Jahrestag der ersten Begegnung war es noch zu früh im Kalender (auch wenn ich mich an das Datum nicht genau erinnern konnte). Sie bestimmt auch nicht.

Dann kam ich auf die Lösung und kurz darauf erfolgte auch die praktische Bestätigung. Ihr Handy klingelte, das Gespräch ging gleich auf Russisch weiter und Rima sagte wenig, zweimal jedoch entschieden *njet*.

Nachdem Mutter Nadeshda aufgelegt hatte, rutschte ich mit meinem Stuhl an ihren heran, küsste sie und gratulierte zum Geburtstag.

Ich wollte, dass die positive und entspannte Grundstimmung anhielt, kochte noch einen Nachmittagsespresso, lief runter zu Ali, um eine Großpackung Hanuta zu kaufen und servierte daraus zwei Riegel. Dann suchte und fand ich den Artikel über das Asperger-Syndrom, überreichte ihn wie ein Geschenk und bemerkte, ich würde mich gern mal darüber unterhalten. Sie legte ihn beiseite.

Nach meinem Duschen gingen wir zu Fuß in das asiatische Restaurant. Im Schanzenviertel lief die Party. Alle Bars, Kneipen und Cafes servierten draußen. Ein großer Auftrieb, viele Leute standen mit Getränken in den Händen vor den Läden,

Musikanten und Touristen nervten. Südländischer Flair – nur ohne Süden und ohne Flair.

Im *Bok* bestellte ich Gemüsesuppe, meine traditionelle Nummer 99 und ein Tsingtao Bier. Für Rima kam eine Platte mit Krabben, Bambus und einer grünlichen Soße.

Ich fragte sie über den Stand der Dinge bei ihrer Mutter aus und erfuhr, dass ein Flieger nach St. Petersburg schon gebucht worden war. (Mich fragte sie nie nach meiner Familie, nur beim einzigen Besuch auf Sylt, woran meine Mutter so früh starb. Vielmehr gab es da aber ja auch nicht.)

Die gute Stimmung hielt an, auch als Rima sagte: „Ich habe den Artikel gelesen, nein, ich habe keine Inselbegabung. Ich bin nur gut. Außerdem ist bei *Wikipedia*, woher du viel von deiner Halbbildung beziehst, zu lesen, erwachsene Aspergerleute reden gern unablässig und langatmig über ihr Lieblingsthema. Ich habe nicht mal eins."

Zu widersprechen war von meiner Seite nicht.

„Außerdem *kann* ich Emotionen und Verhalten bei anderen Menschen erkennen. Du zum Beispiel bist neugierig, verliebt, Besitz ergreifend, konfliktscheu, etwas faul…"

„Bekommt die Aufzählung noch ein Happy End?"

„…opportunistisch, lässt dich gern schlecht behandeln, tust alles für mich."

„Wie Oleg für deine Mutter?"

„Oleg kann besser kochen."

„Und was ist grade meine Emotion?"

Rima lächelte spöttisch und antwortete: „Du bist glücklich und denkst, warum hat sie nicht etwas Positives gesagt."

Jetzt lächelten wir beide und sie sagte ein russisches Wort ohne Übersetzung, was nach der Sprachmelodie fast zärtlich klang.

Dann zogen wir zwei Häuser weiter in die restlos überfüllte Bar *Dschungel*, fanden draußen Stehplätze, Rima rauchte, ich trank einen Longdrink, dann gab es noch einen Geburtstagssekt und wir sprachen in loser Folge über rückenschonende Stühle, eine Kinderzeit in der Sowjetunion, das Sterben von Lucky, den Tagesablauf im Gefängnis, das Reiseziel Russland und, ob Hunde oder Katzen bessere Haustiere sind. Auf dem Bürgersteig der Schanzenstraße flanierten Menschenmassen.

Auf dem Nachhauseweg summte Rima ein Pionierlied, zu der ihr die Worte nicht mehr vollständig einfielen.

Als wir an drei Frauen vorbeigingen, rief eine in unsere Richtung: *„He, Schlampe"*. Rima blickte kurz, ich länger hin. So sah ich das einzige Mal die Frau, deren Blut an jenem ersten Abend an Rimas Jacke klebte.

Bericht aus Berlin

Mein Anwalt Marcus wollte unbedingt, dass ich in sein Büro komme. Es ging sogar am Vormittag, die Sommerpause der Gerichte machte es möglich.

In Anbetracht der Gesprächsinhalte eine vernünftige Forderung. In Berlin hatte es ein Treffen unserer juristischen Beistände gegeben (der FDP-Politiker war, von der Familie der Kieler Frau bestimmt nobel honoriert, ausgeschieden und Andrea suchte sich selbst eine neue Anwältin).

Bei den Haftprüfungen der letzten Drei versuchte die Bundesanwaltschaft eine Linie durchzusetzen wie bei mir. Am Tatverdacht für die Bombe in Hagen festzuhalten, aber den Haftbefehl auszusetzen. Zurückrudern, den Druck aufrechterhalten, das Gesicht wahren.

Die Anwälte argumentierten damit, dass nur die Explosion real gewesen sein, kein Beweis aber für eine Beteiligung ihrer Klienten (also von uns allen) daran vorliege und Net Cut nur eine staatlicherseits erfundene Hülle über einem Nichts sei. Damit hatten sie Erfolg. Alle Haftbefehle fielen. Laut Marcus vorhersehbar, in der juristischen Wunderwelt aber beim Vorwurf Terrorismus keine Selbstverständlichkeit.

Ich wusste ja schon, dass damit nicht alles beendet war. Wir führten, das Spiel war aber noch nicht abgepfiffen. Die Anwälte analysierten, was den Tatverdacht wieder auf einen Level, der eine Anklage möglich machte, bringen würde. Dazu gehörte der Beweis für die persönliche Anwesenheit von einem von uns in Hagen in der Nacht, mindestens von vorherigem Bombenbau oder Auschecken der Firma. Dass da nichts mehr kommen kann, war die allgemeine Meinung. „Souveränes Abwarten" die gemeinsame Strategie.

Über die persönliche Situation aller Fünf wurde auch gesprochen. Jerry ließ mich grüßen und ging die Freiheit offensiv an, laut Marcus schrieb er an einem Artikel oder einer Broschüre. Nicht überall lief der politische Aktivmodus schon wieder. Alexander vom Rechenzentrum musste sich beim Arbeitsgericht wieder in den Job klagen, bei Rüdiger machte der Arbeitgeber seinem Bühnentechniker auch erhebliche Probleme. Einkalkulierter Karlsruher Kollateralschaden.

Und was hatten meine Anwälte über mich erzählt? Er ist schon fast wieder der alte.

Zum Schluss bekam ich einen Stick über den Tisch geschoben. „Von Thomas."

Marcus bot mir zur Lektüre diverse neue Akten an, Auswertungsordner und Wortprotokolle der Telekommunikationsüberwachung. Heute war mir nicht nach Lektüre.

Ich wünschte schöne Wanderungen an den Fjorden und ging in Richtung der Imbisse auf der Grindelallee.

Zuhause fand ich Rima in der Küche. „Sieht so aus, als wenn das Verfahren gegen mich und die anderen Vier bald erledigt ist, sagen jedenfalls die Anwälte", ließ ich sie wissen.

„Wirst du rehabilitiert?" Fragte sie zurück.

Darüber hatte ich mir überhaupt keine Gedanken gemacht.

„Die Polizei ermittelt aber weiter, um doch noch etwas zu finden. Ich will, dass du auf keinen Fall noch einmal mit Bullen sprichst, ok?"

„Russen schweigen gut." Sagte sie mit lächerlich starkem Akzent.

Ich hatte da so meine Zweifel und es gab ja auch schon einen klaren Verstoß gegen diese Regel (wenn auch mit möglicherweise positiven Folgen). Außerdem fand ich, dass die ganze Russen-Kiste seit dem häufigeren Kontakt mit ihrer Mutter bedenklich zunahm.

Der Stick verschaffte mir Zugang zu den Dateien „Bericht" und „Fotos". Ich klickte auf „Bericht" und wurde gleich angesprochen.

„hey ole,

hätte dir die sachen auch mailen können, will nicht auf konspi machen, aber marcus war zum treffen hier im büro und so gebe ich es mit. wir haben einiges unternommen und wie immer bin ich sehr interessiert an deiner meinung.

lg

tho

Berlin hatte also was zusammengetragen. Später erfuhr ich, dass der kleine Ermittlungsausschuss nur aus Thomas, Gartenfreund Andreas, Karin ohne Krücken und einem weiteren Mann bestand.

Sie arbeiteten mehrere Wochen, bekamen Hilfe von autonomen Computermenschen und Auskünfte aus dem Baskenland. Dazu kamen Gefälligkeiten von Leuten, die einem Anwalt noch einen Gefallen schuldig waren, und der Einsatz zweier älterer Herren mit einschlägigen Vorkenntnissen, die ich noch kennen lernen sollte.

Ich begann interessiert zu lesen

Zusammenfassung:

Todesnacht

Die Explosion ereignete sich kurz vor Mitternacht vom 24. zum 25. April. In der Notrufzentrale der Polizei ging ein Anruf um 00.06 ein, von einem der Laubenpächter, der dort wohl ständig lebt. Mit diesem konnten wir nicht direkt sprechen. Laut Polizeibericht hat er den Knall gehört und später die brennende Hütte gesehen, aber keine anderen Personen.

Die direkten Grundstücksnachbarn waren nicht da. Auch zu verdächtigen Personen an den Vortagen auf der Parzelle ergab sich nichts. Achim hatte ein Nachbar zuletzt Tage davor im Garten gesehen.

Achims Gesundheit

Er war weder akut krank (kein Hinweis im Obduktionsbericht) oder in psychologischer Behandlung.

Sein engeres Umfeld schließt das aus. In der Briefpost gab es keine Erinnerungen an versäumte Termine. Von seiner Krankenversicherung wurden zuletzt im 2. Quartal 11 Leistungen abgerechnet (Handbruch). Schmerzmittel nahm er sehr selten ein. Eine Suizidgefahr schließt sein engeres Umfeld aus. Diesbezügliche Unterlagen, wie ein Abschiedsbrief, wurden nicht gefunden.

Ein Beruhigungsmittel (siehe Obduktionsbericht) nahm er eigentlich nie, Medikamente dazu gab es bei ihm in der Wohnung und bei B.N. nicht.

Fehlende Sachen

Achims Handy von Nokia ist verschwunden. Nach den Verbindungsnachweisen des Providers Vodafone wurden zuletzt die Nummern seiner Freundin B.N. angerufen. Am 24. April und danach sind keine ausgehenden Gespräche mehr geführt worden. In den Wochen davor wurde wenig und nur mit identifizierten befreundeten Nummern telefoniert. Die zeitweilig noch zu empfangende An-

sage deutet auf technische Probleme, wie die Zerstörung der SIM-Karte, hin.

Verschwunden ist auch sein Aldi-PC.

In der Wohnung fehlen keine Gebrauchsgegenstände. Er besaß aber Jahreskalender mit sehr wenigen Eintragungen (die von 2010 und 2011 befanden sich bei den zurück gegebenen Asservaten des LKA). Einer für 2012 fehlt. Ob auch andere schriftliche Unterlagen fehlen, ist nicht zu klären.

Die Wohnungstür weist keine äußeren Einbruchspuren auf, auch nicht von moderner Einbruchstechnik.

Auswertung Notizbuch

Wozu die vielen Ziffern auf sechs Seiten dienten, ist nicht klar. Manchmal sind es simple Additionen (könnten Geldberechnungen zu einem Job sein, obwohl die Beträge dafür überwiegend sehr hoch sind); manchmal ist kein Sinn zu erkennen, auch keine Codierung.

Es gibt einige Telefonnummern. Eine Handynummer gehört Chaim Berger, der zu dem Tai Chi-Kreis gehört. Er wollte Achim einen Kneipenjob vermitteln, wozu es aber nicht kam. Die Berliner Festnetznummer gehört der Firma „stage&light", die Bühnenaufbau macht und für die Achim gelegentlich arbeitete.

Die letzten Eintragungen stammen vermutlich alle vom April.

„Kleipeda Bustravel" ist ein Reiseunternehmen in der Hafenstadt Kleipeda in Litauen. Die Telefonnummmer 0037048271 ist deren Durchwahl vom Ausland aus. Ohne die zwei Nullen für die internationale Vorwahl war die Nummer auf den Rand einer Zeitung, gefunden in Achims Wohnung, notiert. Deshalb die Verwechselung mit einer nicht vergebenen Berliner Festnetznummer.

Die Firma biete eine kombinierte Reise mit Bus und Fähre von Berlin nach Kleipeda und umgekehrt an, jeweils im Wochenrhythmus. (Man kann dort auch Hotels, Mietwagen oder spezielle Touren im Land buchen.) Einer der genutzten Busse hatte das Kennzeichen LOG 702. Reisetag ist immer der Sonntag. Der Bus kommt beim Berliner ZOB am ICC am Sonntagvormittag an und fährt dort wieder um 18 Uhr ab. Die Reisegruppe wird von einem Fahrer und einem Reiseleiter begleitet (Mann oder Frau unterschiedlich). Die Reiseroute geht von Berlin auf die Fähre in Sassnitz, dann geht es in der Nacht über die Ostsee bis Litauen. Der Reisepreis richtet sich nach dem Komfort auf der Fähre. Dieser geht von 99 Euro (Schlafsitz) bis 180 Euro für eine Einzelkabine.

„Host Butku Juzes" ist ein Billighotel in Kleipeda, zu der die notierte Nummer gehört. „Dalia" ist ein weiblicher litauischer Vorname. Für „10" Euro gäbe es dort einen Übernachtungsplatz.

„Kurpiani Club Altst Hafen" könnte ein Jazzclub mit Bar in Kleipeda sein, der in der Altstadt und in der Nähe eine Flusses liegt.

War Achim persönlich in den letzten Wochen vor seinem Tod in Kleipeda?

Das ist ungeklärt. Mit keinem seiner engeren Kontakte hat er darüber gesprochen. Keiner hat ihn über einen Zeitraum von sieben Tagen in Berlin vermisst oder hatte einige Zeit Schwierigkeiten ihn persönlich oder telefonisch zu erreichen. Bekanntschaften oder familiäre Beziehungen zu Litauen bestehen nicht.

Die Reise würde Fahrt/Übernachtung/Essen etc. in der Billigversion rund 250 Euro kosten. Anfang April hat Achim – wie regelmäßig am Monatsanfang – 300 Euro von seinem Konto abgehoben. Er hätte das Geld also zur Verfügung gehabt.

„H+R 20 bzw. 19 2 Grenz." Dürfte Hin- und Rückfahrt bedeuten. 20 bzw. 19 Stunden wäre in etwa die Überfahrtzeit auf der Fähre. Es sind zwei (eigentlich auf jeder Fahrt nur eine) Grenzen zu passieren.

„1.4 Anna" und „Treff B 22.4??" bewerten wir so: Achim hat sich am 1.4. (Sonntag) mit Hagen Belz (siehe unten), ihm auch bekannt als „Anna" getroffen und wollte sich mit ihm möglicherweise nach dem 22.April (Sonntag) wieder in Berlin treffen.

Der männliche litauische Vorname „Petras" ist unklar.

Dann folgt eine Aufgabenliste (?) für die Zeit um oder am 20.April.

„Bericht schreiben". Ein Bericht (worüber?) wurde nicht gefunden.

„Robin" ist Michael Kurth, jetzt von Rechlin (siehe dort). Unklar, ob er Achim getroffen hat, verweigert Kooperation.

„RA Tommi" ist Rechtsanwalt Thomas Schüttler, Achim wollte Bürobesprechung mit ihm, leider erst für 27. April vereinbart. Termin war Achim „wichtig". Er wirkte am Telefon nicht aufgeregt.

„Tommi 36" ist T.A. Ein Achim bekannter Internetfreak, Er hatte keinen Kontakt.

Die übrigen Namen sind Freunde von Achim. Es gab keinen Kontakt.

Die Ziffern 46640 am Ende gehören mit der litauischen Vorwahl zu einem bestehenden privaten Anschluss, unklar von wem und wo.

Ohne Vorwahl ist es die Nummer der Telefonzentrale des Berliner Polizeipräsidiums.

Hagen Belz

Ein direkter Kontakt war nicht möglich.

Geboren am 16.April 1968 in Berlin. Wohl Heimkind, gehörte einer Jugendgang an, kriminelle Karriere, zwei Jahre Jugendknast, raus mit 20. Konnte ziemlich gut Judo, hoher Gürtel, aber nicht schwarz. Gehörte danach zur SO 36 Szene (oder was davon übrig war). Nicht in festen Strukturen. Vom Typ eher Macher und Macho, politisch nur „dagegen". Nannte sich, warum auch immer, Anna. Er und Achim kannten sich, erst locker, dann besser, so ab Mitte der 90er.

Teil, aber nicht treibende Kraft, der Gruppe von der Aktion im Mai 98. War bei allen Vorbereitungen dabei, hat den Sprengstoff besorgt. Nach der Aktion, wie besprochen, einige Tage raus aus Berlin und an dem sicheren Ort gewesen. Als die Verhaftungen kurz danach begannen, verliert sich jede Spur bis heute. In der alten Akte nicht namentlich erwähnt, aber sein Wohnprojekt, das durchsucht wurde.

Keine Familie in Berlin. Es gibt nur ein altes Foto von 93, Luftgitarrenwettbewerb auf Party im Rauch-Haus.

Nicht in sozialen Netzwerken, nicht im Berliner Geburtsregister, nicht beim Kraftfahrt-Bundesamt, nicht in Berlin gemeldet, keine IP-Adresse bei den einschlägigen Providern, bei Google kein relevanter Treffer.

Michael Kurt jetzt von Rechlin

Direkter Kontakt erfolgt, aber ohne Ergebnis

Jahrgang ca. 76. Architektensohn aus Zehlendorf. Wohnte in Kreuzberg und kam als Student in die Bewegung gegen Mietervertreibung durch Luxussanierung. Eher der Mitläufer-Typ. Kannte Achim seit Anfang 98.

Gehörte zur Gruppe vom Mai 98. Kurze Liebebeziehung mit C.L: „Kitty" aus der Gruppe. An der ganzen Aktion beteiligt. Unklar, ob er danach in seinen sicheren Ort gegangen ist. Von der Bildfläche verschwunden. Name nicht in der alten Akte.

Seit einigen Jahren Mitinhaber einer Agentur für Internetwerbung. Namenswechsel nach Heirat mit einer Anwältin, die in einer Kanzlei für Medienrecht arbeitet.

Stand Polizei und Staatsanwaltschaft

Für das LKA ist die Akte geschlossen.

Die Staatsanwaltschaft steht zu ihrer Theorie. Originalton (im Telefongespräch mit Anwalt): „Es ist geradezu das Wesen von Feierabendterrorismus durch Einzeltäter, dies auch gegenüber dem Umfeld zu verdecken." Der professionelle Sprengstoff ist auch kein Problem. „Sprengstoff in dieser verhältnismäßig kleinen Portionierung können Sie in Berliner kriminellen Kreisen ab 1.500 Euro erwerben, östlich unserer Grenzen ist er noch deutlich günstiger." Eine Wiederaufnahme von Ermittlungen sei nur denkbar, wenn „mir ein Täter oder eine Tätergruppe mit Motiv für diese Art Anschlag auf einen Arbeitslosen präsentiert wird."

Spekulationen

Die Mainstream-Medien folgten der Darstellung der Polizei. Es gab keine abweichenden Spekulationen. Dafür Hetze über mögliche Anschlagziele wie Baufirmen oder Job-Center.

In der Szene gab es wenig Gerüchte. Sie reichen von „durchgeknallter Typ" bis „Faschos".

Weitere Schritte

Nazi-Spekulation nachgehen?(Achim war nicht exponiert und namentlich bekannt in der antifaschistischen Bewegung)

Medienarbeit?

Anfrage Abgeordnetenhaus?

Öffentlicher Aufruf?

Spendenfond (B.N. will 1.000 Euro und Kunstobjekt geben)

Die Lektüre dauerte nur eine Zigarettenlänge. Ich steckte noch eine an und öffnete die Bilder.

Ich sah einen jungen Mann mit weichen Gesichtszügen und kurzem braunen Haar, der ein weißes Hemd mit schmaler schwarzer Krawatte trug, übertreiben posierte und offenbar Luftgitarre spielte. Hagen Belz. Dann das Team-Foto von der Agenturseite, das ich schon kannte. Danach ein eingescannter Zeitungsartikel mit dem schick gemachten Ehepaar Rechlin, nebst anderen Fotos ähnlicher Paare, anlässlich des Kunstsponsorenfestes „Der dicke Max".

Dann folgte eine ganze Serie von Aufnahmen von einem Bus, Menschen, die aus diesem Bus ausstiegen und ihr Gepäck aus dem nur von außen zugänglichen unteren Stauraum rausholten. Dazu zwei Männer und eine Frau im Portrait.

Der ganze Bericht war eine kurze und ernüchternde Angelegenheit.

Ich suchte und fand meine Kopien der Seiten aus dem Notizbuch. Alles schien recherchiert. Das Ergebnis banal, spekulativ oder verwirrend.

Letzteres galt besonders für die Zahlenkolonnen.

2911353 oder 11121002.

Wer war in diesem Raum hochqualifiziert für operative Logik und systematische Zahlenanalyse?

Ich breitete die Kopien auf dem Tisch aus und bat Rima um eine Interpretationshilfe. Ohne mehr Information, ganz sachliche Arbeitsebene.

„Gleich", kam als Antwort und das dauerte. Dann schnippte sie mit dem Finger, verlangte Wasser und fing an.

Sie ließ sich Zeit. Überflog die Seiten nicht, sondern scannte sie im Kopf. Erst vom Anfang zum Ende, dann umgekehrt. Ihre Welt. Ich störte nicht und wartete.

„Sechs bis neun Ziffern. Die letzten immer 1, 2 oder 3."

Mein Gesicht erwartungsvoll. Rima referierte.

„An eine Verschlüsselung oder ein Kryptogramm glaube ich nicht, das wäre auf einem sehr hohen Level und dafür bräuchte ich mehr Zeit. Keine IP-Adressen, es fehlen die Punkte. Einfache numerische Passwörter, ohne Buchstaben und Sonderzeichen, ungewöhnlich einfach, aber denkbar. Gibt es eine Zuordnungsmöglichkeit zu Leuten und ihren Rechnern?"

Ich schüttelte den Kopf.

„Größere Wahrscheinlichkeit haben Kalenderdaten in aufsteigender Linie, Uhrzeiten und eine wiederkehrende optionale Ziffer. Personen, Orte, Abläufe, Aufgaben, so was."

Ich hörte mit offenem Mund zu. Rima verstand, dass ich nichts verstand.

„Die erste Reihe lautet: 2911353. Könnte bedeuten: Zweiter September, Elfuhrfünfunddreißig. Option 3. Die nächste Eintragung lautet nämlich: 19910502. Also neunzehnter September, zehnuhrfünfzig, Option 2."

Ich tippte selbst auf eine Zahlenkolonne auf der zweiten Kopienseite und las vor. „Elfter Oktober, zwanzig Uhr, Option 3."

„Das wäre das Muster. Die Ziffern ergeben immer ein reales Datum und eine Uhrzeit. Also nie mehr als 31 Tage und 24 Stunden. Kannst Du etwas damit anfangen?"

Von ganz tief innen kam von mir: „Keine Ahnung."

Ein Backenkuss für die Hilfe.

Zwei weitere Punkte verstand ich aber und einer hatten auch einen gewissen Reiz. An dem einen konnte ich nichts weiter tun, als ihn mir zu merken, bei dem anderen schon.

Es war wieder mit einem Ortswechsel verbunden, aber warum nicht. Ein Weg wollte ganz zu Ende gegangen werden.

Ich rief Thomas an, informierte erst über die Zahlen, hatte dann präzise Wünsche und er versprach, sich zu kümmern.

Eine Quelle konnte noch sprudeln.

Cafe Sybille

Drei Tage danach, während der Bahnfahrt nach Berlin, dechiffrierte ich die Zahlenreihen nach der Methode von Rima.

Alles ging auf. Eine Datumsreihe von Anfang September bis Mitte Dezember. Das Kalenderjahr konnte, musste aber nicht das vergangene sein. 2011 wäre jedoch naheliegend, denn die nächsten Eintragungen standen in Zusammenhang mit der Beschaffung von Rostgegenständen für die Kunst und mit der Künstlerin war Lucky erst seit Anfang 2012 zusammen.

Realistisch auslesen konnte ich auch die Uhrzeiten. Bei den letzten Ziffern zwischen 1 und 3 dominierten die beiden ersten.

Insgesamt ergab das 27 Eintragungen. Mit zwei verschiedenen Stiften. In einer Handschrift. Mit einer Vielzahl von Interpretationsmöglichkeiten. Ohne nachvollziehbaren Sinn.

Bei Google rief ich den Kalender des letzten Jahres in meinem Laptop auf. Alle Daten bezogen sich auf Werktage, nie auf das Wochenende. Die Uhrzeiten begannen ab sieben Uhr und zogen sich bis zum frühen Abend. Für Arbeitszeiten also recht unregelmäßig. Oder gab es an dem Tag, zu der flexiblen Zeit, doch Geld zu verdienen, wofür die Additionen in dem Notizbuch stehen konnten? Für welchen Job? Und warum mit Centbeträgen hinter dem Komma?

Gab es Alternativen einer Deutung? Lucky ein *Spotter*? Einer dieser verschrobenen Leute, die Vergnügen haben, sich einfahrende Züge oder abfliegende Flugzeuge ansehen? (Meine Fantasie wurde schon strapaziert. Einerseits hörten die Eintragungen kurz vor der Beziehung mit Barbara Newton auf. Anderseits nahmen solche Leute doch stundenlang alles mit, nicht nur ein einziges Objekt ihrer Begierde an einem Tag.)

Ernsthafter blieb die Frage, welchem Code die letzte Ziffer entsprach. Menschen, Orte, Verkehrsmittel, Gelegenheiten, Kontakte, Geschäfte?

Ich kam nicht weiter. Aber eine Bedeutung musste es geben. Seine Freundin und seine Freunde hatten viel erzählt, aber mit Wahrscheinlichkeit nicht alles gewusst. Oder gab es eine harmlos-normale Erklärung? Warum wurden die Zahlenreihen dann so akribisch notiert?

Steckte dahinter ein Onlineding? Pferdewetten? Doch ein knackfester Code? Ich gab auf.

In Berlin gehörte meine Konzentration der kommenden Aufgabe.

Die alten Männer standen auf der Straßenseite gegenüber. Auf der Berliner Karl-Marx-Allee lief ruhiger Mittagsverkehr. Am Mobiltelefon wurde mir gemeldet, dass die gesuchte Person am zweiten Tisch vor dem Cafe Sybille sitzt, plus Beschreibung der Bekleidung. Er sitzt dort allein, eine weibliche Person vom selben Tisch ist gegangen. Alle Infos in ruhigem Ton, professionell, wie ehemalige Mitarbeiter von Sicherheitsorganen eben einen Observationsauftrag erledigen.

Ich nuschelte eine Art Dank und schaltete das Handy aus. Nur noch ein kurzer Weg. Ich war bereit. Die Chancen standen 50 zu 50, eher vielleicht 60 zu 40 gegen mein Vorhaben, bei realistischer Betrachtungsweise. Aber es gab einen Plan

An einem der anderen Tische des Cafes saßen noch zwei ins Gespräch vertiefte Frauen, sonst war alles unbesetzt.

Noch wenige Sekunden.

Er las Zeitung, sein Latte-Glas fast leer. Ich legte wortlos beide Blätter vor ihn und setzte mich gegenüber hin. Er senkte überrascht die Zeitung und schaute erst mich, dann die beiden Kopien an.

Die eine war eine alte Karikatur, sie zeigte einen gut gekleideten Mann und zwei Asiaten. Darunter stand: „Ausländischen Geschäftsfreunden zeigte Dr. Schreiber gern den Pflasterstein, den er 1968 auf einen Wasserwerfer der Polizei schleuderte, wo er leicht einen nicht ganz unbeträchtlichen Blechschaden hätte anrichten können. Und dazu stehe ich noch heute!"

Die andere Kopie zeigte das Leichenfoto von Lucky Boehnisch.

Zeit für meinen Einsatz.

„Herr von Rechlin, nur einen Augenblick. Mein Name ist Frei. Es gibt ein Anliegen. Ich würde ihnen gerne erzählen, warum wir davon ausgehen, dass Achim Boehnisch ermordet wurde und möchte sie um einige Informationen bitten. Sie könnten sehr wichtig sein. Ihre Hilfe möglicherweise ein Schlüssel. Niemand darf doch so sterben. Egal wie man heute über länger zurückliegende Zeiten und Menschen denkt."

Ole Frei, der Laienpsychologe, hatte alles gegeben. Viel mehr konnte es nicht sein.

Offene Situation ohne Druck und bei eigener Kontrolle. Die große Treibkraft der menschlichen Neugierde. Das eine Blatt mit der Chance zu ein wenig Selbstironie, das andere die blutige Realität. Überrumplungseffekt, aber mit freundlich-höflicher Ausstrahlung.

Was Schwierigkeiten barg, denn Männer meines Alters, mit gepflegtem Kurzbart und ebensolchem Haupthaar, mit arrogantem Blick durch die schwarzgerändterte Brille, mit leichtem Sommeranzug und weißem, krawattenlosem Hemd, mit Ehering und blauem Siegelring in Goldfassung – solche Männer mag ich nicht.

Die entscheidenden Sekunden. Ja oder nein, reden oder gehen, der Kellner soll ein neues Getränk bringen oder die Polizei rufen.

Es dauerte etwas, ein kurzer Augenkontakt, abchecken der Lage.

„Langweilen Sie mich nicht."

Eine durchaus sympathische Stimme. Die einen solchen Satz sicher auch sagte, wenn einer der Agenturangestellten kompakt das Ziel einer Präsentation beim Kunden vorstellen soll. Keine offene Ablehnung.

Während zwischendurch eine Kellnerin eine Bestellung von uns beiden aufnahm, erzählte ich alle Fakten. Warum Lucky nicht beim Bombenbau starb, keinen Suizid beging und auch keiner Beziehungstat zum Opfer fiel. Dass sein gefundenes Notizbuch mögliche neue Erkenntnisse beinhaltete, und es eine Spalte mit zu erledigenden Dinge gab, zum Beispiel „Robin".

„Hat er Sie nach dem 20. April hier in Berlin aufgesucht?"

Für eine einfache Frage brauchte er ziemlich lange.

„Sind wir uns schon mal begegnet?"

„Nein."

„Haben Sie mich beobachtet?"

„Beobachten lassen."

War da Anerkennung in seinem Blick?

„Gab es einen Kontakt?"

„Ihre Profession ist?" Er sagte tatsächlich Profession.

Mein Antwort lautete:" Ich bin Jurist und arbeite in einem mit der Angelegenheit betrauten Anwaltsbüro." Was überwiegend, aber nicht ganz gelogen war, ihm aber erstmal genügte.

„Eines frühen Abends stand er in der Agentur, es waren nur noch wenige vom Team da, ungefähr um das Datum herum."

„Und, was wollte Lucky?"

Wieder Schweigen. (Wenn die einfachen Antworten schon dauerten, was würde bei komplexen Fragen passieren.)

„Welchen Rahmen hat das hier?" Wollte der Mann im Anzug noch gerne wissen.

Ich ging auf seine Befürchtungen ein. Erzählte die Geschichte von dem kleinen Freundeskreis, der alternative Nachforschungen anstellt, um der *Wahrheit* zu finden. Keine Namen, keine Aufzeichnungen, nur Hilfe für die Recherche. Verkabelt sei ich auch nicht. Ein gequältes Lächeln als Reaktion.

Danach lief es flüssiger mit dem Gespräch. Ich erfuhr: Lucky betrat also für eine Viertelstunde die Agentur, nach anderthalb Jahrzehnten der erste Kontakt. Freundlich und distanzlos, etwas weniger ideologisch als früher, irgendwie entspannter – bis er zum Thema kam.

Ein kleiner Schaumrest aus dem Latte Macchiato hatte sich auf der Oberlippe von Herrn von Rechlin abgesetzt und wurde mit einer Serviette abgetupft.

„Es ging um eine Person von damals, Anna oder Hagen, ist einer der Namen schon gefallen?"

Ich nickte: „Hagen Belz".

„Die Beiden trafen sich, Zufälle gibt es, nach einer Ewigkeit in Berlin. Anna lebte jetzt in einem der kleinen baltischen Staaten…".

„…in Litauen", warf ich versuchsweise ein.

„…und machte da in Tourismus. Lucky warf ihm in unserem Gespräch Verrat vor, mit genau diesem Wort, und wollte meine Meinung dazu hören. Hatte mich mit meinem neuen Familiennamen in der Zeitung gesehen"

Da über uns nur der Himmel über Berlin war, zündete ich eine Zigarette an, was einen missbilligenden Blick nach sich zog.

Dann fragte ich: „Verrat im ganz praktischen Sinn damals, oder wegen seiner heutigen Aktivitäten und Anschauungen?"

Die Anspielung überging er souverän. „Verrat im Sinne von Auffliegen lassen, was zu den Verhaftungen führte. Ich konnte ihm dazu wenig sagen, die Erinnerungen verblassen und bei mir bestand nie das Bedürfnis etwas aus der Biografie aufzuarbeiten. Anna hatte ich seit damals nicht mehr gesehen, keinen von damals. Aber Lucky war wie besessen davon."

„Und wie begründete er den Verdacht?", fragte ich beim Ausdrücken der Zigarette.

„Das war für ihn ein Fakt. Unumstößlich. Er wollte nur eine Bestätigung dafür. Ich hab das so stehen lassen. Aber dann kam noch mehr und es schlug um. Für mich wurde es paranoid. Er war da und hatte etwas herausgefunden…".

„Wo ist da?"

„In diesem Litauen, von wo er gerade zurückkam. Offenbar sogar auf Einladung von Anna. Es ging um illegale Sachen, Schmuggel. Drogen, Waffen, Frauen. Eher Drogen. Sie bringen nichts, sie holen, sagte er. Dass Böses Böses hervorbringt, so in dem Ton. Das Verrat mit Verrat vergolten werden muss. Auch mit so einer moralisierenden Wortwahl. Sehr schaurig für meine Ohren. Verfolgungswahn oder besser Verschwörungswahn, eben paranoid."

Ich gönnte mir einen Schluck Kaffee und hielt das Gespräch am Laufen. „Was wollte Lucky denn mit Anna. Entlarven, zur

Rede stellen, vernichten, anschwärzen, anzeigen, büßen lassen oder erpressen?"

„Keine Ahnung. Er wollte von mir Bestätigung, so einen Satz wie: Das habe ich schon immer gedacht. Er redete die allermeiste Zeit, eine unangenehme Situation. Dazu sprachlose Pausen. Ich war höchst überrascht als er kam und erleichtert als er ging."

Dann wollte ich wissen, was Lucky über die Lebensumstände von Anna, von seinem neuen Leben, von Litauen, Job, Familie oder Plänen erzählen konnte. Was passierte in den ganzen Jahren? Davon sollte nach meinem Gesprächspartner aber nichts berichtet worden sein, es ging nur um Täuschung und Verrat.

„Aber die Beiden müssen doch einige Zeit zusammen geredet haben, hier in Berlin und dort drüben. Daraus kann sich doch erst ein solcher schwerer Vorwurf ergeben, Beweise eben?"

„Ich weiß es wirklich nicht. Ich habe auch nicht gefragt, hätte den Besuch nur verlängert."

Rechlins Smartphone sprang mit der Melodie von *My way* an. Er sagte zunächst nichts und dann: „Gut, in 10 Minuten. Der Doktor kann das machen oder Jule selbst."

Die Uhr tickte also. Zeit für die letzten Fragen.

„Nur mal theoretisch. Fünf Menschen machen eine Aktion. Drei kommen dafür in den Knast, einer hat sie verraten und was ist mit Robin?"

„Glück gehabt", schlug mein Gegenüber vor.

Mir reichte das ganz und gar nicht.

„Spielen wir mal durch, ob Anna Sie überhaupt auffliegen lassen konnte. Kannte er ihren damaligen Namen?"

„Nein, Michael natürlich. Aber nicht meinen Familiennamen. Wir hatten uns nur wenige Male gesehen."

„Sie waren der Freund der Frau aus der Gruppe:"

„Ja, kurze Zeit davor, mein Motiv mitzumachen. Meine ideologische Phase."

„Und wusste Anna, wo Sie wohnen?"

„Eher nein. Meine Meldeadresse sicherlich nicht. Meine WG auch nicht, ich war meistens bei Constanze, Kitty. Unsere Treffen fanden aber ganz woanders statt."

„Sind Sie danach zu dem sicheren Ort gegangen, der organisiert worden war?"

„Nein."

„Hätte Anna Sie auf Lichtbildern wiedererkennen können. Gab es ein Polizeifoto von einer erkennungsdienstlichen Behandlung, nach einer Festnahme zum Beispiel?"

„Nein."

„Sind Sie in Berlin geblieben, haben alte Kontakte oder Orte aufgesucht?"

„Auch nein. Ich war in der Schweiz und habe dann an der Uni St. Gallen mein Studium fortgesetzt. Die Agentur kam erst viel später."

„Ein Spitzel hätte also nur einen Michael mit Decknamen, Beschreibung und vielleicht einem Phantombild preisgeben können."

Es wurde genickt.

Ende der Audienz.

Wie im Kino sagte der Anzug: „Dieses Gespräch hat niemals stattgefunden und seinen Inhalt werde ich vor staatlichen Stellen nicht wiederholen." Ich antwortete drehbuchgerecht: „Welches Gespräch?"

Dann zahlte er und ging mit dem Satz: „Sie sind kreativ und situativ, Kommunikationstraining gemacht?"

Von einem Jobangebot sah er ab.

Dass er keine persönlichen Fragen zu Luckys Leben und Tod stellte, kein Geld für Recherchen oder Beerdigung anbot, die Karikatur liegen und mich selbst mein Heißgetränk bezahlen ließ, war jedenfalls ehrlich.

Andererseits.

Ein Kandidat für Verrat wäre er selbst auch. Nicht langfristig in die Szene eingeschleust, dafür war er nicht lange genug dabei. Aber bei einer Festnahme, nach der Aktion hätte Rechlin der Polizei Namen genannt und so einen Deal für straffreies Raushalten und Karriere abgeschlossen. *Taff* war er nicht.

Wenn er Luckys unerwarteten Auftritt und das Aufwühlen alter Geschichten als Bedrohung seiner Fassade auffasste, kam noch etwas anderes hinzu.

Eine längst abgelegte kämpferische Vergangenheit gehabt zu haben, konnte in seinen Kreisen vielleicht noch hipp und chic, auf jeden Fall verzeihlich, sein. Im Land der Lügen avancierte man vom Straßenkämpfer bei erbrachter Anpassungsleistung zum Außenminister. Aber explodierender Sprengstoff, das blieb ein Makel, beruflich wie gesellschaftlich, wenn es öffentlich wird. Daraus konnte ein Motiv für eine harte Problemlösung erwachsen und genügend Geld, Problemlöser zu finden, besaß er sicherlich. Er hatte etwas zu verlieren.

Andererseits dürfte er den unangenehmen Besuch zwar als lästig empfunden haben, aber warum sollte auf ihn Druck ausgeübt worden sein?

Mit solchen ungeordneten Gedanken ging ich an der Station Weberwiese in den Untergrund.

Nahe bei Null

Vietnamesisch oder griechisch?

Thomas Schüttler überließ mir die Wahl und ich votierte für eine Taverne im Prenzlauer Berg, Berlins schwäbisch besiedelter Zone. Dieser Grieche war sichtbar optimiert, mit hellen Stoffdecken über Tischen aus rohem Holz und einer Salatauswahl in der Karte, die weit über den üblichen rustikalen Bauernsalat hinausging, was kulinarisch anspruchsvollere Gästekreise befriedigen sollte. (Wie auch die Weinkarte belegte.)

Ansonsten die immer richtige Wahl: Grundehrliches Essen, das sich bald auf der Tischdecke abzeichnete, schwerer Weißwein dazu und den ersten Ouzo vom Wirt gleich zum Brotteller und der knoblauchhaltigen Paste zum Draufschmieren, bevor das eigentliche Menü kam.

Meinen Bericht von dem Gespräch mit Robin Anzug-Siegelring erhielt Thomas schon, als ich ihn in seinem Büro abholte. Beim Essen wollten wir Dinge vertiefen und klären, jedenfalls wenn es nach meinem Anwalt ging. Ich wollte auch zu einem Ende kommen. Da Julia zu Vertragsverhandlungen in Frankreich weilte, musste der Konsum von Alkohol und Knoblauch nicht limitiert werden.

Auf dem Fußmarsch von der Dachterrassenwohnung zum Lokal konnte ich noch zwei andere Fragen der jüngsten Vergangenheit klären.

Wie kann sich eine junge Anwältin, knapp Mitte dreißig, selbst aus einer Wirtschaftskanzlei mit Sechs-Tage-Woche, eine Wohnung leisten, in der nur noch goldene Wasserhähne fehlten? Antwort: Weil Steuerberater ausgerechnete haben, dass das geht und Kredite gerade günstig sind.

Was sind das für ältere Männer, die den Tagesablauf meines Kontaktes vom Cafe Sybille seit zwei Tagen überwacht und mich zu ihm geleitet haben? Antwort: Zwei ehemaliger Klienten, die Dienstzeiten in der DDR-Volkspolizei und später im West-Kriminaldienst hatten und Thomas über sein Honorar hinaus noch etwas schuldeten. Außerdem waren sie als Pensionäre unausgelastet und hatten auch die Observation der Reisebusse aus Litauen jeden Sonntag besorgt – bislang ohne Ergebnis.

Meine Neugier wurde befriedigt. Die Nachfrage, was die alten Männer seinerzeit in sein Büro führte, scheiterte überraschend am Anwaltsgeheimnis.

Schon vor dem Bestellen ging es los. Thomas gefiel die Vorstellung, dass Hagen „Anna" Belz die Zentralfigur der Geschichte werden sollte, für ihn unzweifelhaft nach Luckys Aussagen, in der Version des Herrn von Rechlin.

Mir war das zu viel an Begeisterung, mein Part blieb deshalb die Rolle des Zweiflers, der Fakten wollte und auch die Ungereimtheiten sah. *Advocatus diaboli*. Keine schlechte Konstellation.

Der eine wollte weit ins Offene, der andere zum Punkt kommen. Genauer dem Schlusspunkt.

Anwalt Schüttler kam gleich mit der Spekulation, Anna sei im Jugendknast von einem Amt oder der Polizei als Spitzel angeworben worden, mit der Berliner Szene der 90er als allgemeinem Angriffsziel und später der Infiltration der Gruppe vom Mai 98.

Ich entgegnete, klar wäre Anna eine Spitzenquelle gewesen, die sich wie der Fisch im Wasser auf Demos und Treffen, bei Aktionen oder deren Auswertung bewegen konnte. So was gab und gibt es. Andererseits aber in diesen Jahren auch Biografien, die führten von Heim und Jugendknast, nach einer schnellen Politisierung, in die Szene als Familienersatz, in militante Gruppen und besetzte Häuser, mit mehr Bereitschaft zu *action* als theoretischem Gerede, in Berlin Kreuzberg und der Hamburger Hafenstraße, in Pariser Vorstädten oder im Häuserkampf in Barcelona. Ganz staatsferne Lebensläufe.

Bei Bifteki und Argolis-Teller ging es dann um die Verhaftungen. Schüttler war nicht zu bremsen. Konnten sie auf Annas Angaben beruhen?

Ich las zwar vor Wochen flüchtig das Urteil, von den Akten und dem Prozess wusste ich aber nichts und fragte nach.

Thomas berichtete widerstrebend. Wer auf ein Ziel zusteuert, der umgeht gerne Fragen. Spielte Anna bei der Aufklärung überhaupt eine Rolle?

So wurde der Akteninhalt in Kurzform präsentiert: 1998 existierte bekanntlich eine Welt ohne Mobiltelefone in jeder Tasche, ohne Internetsuchanfrage „Wie baue ich eine Bombe", ohne massenhaft Kameras im öffentlichen Raum und mit der DNA-Spurensuche in den Kinderschuhen. Kurz nach der Aktion und der Erklärung dazu in der *interim*, erfolgten deshalb klassische Ermittlungsmethoden. Razzien in besetzten Häusern, Wohngemeinschaften und Objekten, die politisch in dieser Richtung arbeiteten. Dazu kamen Befragungen im Umfeld des nächtlichen Anschlags und kriminalistische Kleinarbeit.

So gerieten auch die Verurteilten ins Visier: Bei Lucky wurden offenbar Entwürfe eines Bekennerschreibens gefunden. Der verstorbene Paul sollte Sprengstoffteilchen an seiner Kleidung gehabt und in einem Elektrogeschäft Teile zum Zünderbau gekauft haben. Er und Constanze hatten zeitnah und in der Nähe der Explosionsstelle ein Motorrad betankt. (Tankstellen besaßen damals schon Überwachungskameras.) Ermittelt wurden Kontakte untereinander und Aktivitäten bei politischen Aktionen gegen Mietervertreibung.

Die Prozesserklärung der Angeklagten nahm politisch eindeutig Stellung, natürlich nicht zur Anklage selbst. Dem Gericht reichte das alles zur Verurteilung. Der Name Hagen Belz tauchte in der Akte einmal auf, aber nicht als Mittäter, seine Wohngemeinschaft wurde durchsucht, er war einer der Mieter. Von einem Robin/Michael handelte die Akte gar nicht.

Man konnte die Sache also so, oder auch anders sehen.

Thomas blieb mit seiner Meinung in der Spur und spekulierte weiter. Anna als entscheidender interner Tippgeber. Als Kronzeuge vor Gericht für die Ermittler gar nicht nötig und nach 98 als V-Mann natürlich „verbrannt", danach mit Hilfestellung von der Bildfläche verschwunden.

Ich bestellte noch eine Karaffe Weißwein und hielt dagegen. Damals, auch nach dem Prozess, hatte niemand einen Verdacht gegen Belz geäußert. Und die Leute von damals hätten es doch am besten einschätzen können. Die Geschichte könnte auch anders gelaufen sein. Anna setzte sich, von den Festnahmen gewarnt, ab, wurde nicht verraten und tauchte (schon bald oder erst seit kürzerer Zeit) an der Peripherie Europas wieder auf. Mit neuer Identität, Papieren und Leben. Trotz Ablauf der Verjährung unwillig, auf Dauer nach Deutschland zurück zu kommen. Dann kommt es zur Zufallsbegegnung mitten in Berlin.

„Zeugenschutz", bemerkte Thomas und zog Zigarettenpäckchen und Feuerzeug aus seinem über den Stuhl gehängten Jackett. Wir gingen zur Rauchpause nach draußen, wo wir nicht die einzigen Süchtigen waren. Deshalb senkte ich die Stimme.

„An ein Zeugenschutzprogramm habe ich auch gedacht. Wegen einem einzigen von euch recherchierten Fakt. Das Hagen Belz nämlich aus dem Geburtsregister verschwunden ist. Wenn ihr die korrekte Schreibweise seines Namens, Geburtsdatum und Ort richtig nachgeprüft habt."

„Hundertpro", lautete die Antwort. Es gebe gute Hacker in Berlin.

Jetzt konnte ich fortsetzen. „Das wäre aber auch das einzige Indiz für die helfende Hand des Staates. Wir wissen doch beide, wie solche Programme laufen. Erst kommt eine Gefährdungsanalyse der Spezialisten der Polizei. Wie sicher muss jemand versteckt werden. Dann wird eine völlig neue Legende geschaffen, alle Papiere blitzsauber, von Amts wegen verfälscht. Hinter dir machen sie in den staatlichen Registern wie bei den Meldebehörden sauber und die alte Person ist danach nur noch ein Phantom. Dazu kommt Hilfe mit Geld, Ortswechsel und bei der Jobsuche, sie halten Kontakt, bis ihre Gefahrenprognose Entwarnung gibt und das Programm ausläuft."

„Das Muster passt doch", sagte Thomas und wir rauchten noch eine Zigarette auf Vorrat.

Mein Gegenpart wurde fällig. „Aber du kommst im Regelfall in einer anderen deutschen Region unter. So bedrohlich, dass ein Hagen Belz Land oder gar Kontinent wechseln musste, war die Lage doch gar nicht. Es gab doch nie eine Spitzeldiskussion. Und Litauen? Ein Land, das 1998 noch nicht mal der Europäischen Union angehörte und damit deren Polizeiverbund, das scheidet als Ort von Zeugenschutz definitiv aus, jedenfalls von Anfang an."

„Im Programm erst woanders geparkt, dann auf eigene Rechnung in Litauen", blieb Thomas bei seiner Linie.

Wieder am Tisch orderten wir noch eine Getränkerunde, als der Klingelton eines Handys ertönte. Thomas wandte sich ein wenig ab und säuselte. Julia hatte ihr Geschäftsmeeting in Toulouse endlich beendet. (Gut, dass Rima mir solche Anrufe ersparte.)

Danach ging es mit meinen kritischen Fragen weiter.

Ping. Pong

„Angenommen, es gab mal Zeugenschutz. Was hatte Hagen Belz eigentlich heute zu verlieren, wodurch könnte er unter Druck gesetzt werden oder in seinem neuen Leben Schaden nehmen? Berlin, die alte Szene, das war doch lange her. Er lebte in einem Land, eine gute Tagesreise entfernt und bei großen Schwierigkeiten konnte er weggehen oder wieder Staatshilfe in Anspruch nehmen, falls, was wahrscheinlich ist, die Kontakte über die Jahre eingestellt wurden. Was musste er von seinem alten Genossen Lucky befürchten?"

„Lucky hat bei dem Werbetyp doch von was Illegalem gesprochen", antwortete mein Gegenüber.

„Was denn genau? Schmutzige Deals mit Frauen, Drogen, Waffen, illegaler Handel mit Bernstein oder gar Sprengstoffen? Gib mir einen handfesten Hinweis. Möglicherweise kam er nur nach Berlin, weil er jetzt einfach in der Tourismusbranche jobbt und mit seinen Deutschkenntnissen als Reiseleiter arbeitet."

Thomas trank Bier und schwieg. Ich setzte nach.

Ping. Pong. Matchball.

„Dann wird Lucky in deiner Story liquidiert, weil er etwas, niemand weiß genau was, zu enthüllen droht und zur Gefahr wird. Aber nicht in Litauen, wo es Gelegenheit gibt und die Möglichkeit, einen toten Touristen langfristig verschwinden zu lassen. Sondern in Berlin, in einer risikoreichen Operation, die viel Vorbereitung bedarf, mit einem großen Knall. In einer Gartenlaube, deren Existenz man doch erstmal kennen müsste. Obwohl selbst dort weniger spektakuläre Tötungsarten denkbar wären. Ich sag mal Gift, oder der fingierte Raubmord eines Junkies, der sich bei einem Einbruch ein Paar Euros verdienen will und überrascht wird?"

Rechtsanwalt Schüttler gab nicht auf.

„Aber eine Bombe ist doch geradezu perfide. Mit dem Hintergrund von 98. Eine perfekte Inszenierung für Bullen und Öffentlichkeit. Und…"

Mein Gesichtsausdruck schwankte von skeptisch bis amüsiert.

„…eine Bombe beseitigt alle Spuren."

„Mexikanische Drogenkartelle würden so vorgehen."

Die Ironie wurde übergangen.

Thomas sprach weiter mit leicht aggressiver Tonlage.

„Außerdem konnten in Berlin belastende Dinge eingesammelt werden. Und, dass Telefon, Rechner und vielleicht Unterlagen weg sind, hattest Du das nicht gleich bemerkt?"

Matchball abgewehrt.

„Dir zuliebe lasse ich mich weiter auf das Spekulieren ein." Sagte ich nun auch eine Spur angespannter. „Konnten der oder die Killer denn sicher sein, dass Lucky noch niemanden von seinem Verdacht, welchem auch immer, erzählte. Konnten sie sicher sein, dass nicht auch außerhalb von Handy und PC schriftliches Material gebunkert war, bei Freunden oder Anwälten? Einzelgängerische Geheimniskrämerei, wenn jemand angeblich einer großen Sache auf der Spur war, statt Kollektivitätsprinzip, andere mit ins Boot holen, wie zu früheren Zeiten. Und Freunde hatte Lucky doch offensichtlich noch."

Es folgten schweigsame Sekunden. Dann wieder Thomas.

„Hältst Du ihn auch für durch geknallt, einen paranoiden Spinner, wie dein Gesprächspartner vor einigen Stunden?"

Ich wusste es nicht. Ich kannte ihn ja nicht einmal. Gegen die offizielle Todesversion sprach viel. Jede gedankliche Alternative, was passiert sein könnte, steckte aber im Nebel. Und blieb im Prinzip nicht aufzuklären.

Was hatte Hagen Belz über sich erzählt, über damals und heute, wie konnte sonst dieser Verratsverdacht überhaupt entstanden sein? Warum sollte Belz so dumm sein, von sich aus etwas Negatives berichten, was nur durch Mord zu korrigieren war? Warum eine Tarnung von so vielen Jahren aufgeben? Eine absurde Vorstellung. Eine kleine, erfundene Geschichte hätte es doch auch getan. Warum war die ganze Sache nicht auf die Begegnung am Busbahnhof begrenzt geblieben? Hatte Belz die Lage falsch eingeschätzt und wollte den Freund aus alten Tagen in illegale Geschäfte mit einbinden?

Es lief doch alles gut, wenn überhaupt etwas lief. Oder wollte Lucky etwas von ihm?

Dieser Film hatte einen Anfang und ein Finale, aber keinen Mittelteil.

„Alles ist nahe bei Null", antwortete ich deshalb nur.

Thomas hielt sein Ouzoglas hoch und der Wirt schenkte uns noch einmal direkt aus der Flasche ein. Wir prosteten uns zu. Ein Themenwechsel wäre vielleicht richtig gewesen, aber noch zu früh.

Eine kleine Nachfrage blieb noch, ich fragte nach dem ganz persönlichen Verhältnis der Beiden, damals, im Berlin der neunziger Jahre.

„Es gab schon eine engere Geschichte, in einem besetzten Haus wohnten sie wohl auch mal einige Zeit zusammen. Wieso fragst Du?"

„Wenn ich nach Jahren erfahre, der smarte und solidarische Tommi Schüttler ist ein Spitzel, würde mich das richtig sauer machen."

Dieser zog die Stirn in Falten.

„Es könnte auch eine ganz persönliche Seite geben, eine tiefe Kränkung, nennen das die Psychos nicht so?"

Thomas Stirn blieb in Falten.

Ich spekulierte weiter.

„Du bist auch nach Jahren tief verletzt und willst entsprechend handeln, einen Rachefeldzug starten. Könnte so gewesen sein. Jedenfalls, bei Herrn von Rechlin reagierte Lucky emotional ganz anders. Obwohl der doch ein politischer Verräter, weit jenseits von Gut und Böse ist. Und sein Anzug dreimal einen Hartz IV-Regelsatz kostet."

Das kam bei Thomas nicht gut an. „Willst Du Lucky vom Opfer zum Täter machen?"

„Nein. Aber mal theoretisch ausloten, was er hätte machen können. Nichts mit der Justiz, denn Belz genießt für die alte

Sache Immunität, sie ist verjährt. Er kann ihn nicht politisch bloßstellen, denn auf seine *street credibility* in Berlin pfeift der schon lange. Ganz sicher ist auch ein körperlicher Angriff auszuschließen, mit einer Bombe etwa, oder? Es bleiben nur reale oder eingebildete, illegale Sachen. Die kannst du rausfinden, vielleicht beweisen und anzeigen wollen. Das ist dein Racheplan, er wird durchkreuzt. So denken Du und die anderen aus eurer Gruppe. Diese verhinderte Aufklärung, das ist euer Strohhalm."

Thomas Schüttler reagierte genervt. „Was spielst du? *Profiler* für Arme."

„Ich mache hier den Spielverderber, eigentlich den Spekulationsverderber. Und komme noch mit zwei neuen unbeantworteten Fragen. Für die Begegnung der beiden Anfang April spricht ja sehr viel. Hat die Qualität einer Tatsache. Gab es aber davor schon Kontakte, hier oder dort drüben? Weiß niemand ganz genau."

Ich nahm noch einen Restschluck und kam in Stimmung.

„Dann sind da noch die Zahlenreihen aus dem Notizbuch, von denen ich erzählt hatte. Möglicherweise Daten von September bis Dezember des letzten Jahres. Gibt es irgendeinen Zusammenhang? *Nobody knows.*"

Thomas stieg darauf nicht ein. Den leicht ansteigenden Aggressionspegel spürte er wohl auch und fragte deshalb ganz sachlich: „Siehst Du noch praktische Möglichkeiten, etwas zu tun?"

Die Atmosphäre entspannte sich. Uns fiel gemeinsam einiges ein. Ein Paket für kriminalistische Routinearbeit.

Die Auswertung der Funkzelle für die Kleingartenkolonie, welche Telefone waren in der Nacht dort eingeloggt? Hatten Taxis ganz in der Nähe Fahrgäste gebracht oder abgeholt? Die Rekonstruktion des letzten Tages von Achim Boehnisch. Wurden um die Zeit Mietwagen mit litauischen Ausweisen gemietet oder mit Kreditkarten von dort gezahlt? Übernachteten Männer mit litauischen Dokumenten Tage vor der Tat in Berliner Pensionen oder Hotels? Wer stand im April auf den Passagierlisten der Fahrten Berlin-Klaipeda und wer betreute sie? Gab es Erkenntnisse zum Busunternehmen? Was ergeben die alten Akten der Abteilung Zeugenschutz beim Berliner Landeskriminalamt zur Person Hagen Belz?

Alles Dinge, die nur die Polizei erledigen könnte, was aber nicht passieren würde.

Aus dem Gedächtnis referierte ich darauf die Maxime des größten Kriminalisten aller Zeiten. Was übrigbleibt, wenn man das Unmöglich ausgeschlossen hat, muss die Wahrheit sein, so unwahrscheinlich sie auch wäre. Sherlock Holmes eben.

Das Handy gegenüber piepte zweimal kurz. Offenbar begann Julias Nachtruhe mit einem letzten Gruß.

In die allseitige Stille hinein fragte ich: „Hast Du, habt ihr mal daran gedacht, diese Zweifel und, na ja, Indizien öffentlich zu machen und es dann gut sein zu lassen. Nur Fragen zu stellen? Ich könnte sicherlich einen darauf gestützten Artikel unterbringen, vielleicht greifen es größere Medien auf."

Thomas dachte jedoch in eine andere Richtung. Alkoholbedingt flexibel, unbelehrbar, für ihn plausibel, gefühlsbetont, potentiell gefährlich, eigentlich idiotisch, offenbar ernsthaft gemeint.

„Wir müssten da noch mal hin."

Litauen.

Ob ich nicht mitkommen wollte.

Bombenalarm

Schon vor der Station Alexanderplatz meldete sich die Stimme, erst quietschend, dann hastig gesprochen und im Inneren der Bahn nur bruchstückhaft vernehmbar.

Die Stimme gehörte der „Leitstelle" der BVG und sprach uns als „werte Fahrgäste" an. Die Nachricht kam unerwartet und blieb rätselhaft. „Die Station Hauptbahnhof kann zurzeit nicht angefahren werden. Die Fahrt endet… Friedrichsstraße. Beachten Sie die örtlichen Durchsagen." Von allen Unwägbarkeiten war für mich der Hinweis *zurzeit* der unberechenbarste.

Die Bahn hielt an der Haltestelle Friedrichstraße. Das menschliche Verhalten differenzierte sich. Viele Fahrgäste blieben im Waggon, neue stiegen sogar zu. Andere begaben sich auf den schon sehr gefüllten Bahnsteig und drängelten zu den Treppen. Beide Fraktionen schimpfen, aber in moderatem Umfang. Die Leitstelle der Berliner Verkehrsgesellschaft verstummte. Bahn und Zeit standen still.

Ich stieg aus dem Wagen. Die Probleme in Berlin mit der Verkehrsinfrastruktur, außer man benutzte die eigenen Beine, kannte die Republik. Nur in diesem konkreten Fall nicht, oder nicht ausreichend. Ganz subjektiv bedeutend, weil ich demnächst vom Hauptbahnhof in die Fernbahn nach Hamburg steigen wollte.

Hoffnungen auf örtliche Lautsprecherdurchsagen hatte ich mir nicht gemacht und wurde deshalb auch nicht enttäuscht. Informationskompetenz ausstrahlende Uniformen von Bahnangestellten blieben unsichtbar. Nach einigen Mühen erreichte ich die Rolltreppe nach unten.

Mein Kaffeedurst war in der Mitte des Vormittags nicht hoch entwickelt. Bei Thomas genoss ich ein ausgiebiges Frühstück. Ich entschloss mich aber in eine Espressobar zu gehen, auf einen Kakao und Informationen. Beides kam schnell. Der Kakao war sehr heiß. Der Hauptbahnhof wegen einer Bombendrohung geräumt und wurde seit Stunden durchsucht.

Das konnte dauern. Ein großes Gebäude mit mehreren Ebenen, dutzenden Geschäften, öffentlichen Toiletten, Fahrstühlen, Büros, Gleise, Schließfächer, herrenlose Gepäckstücke und was sonst noch im Innenleben eines Bahnhofs existiert. Passieren würde nichts. Wer einen Terroranschlag auf einen Ort, den hunderttausende Menschen täglich frequentieren, verüben will, der ruft *danach* an. Die andere Gruppe von Soziopathen berauscht sich daran, dass das eigene kümmerliche Leben mal so richtig die Verhältnisse zum Tanzen bringt und damit einmal wichtig ist. Mit der Chance, sanktionslos davon zu kommen, wenn der Anruf von einer entfernten Telefonzelle, mit Tuch vor dem Mund, sowie außerhalb des Radius einer Überwachungskamera erfolgt und später nicht herum geprahlt wird.

Kakao zu trinken weckte bei mir Kindheitserinnerungen. Der Morgenkaffee kam in meinem Leben erst später, in der Pubertät, anfangs noch mit viel Milch und etwa zur gleichen Zeit, wie die Bekanntschaft mit Nikotin.

Außerhalb der Espressobar war es noch voller geworden und in der Stimmungslage aggressiver. Eine unangenehme Melange aus Frustration, fehlendem Wissen, Hilflosigkeit und der Verweigerung von Fatalismus.

Dass die Menschen aus guten Gründen von A nach B wollten, kam hinzu. Ich persönlich setzte auf die „Nach-Hause-Karte". Hier hatte ich nichts mehr zu tun. Thomas würde meine Antwort auf seine Reisepläne in einigen Tagen bekommen. Einen großen Zeitdruck gab es entspannterweise nicht. Aber ein ungefähres Zeitfenster zu haben wäre schon schön.

Das Piktogramm führte mich nach draußen, wo ich handfeste Auskünfte erwartete. Die Taxischlange am Stand war lang, Fahrergruppen standen rauchend und redend zusammen. Quellen, die außer Softpop und Verkehrsnachrichten vielleicht auch den Polizeifunk hörten, was ja zum Geschäft gehörte. So erfuhr ich, dass die Bombensuche wohl beendet, der Bahnhof aber noch nicht wieder freigegeben war. *Dit Chaos möcht ik nich erleben* galt als allgemeiner Konsens.

Ich entschloss mich zu einem Spaziergang. Noch auf der Friedrichstraße versuchte ich Rima zu erreichen – nur die Mailbox. Dann schickte ich eine SMS. *Ruf mal an*. Wir waren nun wirklich nicht das *Wie-war-dein-Tag-Schatz*-Paar, aber mir stand der Sinn nach einem Gespräch.

Noch vor der Chausseestraße besuchte ich eine Buchhandlung mit modernem Antiquariat und stöberte in Ruhe. War es die in meinem Umfeld aufgekommene Russen-Folklore? Jedenfalls kaufte ich aus einem Tisch mit Dostojewskij-Romanen eine dtv-Ausgabe von „Schuld und Sühne" aus dem Jahr 2000 für 3 Euro. Im Klappentext fand mein Interesse, dass Rodian Raskolnikow von der Idee besessen war, dass ein „großer" Mensch „lebensunwertes" Leben vernichten darf, um seines eigenen Vorteils willen. Was nicht gut ausgehen sollte.

Der bald danach erreichte Hauptbahnhof konnte wieder von allen Eingängen betreten werden und funktionierte den Umständen entsprechend. Auffällig war die Polizeipräsenz vor und im Bahnhof. Offenbar sollten Sicherheit und Stärke demonstriert werden. Menschenmassen gab es nur im Reisezentrum und vor den Anzeigetafeln.

Der Rückstau an ausgefallenen Zügen musste gewaltig sein. Aber für mich gab es eine gute Nachricht. Für „ca. 12.05" wurde ein Zug mit Zielort Hamburg-Altona angekündigt. In einer guten halben Stunde.

Ich stellte mich in Ruhe zu den Rauchern und kaufte dann auf dem Weg nach ganz unten ein Mineralwasser, ein Sandwich und Zeitungen. An den Ständen herrschte schon wieder *business as usual*.

Um Viertel nach zwölf hatte sich mein ICE tatsächlich in Bewegung gesetzt. Gegen eins klingelte das Handy und Rima fragte laut und unfreundlich: „*Was*?!"

Die Konversation blieb etwas einseitig. Bis wir zur wahrscheinlichen Ankunftszeit in Hamburg kamen und sie mir Dinge auftrug, die unbedingt eingekauft werden mussten.

Dann erzählte ich noch von dem gekauften russischen Buch und meiner gespannten Lesefreude. Das führte nach einer kleinen Pause zu einem ganzen russischen Satz, in dem ich nur das wie auf Deutsch klingende Wort „Idiot" verstand.

Laba diena

Natürlich fuhr ich nicht mit hin.

Es gab gute Gründe gegen das Projekt einer Fahrt nach Litauen. Eine latente Gefahr bestand auch, das konnte nicht geleugnet werden. Für mich bildete das aber nicht den Hauptgrund. Dieser lag in der offenkundigen Sinnlosigkeit.

Eine Reise von Lucky Boehnisch in das Land, vor einigen Monaten, stand zu 95 Prozent plus x fest. Er hatte mit dem Werbetyp darüber gesprochen und seine spärlichen Notizen deuteten auch darauf hin. Was gab es da noch groß zu verifizieren?

Aber was dann in diesem Land passierte, wen er und wo traf, wie sollte es dort neue Erkenntnisse geben? Ohne Kontakte, ohne Absicherung, ohne einen Plan und Einblick in die Lage vor Ort.

Die Suche nach der Nadel im Heuhaufen, die brisant wird, wenn man sie findet.

Denn schon, als die Idee aufkam, wollte ich von Thomas Schüttler wissen, was passiert, wenn – Wunder geschehen – er auf baltischem Boden dem Mann begegnet, der einmal Hagen Belz war und Anna als Decknamen führte. Showdown auf feindlichem Terrain? Ausgelebte Idiotie a la „ich hätte da mal ein paar Fragen"? Die Bitte, zur Klärung eines Sachverhalts die nächstgelegene Polizeiwache aufzusuchen oder gleich mit nach Berlin zu kommen? Thomas antwortete nur ausweichend und das war auch ein Grund, von der Fahrt Abstand zu nehmen.

Seine eigenen Motive waren nicht meine. Aufklärung eines Todesfalls, Gerechtigkeit schaffen, sicherlich noch, nur nicht auf diesem Weg. Aber nostalgische Gründe, eine Art von Schuld einem Toten gegenüber, Recht zu behalten, die Hoffnung etwas aufdecken zu können, das blieb seine Sache. Auch mit dem Risiko, dass alles ganz anders war und unerwartet Unerfreuliches herauskam.

Er fand auch sonst keine Reisebegleitung. Nicht in Luckys Freundeskreis, schon gar nicht bei seiner Luxusanwältin, und bei Marianne aus seiner Kernfamilie hatte er bestimmt gar nicht angefragt.

Beim letzten Telefongespräch versuchte er, mir die Sache dann noch mit touristischen Dingen schmackhaft zu machen. Entspannte Bustour, Schiffsreise mit der Ostseefähre, Kleipeda sei eine interessante kleine Stadt, ich sollte mal googeln, gut essen und trinken und mit Sicherheit ein Motorrad mieten, auf langen Alleen mal Gas geben.

Ich lehnte dankend ab.

Thomas war nicht wirklich enttäuscht. Er schaffte es aber, mir ein Versprechen abzunehmen: tägliches skypen.

Dazu hatte er einen Plan entwickelt, der eine Kontaktzeit vorsah. Bei mir 18 Uhr, bei ihm dann offenbar schon 20 Uhr. Da seine Bustour am Sonntag begann und auf der Ostseefähre die Verbindung als möglicherweise problematisch eingeschätzt wurde, waren wir erstmals am Montag verabredet.

Ich war bereit und sowieso seit Mittag bei der Arbeit – redigieren und recherchieren. Unter dem Dach hielt sich die Wärme lange. Wir hatten die Türen und die beiden Fenster geöffnet.

Rima trug ein dunkelblaues Kopftuch, arbeitete auch und war entspannt und aufgeschlossen (was mich immer überraschte). Auf einem Tablett zwischen uns lagen aufgeschnittene Stücke einer Wassermelone und Salzgurken. Sie aß süß wie sauer.

Zur guten Stimmung dürfte auch beigetragen haben, dass wir bei anbrechender Dunkelheit in der Sternschanzen-Park gehen wollten, wo im Freilichtkino „About a Boy" mit dem unvergleichlichen Hugh Grant aufgeführt werden sollte. (Wie passten Hugh und Rima eigentlich zusammen? Was fand sie an einem fast zwanzig Jahre älterem *nice gay*?)

18 Uhr war an der Zeitleiste meines Laptops schon vorbei. Dann wurde unten rechts angezeigt, dass „t.schuettler1970" online ist. Ich ging auf Skype und sein Profilbild.

Nach der Aktivierung des Lautsprechers dröhnte es kurz. Dann erschien ein vertrautes Gesicht auf dem Bildschirm.

Thomas Schüttler verbreitete auch vom nordöstlichen Rand Europas Wohlfühlstimmung. „Bin gut angekommen" lautete seine Botschaft. Es folgte eine wortreiche Schilderung von langer Busfahrt, einer gemischten Reisegesellschaft, hauptsächlich aus Radwandertouristen und allerlei Amüsement auf der Fähre. Eindrucksvoll sei am Montagmorgen die Einfahrt in den Hafen gewesen, die große Fähre ganz dicht am Ufer. Ich hörte schweigend zu. Dann drängte sich Rima in den Aufnahmebereich der Webcam und wurde herzlich begrüßt, obwohl sich die beiden noch nie vorher gesehen hatten. Es folgte ein Kompliment für das Kopftuch und eine Frage nach dem Sommerwetter in Hamburg.

Ausführlich schilderte Thomas danach die Ankunft auf dem Busbahnhof von Klaipeda. Die Radtouristen wurden von einem Kleinbus ihres örtlichen Reiseveranstalters abgeholt. Pärchen und Einzelreisende mussten selbst sehen, wie sie weiterkamen. Er hatte gewartet und beobachtet. Als Touristen und Gepäck schon seit einiger Zeit ausgecheckt hatten und der Bus auf einen anderen Platz geparkt war, fuhr ein Motorradfahrer vor. Er erhielt vom Busfahrer eine Tasche, verstaute sie in seinem Rucksack und fuhr weg.

Es folgte eine Pause, offenbar der Wunsch nach einer Meinungsäußerung von mir. Ich sagte: „Eine Tasche voll Kokain, mit dem sich Balten ihr Leben verzaubern. Oder Reste aus der Fährkantine. Oder ein Mitbringsel für Tante Olga aus den Einkaufspalästen Berlins. Such es Dir aus."

„Wir mussten beim Betreten und Verlassen der Fähre nicht mal unsere Ausweise zeigen, nur beim Einchecken auf der Fähre. EU-Grenze. Deutscher Zoll in Sassnitz, litauischer Zoll hier, für Waren. Der Bus stand die ganze Zeit auf dem unteren Deck der Fähre. Neben einigen PKWs, einem weiteren Bus und zwei russischen LKW. Du hättest alle deine Sachen mitnehmen können. Aber viele nahmen nur Handgepäck mit für die Fahrt, größere Sachen, Räder etc. blieben im Bus. Die alten Passagierlisten konnte ich natürlich nicht ansehen. Im Hafen von Klaipeda fuhr der Bus dann ohne Kontrolle raus. Rauschgifthunde gab es gar nicht. Doch generell perfekt für eine illegale Einfuhr, oder? Und wenn die Sache auffliegt, ist die Tasche doch niemandem zuzuordnen. Im Bus fuhren 18 Menschen mit, plus Fahrer und einer Art Reiseleiterin."

Ich bat ihn nur zwischen Fantasie, Verdacht und Beweis zu unterscheiden.

Er ließ es unkommentiert. Berichtete aber noch von einem netten kleinen Städtchen, alles fußläufig zu erreichen, jedenfalls ganz anders als Berlin. Von einer Pension mit einem großen Hinterhof, zu dem aller Zimmer Blick hatten, und dem günstigen Wechselkurs von Euro und Litas, der Dinge sehr preiswert machte. Sein Motorrad stand schon im Innenhof und mit anderen Dingen hätte er begonnen.

Wir verabschiedeten uns für gut 24 Stunden.

Jedenfalls, was die direkte Kommunikation betraf. Über den folgenden Tag verteilt, bekam ich mehrere Mails, denen Dateien mit Fotos angehängt waren. Plätze, Straßencafes, Hinterhöfe, ein Motorrad, Skulpturen in einem Park, ein verwahrlostes Denkmal für gefallene sowjetische Soldaten , die Fensterfront eines Reisebüro aus mehreren Perspektiven, aber keine Menschen.

Der mündliche Bericht erfolgte später am Dienstag. Thomas fand das Reisebüro, das die Busfahrt organisiert und ihm das Motorrad vermittelt hatte. Mehr fand er nicht. Dort arbeiteten zwei jüngere Litauer, seinem Wunsch, auf Deutsch Auskünfte zu bekommen, kam die Frau nach und beriet ihn über lohnenswerte Ausflugsziele und Motorraddinge.

Das befriedigte ihn natürlich nicht. „Soll ich offensiv werden und nach Hagen Belz fragen oder Luckys Bild zeigen, was denkst Du?"

Was sollte ich sonst antworten. „Natürlich wirst Du das tun. Dafür machst Du doch die Fahrt. Aber besser erst am letzten Tag, damit für deine Liquidierung nicht mehr so viel Planungsvorlauf ist."

Er nahm das erschreckend ernsthaft und mit einem kurzen Nicken zur Kenntnis.

Bei dem Hostel in der Neustadt war er auch schon gewesen. Aber Fragen und das Foto von Lucky Boehnisch brachten keine Ergebnisse. An einem Ort für sehr junge und billig Reisende gab es keine größere Buchführung und häufig wechselndes Personal.

Der Jazzclub in der Altstadt war am Montagabend geschlossen gewesen. Der Besuch wurde verschoben.

Die Telefonnummer aus Luckys Notizbuch hatte er auch angerufen. Eine nach der Stimme ältere Frau nahm ab, ein Gespräch auf Deutsch oder Englisch kam aber nicht zustande.

Dann wollte er mir eine Diskussion über Rauschgift in Litauen aufzwingen. „Google das mal." Aber ich war unwillig und entgegnete: „Nenn mir ein Land ohne Drogenkonsum und Drogenhandel. Vatikan zählt nicht, die haben da andere berauschende Mittel."

Das Skypen am Mittwoch blieb mir im Gedächtnis, aber nicht wegen der Nachrichten aus Litauen. Thomas konnte zu Beginn mit *laba diena* aufwarten, dem Tagesgruß in der Landessprache. Im Jazzclub spielte am vergangenen Abend ein polnisches Trio. Ohne Ergebnis zeigte er am Tresen ein Bild von Lucky und im Club wurde als einzige ernstzunehmende Droge Wodka verkauft. Ausländer unter den Gästen, aber keine Deutschen.

Bei Thomas trat eine gewisse Ernüchterung, also Realismus, ein. Für touristische Dinge hatte er die Bekanntschaft mit einem Biker aus Holland geschlossen.

Ein, zwei Stunden nach dem Ende dieses kurzen Gesprächs, ich hantierte in der Küche, hörte ich einen Aufschrei.

Gleich darauf kam Rima in die Küche, die rechte Faust triumphatisch geballt. „Ich bin genial", hörte ich. Sie musste es nicht aussprechen, bei ihrer Arbeit zum Test einer Sicherheitssoftware, war der Durchbruch gelungen. Damit auch ein großer Euro-Jackpot geknackt. Ich gratulierte und setzte das Wort *lada* ein, auf Russisch „Schätzchen." Sie versuchte halbherzig einen Kopfstoß, dem ich aber mit einer Rückwärtsbewegung die Wucht nahm. Es folgte allerlei Körperkontakt. Die positive Wirkung von Erfolg bei ihrer Arbeit kannte ich. Das konnten nette Tage werden.

Der nächste Skype-Kontakt verzögerte sich um fast eine Stunde vom vorgesehenen Zeitpunkt. Auch war Thomas nicht allein und gesendet wurde von außerhalb eines geschlossenen Raums. Dem Pensionsgarten, der harten Anti-Raucher-Politik auch an der Ostgrenze der EU geschuldet.

Ich lernte Rinus virtuell kennen, den holländischen Motorradfreak, der mich auf Englisch begrüßte und sagte, sie gingen bald zu einem *nice place*, wo mit Blick auf einen Fluss Steaks in

Pizzagröße serviert würden. Dann übernahm Thomas wieder und berichtete von einem Beinaheunfall mit einem Kleinbus, der sei beiden in die Knochen gefahren. (Ein Mordversuch der litauischen Mafia, fragte ich genervt und nur auf Deutsch. Der Scherz blieb ohne Folgen.)

Dann fiel mir ein Gegenstand auf und ich ließ Thomas die Kamera im Laptop über den Tisch schwenken. Bierdosen, eine Wasserflasche als improvisierter Aschenbecher, zwei Feuerzeuge, ein Päckchen Drehtabak und eine Zigarettenschachtel mit schwarz-rotem Design und dem Aufdruck ASTRA. „Falls die Zigaretten aus dem Land stammen, so eine Packung gab es auch in Luckys Wohnung. Woraus sich ja Schlüsse ziehen lassen."

Thomas nickte und ich wünschte zweisprachig einen angenehmen Männerabend.

Am Freitag kam das Bild aus dem Pensionszimmer, Rinus war nach Lettland weitergefahren. Thomas hatte Mitteilungsbedarf. Er war am Nachmittag noch einmal im Reisebüro gewesen, diesmal mit zwei einheimischen Männern besetzt. Er zeigte erst das Bild von Achim Boehnisch, ohne Reaktion. Dann fragte er nach einem alten deutschen Freund, der vielleicht hier arbeitet. Hagen Belz aus Berlin. Vielleicht auch unter dem Namen „Petras" in Litauen bekannt. Er begleitete den Bus im April nach Deutschland. Beide Männer sagten, sie würden so jemanden nicht kennen. Er arbeitet nicht im Büro. Es sollte mal bei den Busfahrern nachgefragt werden, eine wechselnde deutschsprachige Begleitperson nimmt an jeder Tour teil.

„Dann frag doch mal nach, auch wenn es kein aktuelles Foto gibt."

„Werde ich, die Abfahrt ist morgen um sieben."

„Haben die Leute vom Reisebüro eigentlich alle Daten des neugierigen Deutschen?"

Thomas zuckte die Schultern. „Seit der Buchung von Fahrt und Motorrad – Name, Adresse und Kreditkartennummer."

Es wurde unser letztes Gespräch via Skype.

Letzte Dinge

Manche Dinge ziehen sich, finden dann aber doch ein Ende. In andere Sachen wird viel Energie gesteckt, aber es kommt nichts dabei raus.

Manchmal gibt es einen Gegner, der ist stark und mächtig und kann Schläge abwehren. Manchmal gibt es gar keinen Gegner und jeder eigene Schlag geht ins Leere.

Auf manche Fragen gibt es Antworten. Manchmal gibt es nur Fragen.

Wie das so ist, mit den Dingen des Lebens.

Jedenfalls, rund fünf Monate nach der Explosion in der Laubenkolonie Abendrot, vier Monate nach dem Beginn von Recherchen und einen Monat nach dem wenig erkenntnisreichen Litauen-Trip, passierte noch was.

Unter der Überschrift „Unser Freund Achim `Lucky`Boehnisch hat sich nicht selbst in die Luft gesprengt", veröffentlichten Thomas, Andreas und der kleine Berliner Kreis eine Erklärung.

Mit allen Fakten, die gegen die offizielle Version sprachen. Zu Hagen Belz stand drin, dass er mutmaßlich 1998 für die Polizei gearbeitet und dafür in ein Zeugenschutzprogramm übernommen wurde. Sein vollständiges Verschwinden wurde thematisiert, die Litauen-Verbindung und ein Zusammentreffen von beiden in Berlin und im Osten. Ein direkter Zusammenhang mit Luckys Tod, im Sinne einer Ermordung, wurde nicht behauptet, aber nahegelegt. Dann kamen viele offene Fragen zu Belz, Luckys letzten Tagen in Berlin und seinem Aufenthalt in Klaipeda Mitte April.

248

Unter luckysfreunde@gmx.net konnten Hinweise gegeben werden. Der Text erschien auf Papier und auf verschiedenen Internetseiten. Thomas machte ein, zwei Interviews.

Luckysfreunde gab es gleichzeitig auch als Seite auf Facebook mit dem Text, Fotos und einem erweiterten Fragenkatalog (auch gerichtet an Mitfahrer von *Klaipeda bustravel* auf der Route Berlin-Litauen im Monat April).

Es kamen Reaktionen. Aber nur wenige. Lob für die Initiative wurde per Email verschickt, ein bisschen Empörung oder eine Trauerbekundung, von einer Frau, die den Toten von früher kannte, aber an ihrem jetzigen Wohnort gar nichts mitbekommen hatte. Was nicht kam, waren brauchbare Hinweise.

In der Facebook-Welt (also nicht meiner) wurde sich an den digitalen Stammtisch gesetzt. Die Seite gewann „Freunde", aber in bescheidenem Umfang. Der lange Text wurde geteilt und damit seine Reichweite erheblich erweitert. Ohne wirkliche Relevanz. Die folgenden Kommentare trieben die Spekulationen in manchmal sinnfreie Welten oder waren ganz gelegentlich gehässig. Man erfuhr einiges über die alljährlichen Ehrungen für litauische SS-Veteranen, aber nichts über Hagen Belz. Die Rucksack- und Fahrradtouristen konnten nicht erreicht werden. Einige Freunde wussten etwas über die generelle Methode von Zeugenschutz.

In der Welt des Berliner Landesparlaments wollte kein Abgeordneter, kein Linker und kein Grüner, die Frage stellen, ob ein Hagen Belz einmal in einem Zeugenschutzprogramm gewesen war. Die Antwort stand fest. Für V-Leute, verdeckte Ermittler oder geschützte Personen galt staatlicherseits das Gesetz der *Omerta*, das Schweigegebot der Mafia. Seit Jahrzehnten wurde darauf eine Antwort verweigert, unter Hinweis auf die höherrangigen „Interessen des Bundes oder eines

Landes", im großen wie im kleinen, abgesichert durch Verwaltungsgerichte.

Zustande kam die Anfrage im Abgeordnetenhaus, ob nicht eine alternative Betrachtung auf Grund von verschwundenem Handy und Rechner, polnischem Profisprengstoff und anderen Umständen des Todesfalls nötig, und die Ermittlungen wieder wegen „Fremdverschuldens" aufzunehmen sei.

Die Senatsverwaltung für Justiz antwortete kurz. „Der Sachverhalt war Gegenstand eines staatsanwaltschaftlichen Verfahrens. Nach den polizeilichen Ermittlungen und den kriminaltechnischen Untersuchungen ist ein Fremdverschulden auszuschließen. Das Verfahren wurde am 9.5.2012 eingestellt. Zureichende Anhaltspunkte für eine Wiederaufnahme von Ermittlungen bestehen derzeit nicht."

Dann kam mein Part. Ich hatte einen Artikel versprochen und schrieb ihn. Der gedachte Arbeitstitel lautete: „Ein unaufgeklärter Todesfall." Stoff gab es genug, ich saß ja an der Quelle.

Ich schilderte Luckys Leben, die unmittelbaren Todesumstände und wie die Akte schnell geschlossen wurde. Dann ging es um seinen kritischen politischen Standort, aber ohne Militanz. Ich folgte der Spur des professionellen polnischen Sprengstoffs und ließ einen ungenannten Experten die Möglichkeit einer Fernzündung bestätigen. Dann ging es um weggekommene Kommunikationsmittel und um die den Ermittlern unbekannten Aufzeichnungen des Opfers. Hagen Belz wurde eingeführt, die Treffen in Berlin und Klaipeda, der Vorwurf von altem Verrat und Zeugenschutz und von neuen „dunklen Geschäften". Offenen Fragen, denen der Staat nicht nachgegangen war. Dann ließ ich Rechtsanwalt Thomas Schüttler, als Vertreter von Angehörigen und Freunden, detaillierte Forderungen erheben, was nach einer Wiederaufnahme des Verfahrens noch zu überprüfen sei, damit ein

Tötungsdelikt nicht als selbstverschuldeter Unglücksfall abgelegt werden konnte.

Den Artikel schrieb ich so, wie Redaktionen es wollen. Storyform, präzise Angaben, von Uhrzeiten bis Aktenzeichen und Handynummer. Fakten genannt, Spekulationen deutlich gemacht, Zitate von Beteiligten (nach Absprache: Thomas und Laubenpartner Andreas mit vollem Namen, Barbara Newton nur als „letzte Partnerin, eine Berliner Oberstudienrätin"). Dazu die Parlamentsanfrage und Stellungnahmen, vom Anwalt und der Pressesprecherin der Berliner Staatsanwaltschaft (die nicht überraschend dieselbe Auskunft wie die Justizbehörde gab.) Dazu wurden Fotos angeboten.

Gemeinsames Ziel war die Veröffentlichung in größeren Medien. Kleinere, mit geringerer Reichweite, würden sich problemlos finden. Der schwierigere Teil eines freien Berufs. Kein Interesse beim *Stern*. Dafür einen Fuß in der Tür bei SPIEGEL-Online. Was mir ganz recht war, vielleicht konnten sie ihre vorhandenen Kontakte zu Polizei und Justiz in der Hauptstadt nutzen und aus dem Apparat mehr erfahren als ich.

Nach der Mail mit dem Text an den Radaktionskontakt dauerte es. Was bei dieser Geschichte kein Aktualitätsproblem schaffte, aber generell auch kein gutes Zeichen ist. Dann lief es an.

Mit einer Antwortmail nebst Rechtevertrag als Anhang. Der musste ausgedruckt und ausgefüllt zurückgeschickt werden. Die Grundlage für Geld, aber sonst wenig.

Die Platzierung machte die Redaktion (leider in der Rubrik „Panorama", also wo die Themen sonst Mode, Tiere oder Hollywood sind). Die Überschrift legt die Redaktion auch fest („Der große Knall"). Leider gab es dann noch den nicht abgestimmten fettgedruckten Vorspann bis es eigentlich losgeht. („Hat sich in Berlin ein Ex-Terrorist beim Bombenbauen in die

Luft gesprengt. Oder wurde die Akte vorschnell geschlossen?")

Onlineseiten sind sehr schnelllebig. Der Artikel hielt sich keine sechs Stunden auf der Startseite von SPON, danach musste man schon die weiteren Panorama-Seiten klicken.

In den Stunden aber präsentiert er sich für sehr viele potentielle Leserinnen und Leser. Plus dem ewigen deutschen Mythos, es hat im Leitmedium SPIEGEL gestanden, was vielleicht nützlich sein konnte.

Reaktionen blieben rar. Der Artikel wurde einige Male geteilt und natürlich auch auf die Luckysfreunde-Seite gestellt. Kommentare gab es bei SPON nicht. Die Berliner Medienlandschaft schwieg weiter. Nur eine Redakteurin der *taz* rief – allerdings folgenlos – bei Thomas an.

Das war es dann gewesen.

Das war es dann doch noch nicht gewesen. Ich erfuhr nur später davon.

An die für den Fährhafen Sassnitz zuständige Zollinspektion gelangte ein anonymes Schreiben, mit dem Drogentransporte durch Busse der Firma *Klaipeda bustravel* bei der Ausreise aus Deutschland behauptet wurden.

An einem Sonntag am Berliner Busbahnhof wurde dem Fahrer des Busses der genannten Firma ein Briefumschlag übergeben. Auf dem stand als Adresse auf Litauisch. „Für den Mann, der einmal Hagen Belz war und am 1. April einen alten Bekannten in Berlin wieder getroffen hat." Der Brief war kurz. „Wir haben alle Unterlagen, Fotos und Belege, die Lucky gesammelt hat. Wir setzen fort, was er begonnen hat. Du bist fällig. luckysfreunde@gmx.net"

Eine allerletzte Provokation.

Der Preis der Freiheit

Ich hatte mich verletzt.

Nicht sehr schlimm, aber das linke Knie tat beim Auftreten weh und Abschürfungen schmerzten. Hinzukam, dass meine Rettungsaktion als Torwart den Treffer der anderen Mannschaft nicht verhindern konnte. Wir mussten auf dem Fußballplatz ohne Rasen im Sternschanzenpark eine Niederlage hinnehmen. Wenn ich es schaffte, spielte ich hier wieder jeden Donnerstagnachmittag Spaßfußball.

Ich humpelte leicht auf dem Nachhauseweg und leerte im Flur den Postkasten aus. Ein Brief.

Nach dem Duschen lag ich auf dem Bett. Trotz der beim Spiel getragenen langen Hose war doch eine Rötung am Knie zu sehen, mit abgelöster Haut, das ganze Gelenk tat weh.

Möglicherweise übertrieb ich Schmerz und Verletzungsumfang. Jedenfalls nahm Rima das bereitgestellte Infektionsspray und verpasste mir eine volle Dröhnung, was nun wirklich weh tat. Danach brachte sie in ein Küchenhandtuch gepackte Eisstücke zum Kühlen des Knies und empfahl mir, in meinem Alter auf Schachspielen umzusteigen.

Ich genoss die Spur von Fürsorge und bat noch um den Brief vom Schreibtisch im anderen Zimmer. Sie holte ihn, blieb an der Tür stehen und ließ in aufs Bett segeln. Dann blieb ich allein, im Nebenraum begann Adele zu singen.

Der Brief stammte vom Generalbundesanwalt, was schon auf dem Umschlag aufgedruckt war.

Nach längerem Betreff und üblicher Anrede wurde mitgeteilt, dass das Ermittlungsverfahren gegen mich „gemäß § 170 Abs. 2 StPO eingestellt" wurde. Freundliche Grüße.

Wie lange lag das zurück, der Ledergeruch, der Hubschrauberflug und alles danach? Fünf, eher schon sechs Monate. Im Bett hatte es frühmorgens angefangen, im Bett ging es am späten Nachmittag zu Ende. Am Anfang ein seitenlanger

Haftbefehl und eine Meute, die in meine Wohnung eingefallen war. Jetzt ein Einzeiler, im Auftrag, Oberstaatsanwältin.

Im Land der Lügen gab es eine weniger.

Wie ich mich fühlte? Glücklich wäre ein unpassender Begriff. Es war mir doch alles passiert, der Verdacht hatte gegriffen und viel mit mir gemacht, was ich in der Lage nicht verhindern konnte.

Game over.

Sollte ich es wagen zu rufen? Ich wagte es nicht, sondern stand langsam selber auf, zog mir eine Jeans an und ging humpelnd in unser Arbeitszimmer. Rima hörte jetzt Amy Winehouse auf *You tube,* rauchte ihre Rauchwaren und füllte ein Formular aus.

Ich steckte mir eine Zigarette an und informierte sie. Ihre lautlose Reaktion bedeutete: positiv zur Kenntnis genommen.

Ich holte mir ein Glas Weißwein aus der Küche und rief als erstes bei Anwalt Marcus an. Er bekam auch so ein Schreiben, wusste aber noch nicht, ob die Verfahrenseinstellung für uns alle fünf Gültigkeit besaß, wollte sich aber erkundigen. Anwalt Thomas konnte ich nicht erreichen. Kathy brachte die größte Begeisterung auf und wollte die gute Nachricht streuen. Tom erwischte ich kurz nach dem Aufwachen, danach war er aber hellwach.

Neben mir schloss Rima den Kontoeröffnungsantrag bei der Commerzbank mit ihrer Unterschrift ab. Ihre Geschäftspartner wollten nur noch bargeldlos zahlen und verlangten Rechnungen mit ausgewiesener Mehrwertsteuer. Ein erzwungener Schritt in die Welt von Steuern und sonstiger Legalität. Ich hielt mich da raus.

Jetzt sang Nelly Furtado, es kam ein später Espresso für mich auf den Tisch und im Brief befand sich noch ein zweites Blatt Papier.

Es hatte deutlich mehr Text und die Überschrift „*Hinweise für Ansprüche nach dem Gesetz über die Entschädigung für Strafverfolgungsmaßnahmen.*"

Bis zu diesem Gesetz war ich in meinem Studium nicht vorgedrungen, die mehrjährige Ausbildung half aber, das Merkblatt zu begreifen. Erst ging es um die potentielle Entschädigung für Opfer von Verfolgung nach Freispruch oder Einstellung der Ermittlungen. Dann wurde es konkreter mit dem Satz: „Für den Schaden, der nicht Vermögensschaden ist, beträgt die Entschädigung 25 Euro für jeden angefangenen Tag der Freiheitsentziehung." Und ganz ernsthaft stand danach: „Eine Anrechnung der durch die Untersuchungshaft ersparten Verpflegung ist ausgeschlossen."

Ein richtiger Vermögensschaden konnte auch, aber nur gegen Nachweis geltend gemacht werden. Dazu zählten beispielsweise Verdienstausfall, der Verlust des Arbeitsplatzes, der zeitweilige Nutzungsausfall eines Kfz oder entgangener Gewinn.

Hinweise zum Ersatz notweniger Auslagen, insbesondere von Verteidigungskosten rundeten die Hinweise ab. Der Antrag musste innerhalb eines Monats gestellt werden.

Ob ich mich verhöhnt fühlte? Ja. Ich sah es aber auch pragmatisch und habe – mit Marcus Hilfe – jeden Euro genommen. An dem Tag fehlten mir die Daten, aber aus der Akte ergaben sich 34 angefangene Knasttage. Der Preis meiner fehlenden Freiheit lag also bei 850 Euro. Oder noch etwas feiner aufgeschlüsselt 1,04 Euro pro Stunde. (So viel dann doch noch: Der Bounty-Riegel mit den Kokosflocken, den ich gerne naschte, kostete 30 Cent mehr als eine Stunde Unfreiheit.)

Die Anwälte einigten sich unter einander (nur einer wurde gezahlt) und Marcus bekam seine Gebühren aus der Staatskasse. Thomas wollte *pro bono*, also kostenlos arbeiten. Ich wusste das zu schätzen, handelte ihm aber Fahrtkosten und

Spesen ab. Dies Geld konnte ich zahlen, hatte aber eine besse-re Idee. Pyro-Eddie überwies 500 Euro und war glücklich, weil er immer noch irgendwie dazu gehörte.

Erfreulich war, dass ich alle Unterlagen, Bücher und mein Smartphone zurück bekam. Es kostete mich einen halben Vormittag, um mit einem geliehenen VW-Bus im Hamburger Polizeipräsidium vorzufahren, die Vollständigkeit zu prüfen, Quittungen zu unterzeichnen und die Umzugskartons zu verstauen.

Große Reaktionen hatte das Ende der Net Cut-Story nicht hervorgerufen. Auch nicht in der Szene. Bei ganz persönlichen Begegnungen schon, aber vieles geht eben in der Nachrichten-flut unter. Die Skandalisierung einer Verhaftung ist größer als das Ende einer Verfolgung. Die Salamitaktik, mit vorläufigen Haftentlassungen und der lange Zeitablauf trugen dazu bei.

Empörung ist eine knappe Ressource geworden. Manche sagten: Ähnliches geschah in der Vergangenheit und wird wieder passieren. Stimmte. Hätte auch noch schlimmer kom-men können. Stimmte. War aber schon schlimm genug.

Unsere Anwälte verfassten eine gemeinsame Erklärung, vorhersehbar mehr juristisch als lesbar, mit der notwenigen Kritik an Bundesanwaltschaft und der Allzweckwaffe des § 129a, terroristische Vereinigung, oder was dazu gemacht werden soll. Manche Berichte gingen auch auf den Hinter-grund der Verflechtung von Softwarefirmen und Sicherheits-apparat ein, dem Thema, das mit unserer Kriminalisierung tabu sein sollte.

Heute ist mir noch klarer die Frage geblieben: Wenn wir es nicht waren, wer ließ die Bombe dann in Hagen hochgehen?

Die Einstellung des Verfahrens betraf uns alle Fünf. Eine gu-te Woche später fuhren Marcus und ich nach Kiel, wo die kleine Unterstützergruppe und die Rote Hilfe eine Party veranstalteten. In dem Zentrum, wo damals die Veranstaltung stattfand, die in der Akte eine Rolle spielte.

Jerry war im Äußeren und in seinem Verhalten unverändert. Er sprudelte vor Ideen und hatte schon wieder Veranstaltungen zur Internetüberwachung gemacht.

Andreas, Andrea und Alexander kannte ich bisher nur aus dem Haftbefehl und vom Lesen der Akte. Die Begrüßung fiel herzlich aus. Allzu viel zu sagen hatten wir uns aber nicht. Der eine wollte seinen Job an der Uni wieder, der andere wollte sowieso das Theater wechseln – es gab ein Angebot aus Kassel. Sie studierte weiter Pädagogik.

Die Mainstreammedien wollten nicht so recht an die Geschichte ran. Sie schwankten gegenüber dem Bundeskriminalamt immer. Einerseits dort gut vernetzt und gerne mit Informationen gefüttert, andererseits immer bereit, mit einer neuen „BKA-Affäre" Schlagzeilen zu machen. Nur nicht hier.

Die Sache sei zu klein, hörte ich, und irgendwie schon zu lange her. Auch einer meiner Gründe diesen längeren Text zu schreiben. Das Medienmagazin *Zapp* interviewte Marcus und mich in seinem Büro und brachte dann einen ganz ordentlichen Bericht im NDR.

Das Ende eines Ermittlungsverfahrens.

Im Oktober klappte es dann endlich mit dem Abend am langen Tisch in der kurdischen Kneipe. Essen, trinken, reden.

Der kleine Freundeskreis. Kathi und Hanna, meine beiden Anwälte. Thomas mit Julia auf einem Wochenendtrip in *Swinging Hamburg*, also im Schanzenviertel. Tom reiste auch aus Berlin an, Martin hatte Vaterpflichten. Rima und ich. Der Wirt kam gelegentlich dazu, das Geschäft ging vor.

Zu viert verbrachten wir vorher den Tag wie Touristen. Thomas versprühte viel Wohlfühlstimmung (das mit Julia ging für seine Verhältnisse schon lange). Sie und Rima waren im gleichen Abiturjahrgang 2000, nur auf anderen Berliner

Gymnasien gewesen. Sonst verband sie wenig. (Ich bin in meiner Wahrnehmung nicht neutral. Aber Frauen mit einem äußeren Perfektheitsanspruch kamen mit Rimas Negation von Äußerlichkeit nicht zurecht und wurden unsicher.)

Im plüschigen Ambiente des Cafe Stenzel erfuhr ich dann erstmals, dass meine Freundin beabsichtigte, möglicherweise nach Berlin zu ziehen, jobbedingt, die Wohnung ihrer auf unbestimmte Zeit nach Russland gefahrenen Mutter stehe frei. „Mit Ole?", fragte Thomas sofort begeistert. Rima antwortete: „Denke schon, ja" und knipste sogar ein Lächeln an. Ich sagte gar nichts, lächelte aber auch.

Am Abend aßen wir von der kleinen Karte, ein Essen auf Kosten meiner Haftentschädigung, sagte ich gleich am Anfang. Es ging sehr lange.

Zwischendurch die Rauchpausen.

Als ich allein mit Thomas draußen vor der Tür stand, erzählte er mir erstmals von der anonymen Anzeige bei den Drogenfahndern und von dem provokativem Brief nach Klaipeda.

„Grenzwertig, bis weit darüber hinaus", kommentierte ich.

„Wege müssen bis zum Ende gegangen werden. Auf toten Gäulen durch das Ziel, um es mit Heiner Müller zu sagen."

„Und mit Ergebnis?"

„Wir warten noch drauf."

Zeitfracht Medien GmbH
Ferdinand-Jühlke-Straße 7
99095 Erfurt, Deutschland
produktsicherheit@kolibri360.de